A MILD NOBLE'S VACATION SUGGESTION

優雅貴族的休假指南。

10

著 岬　圖 さんど
譯 簡捷

◆ Contents ◆

A MILD NOBLE'S VACATION SUGGESTION

CHARACTERS

人物介紹

利瑟爾

本來是為某國王效命的貴族，不知為何掉到了與原本世界十分相似的另一個世界，正在全力享受假期。嘗試當上了冒險者，不過常常有人不敢置信地多看他一眼。

劫爾

傳聞中的最強冒險者，可能真的是最強。興趣是攻略迷宮。

伊雷文

原本是足以威脅國家的盜賊團的首領。蛇族獸人。別看他這樣，親近利瑟爾之後作風已經比先前收斂許多了。

賈吉

商人，擁有自己的店舖，擅長鑑定。看起來很懦弱，其實與人交涉時頗有魄力。

史塔德

冒險者公會的職員，面無表情就是他的一號表情。人稱「絕對零度」。

納赫斯

阿斯塔尼亞魔鳥騎兵團的副隊長。遇上刺激照顧欲的利瑟爾之後，他照顧人的技能一口氣點滿了。

？？？

戰奴。原本被人當作奴隸使喚，後來覺醒成為戰士。現在是利瑟爾的人（暫定）。

旅店主人

旅店老闆，利瑟爾一行人在他的旅店下榻。就只是個這樣的男人。

117

那是宛如暴風般的魔力席捲阿斯塔尼亞稍早之前的事。

信徒們聚集在地下一個遠離牢房的空間。這裡多半是整個地下通道當中最為寬敞的空間，魔道具在此排列成一個圓圈。

為數眾多的柱子散發著淡淡光暈，每根柱子前面都站著一名信徒。

「魔力增幅裝置一切正常。」

「不可能有任何異常，這是模仿師尊的造物所製成的。」

「沒有錯。」

執行使命的時刻近了，所有人都壓抑著昂揚的心情，靜待時間到來。

「距離發動時間不到六百秒。」

「裝置一啟動，這裡的入口就會被掩埋，到時盡速離開。」

「這裡本來就是密室，足以在裝置被發現之前拖延一點時間。」

一旦啟動，裝置就會不斷運作到增幅的魔力用盡為止。

雖然魔力量也不足以讓裝置連續運作數天之久，不過對他們來說不成問題。這段時間已經足以讓師尊的魔法將魔鳥騎兵團擊落地面，並把那情景烙印在所有人眼底。

他們追求的只是一個證明，證明師尊的魔法至高無上、無人能及。即使造成的破壞僅限於一時，騎兵團一經蹂躪，雙方的魔法便高下立見。接下來，他們只要旁觀這場騷動，悠哉游哉地前往撒路思就好。

「時間差不多了。」

其中一名信徒以憂鬱的聲音這麼說。

說完他才發現，身為這計畫核心人物的男人還不見人影。不久前他還為了做最終調整，在這裡對眾人下達指示，離席之後卻一直沒有回來。

「他到哪去了？」

「貢品那裡。」

「是想給他個忠告吧。」

「萬一他在路上大鬧也麻煩。」

信徒們與魔道具同樣排列成一個圓圈，他們也不特別看向彼此，只是自顧自發表意見。說話聲在冰冷的空氣當中微微迴響，沒有停止的趨勢。對於為敬愛的師尊所準備的那個貢品，無論贊成還是反對，每個人都各有看法。尤其越是親眼見過利瑟爾本人的信徒，意見就越明確。

但這些說話聲，都在一名男子的發言之下戛然而止。

「該開始了。」

在場所有人的視線都轉向聲音的主人。

「預定的時間還沒到。」

「我們現在就能馬上執行。」

「他剛剛交代說等他回來再開始。」

「我們有什麼理由聽從他的命令？」

聽見這句話，信徒們沉默以對。

沒人同意，也沒人反駁。沉默持續籠罩，彷彿在衡量男人這句話的價值。

信徒們之所以聽從現在不在場的那名男子的指示，是因為他待在支配者身邊的時間最長，擁有最接近師尊的地位。然而對他們而言，除了敬愛的師尊以外沒有任何人是自己的頂頭上司，他們只是因為彼此目的一致，所以才共同行動而已。

「師尊理當立於眾生的頂點，刻不容緩地排除那些意圖玷汙巔峰之座的鼠輩才是吾等的使命……既然手中握有執行使命的手段，我們沒有理由再等下去。」

「說得對。」

「現在這個瞬間還有鼠輩不明白師尊才是至高無上的存在，實在讓人哀嘆啊。」

空氣緊繃起來。

聚集於此的所有人都自願成為支配者的部下為其效命，儘管沒說出口，但人人當然都有著自己才最瞭解師尊的自負。

而剛才主張應該立刻執行使命的那個男人也一樣。再加上他獲得了某位冒險者的肯定，這種想法特別強烈。

「我們又何必服從於一個連這點都不瞭解的人。」

懷抱著強烈的優越感，男人露出嘲諷的笑容，加強了語調這麼說。

「太鄙俗了。」

「那個貢品確實能夠取悅師尊沒錯。」

「但首要之務還是吾等的使命。」
「既然能夠執行，我們沒理由再等下去。」
魔道具散發的光芒一個接一個轉強。
少了一個人也不礙事，因此他們決定執行計畫，現在已經沒有猶豫不決的理由。
「「願榮光歸於吾等師尊。」」
魔道具散發出強烈的光芒。光芒凝成一點、又化為線狀互相連結，就這麼在眾人頭頂上描繪出眾多複雜紋樣交疊而成的魔法陣，覆蓋了整個房間上空。
他們確信計畫即將成功。隨著光芒逐漸增強，他們胸中激昂的心情也隨之沸騰，信徒之間不覺傳出了悶悶的歡呼聲。
就在下一秒——
「什麼……怎麼回事!!」
一陣魔力有如狂風怒濤般席捲而來。
除了唯一一人以外，那股絕對的魔力對旁人毫無顧忌，卻強大得讓人錯覺這種霸道也應當被容許。信徒們被衝擊得腳步踉蹌。
「剛才那是魔力……？」
「怎麼可能……」
「那些都無所謂!!」
令人不敢置信的現象引發一片混亂，卻立刻被其中一人悲痛的吶喊打斷。
眾人游移不定的視線飄向聲音的主人，看見他瞪大了眼睛直盯著天花板；所有人跟著往上一看，終於親眼目睹了真正的絕望。

「這是……怎麼回事……」

喃喃溢出喉間的聲音微弱而嘶啞。

他們混濁至極的眼睛裡並未映出剛才已經完成的魔法陣。不久前還在頭頂上散發燦爛光輝的魔法陣，此刻已消失得無影無蹤。

「裝、裝置呢！」

聽見有人尖聲這麼大喊，所有人反射性回過頭往背後的裝置看去。

無論他們血絲滿布的眼睛再怎麼瞪視魔力裝置，剛才還散發著朦朧光暈的裝置仍然一片黑暗，毫無動靜，無論他們如何設法喚醒，都像顆石頭一樣在原處沒有反應。

「開什麼玩笑，事情怎麼會變成這樣！」

「要是等到預定的時間，就不會發生這種事了……！」

信徒們忍無可忍的吶喊中滿是絕望。

他們耗費漫長的時間執行計畫，完美進展到了今天這一步。然而，來到使命即將達成、只差最後一步的瞬間，那股魔力卻讓一切歸於虛無，對他們所有的努力不屑一顧。

實在豈有此理，他們不可能接受。心中交雜著絕望與憤怒，信徒們發狂似地揪住其中一名男子：

「都是你的錯！都是因為你說要提早執行！」

「竟敢背叛師尊，這是無可饒恕的大罪！」

「閉嘴！我才是最瞭解師尊的人！我才是最正確的!!」

眾人群起毆打被抓住的男人，力道大得彷彿不怕打壞自己的拳頭，而男人在這陣痛毆當中依然不屈地大喊。

那雙已然失去焦點的眼睛蘊藏著奇異的光芒，他不斷吶喊出自己對師尊的無私奉獻，直到再也發不出聲音。

奴隸男子毫不猶豫地衝進席捲而來的業火。

那火焰無法燒灼他的肌膚，刃灰色的髮絲細碎反射著火光，紋著刺青的褐色軀體躍動有如野獸，他只消一瞬間就衝出了這片火紅搖曳的風景。

他緊盯著前方那名信徒。信徒以魔法造出石壁阻擋他前進，但此舉毫無意義，石壁立刻被他身上割裂肌膚般伸出的刀刃切開。

奴隸男子一把握住獵物的脖子，狠狠將他整個人往牆上砸，力道大得彷彿要掐斷他的頸子。

「唔……區區的奴隸，竟敢違逆吾等的命令！」

「已經、不是了。」

那道嗓音蘊藏著金屬摩擦般不可思議的聲響，語調堅定地說：

「不是，你的。」

叩、叩，傳來鞋底敲響石板地的聲音。

在甚至無法自由呼吸的狀況下，信徒瞪視聲音傳來的方向。利瑟爾站在那裡，他已經走下床鋪，彷彿確認般低頭看著自己手腕上的手銬。

低垂的紫晶色眼眸緩緩抬起。他抬起雙手，在鎖鏈摩擦的聲響中將頭髮撥到耳後，又溫柔地撫過耳環才將手放下。

「把他按在那裡別動。」

利瑟爾口中說出的那句話，是甜美而溫柔的命令。

奴隸的手繃緊了力道，那是出於喜悅，同時也是出於對下一道命令的期待。被掐著脖子的信徒以殺人般兇狠的視線瞪向利瑟爾。

「居然偷走別人的奴隸，手還真賤……該死的、野蠻冒險者。」

聽見信徒咬牙切齒地這麼說，利瑟爾微微偏了偏頭，露出微笑。

「要是不想被別人偷走，你就該把他綁好呀。」

鎖鏈晃動的聲音響起，利瑟爾招來什麼似地動了動指尖。

信徒瞪大了雙眼。飄浮在利瑟爾身邊的東西他沒見過，但他知道那是什麼。

人們都說這種武器派不上用場，但一旦成功擊發，威力強大得任何武器都瞠乎其後。這種武器叫做火槍，看見利瑟爾宛如控制自己的雙手般將它操縱自如，信徒終於明白了自己此刻的立場。

「而且……」

也明白了他視為貢品對待的這個人，究竟是什麼樣的人物。

那雙眼睛蘊藏著高貴色彩，高潔的氣質足以壓倒所有對手，就連信徒心目中位居唯一頂點的師尊，地位也要為之動搖。對於信徒來說，沒有任何事情比這事實更加令人絕望。

他張嘴喘息，以破碎的聲音拚命乞求原諒；乞求的對象究竟是不是敬愛的師尊，就連他自己也分不清楚。

「這跟你所做的好事相比……」

「……！等——」

魔銃咻地滑過半空。

槍口對準了信徒的太陽穴，在即將觸碰到額角的距離停下。信徒咬緊牙關壓抑渾身的顫抖，眼神死命追逐著飄浮的魔銃。

「……根本不算什麼吧？」

尖銳的槍聲響徹整個地下空間。

但子彈並未貫穿信徒的腦袋。利瑟爾閉上眼睛，再睜開眼時，雙唇勾勒出和緩的笑容。

「呃……唔、呃……」

信徒的身體一下又一下地抽搐。

鮮血從他喉嚨噴湧而出，連臨死的慘叫聲也發不出來。他的瞳孔放大，圓睜的雙眼像無機物一樣倒映著鋪滿石板的天花板。

奴隸在千鈞一髮之際急忙退開，因此信徒的脖子上已經沒有手掌掐著，取而代之的是一把厚重的短刀刺在上頭。短刀割裂血肉、破壞了頸椎，直接刺上信徒身後的壁面，把男人像標本一樣釘在牆上。

鮮豔的紅髮在唯有油燈照亮的空間中反射出光澤，豔得彷彿帶有劇毒。

「這種事不用你動手喲。」

聲音裡不帶情緒，讓人聯想到暴風雨前的寧靜。

聲音的主人伊雷文深深呼出一口氣，試圖平復略微紊亂的呼吸，目光向著利瑟爾。

「你沒事吧？」

短刀被他握得連刀柄都發出吱嘎聲，伊雷文說著鬆開手。

同時，他也放下了推開槍口的手臂，目光牢牢鎖在利瑟爾身上，一瞬也不曾移開。

「伊雷文。」

「他們對你做了什麼？」

伊雷文問道，臉上的表情一如他的嗓音，沒有半點笑意。

他的視線從利瑟爾身上移開，轉而看向被切斷成一截一截、已經沒有用處的鐵牢，然後凝視著束縛利瑟爾雙手的手銬。他之所以用這個問句打斷了利瑟爾沉穩的呼喚，是因為不希望自己內心激烈的情感就此被抹消。

男性信徒被釘在牆上，身上溢出的血液逐漸失去了起初的噴湧力道，最終癱在原地動也不動，但伊雷文連看也不看他一眼。

在充斥血腥味的空間當中，伊雷文往前跨出一步。

「他們做了什麼，才讓你這麼生氣？告訴我。不要擔心，你什麼都不用做，所以……告訴我。」

細微的聲響也能在這裡造成回音，伊雷文的步伐卻沒發出半點聲響。靜悄的腳步使得空氣更加緊繃，在這緊張的氣氛當中，彷彿所有人都只能束手無策地等待死亡的利刃割斷自己的咽喉。

接著，伊雷文露出了無比甜美的笑容，甜得有如甘美的劇毒：

「是誰惹你生氣了？」

下一秒，刀刃相擊的聲音響起。

早已退到利瑟爾身邊的奴隸抬起手臂，擋下砍來的雙劍。短短幾瞬之後，一股殺氣支配全場，宛如流淌著猛毒的獠牙抵在咽喉。

一陣戰慄竄上背脊，奴隸明確地將眼前鮮豔的赤紅認知為敵人。遠古傳承至今的血統裡銘刻著戰士本能，促使他採取了臨戰態勢。

若非如此，第一擊早已讓他身首異處。

「……煩死人了！」

伊雷文的聲音中蘊含龐大的憤怒。

為什麼雙劍砍不穿他的皮膚？原因根本不重要，只要眼前的男人是擄走利瑟爾的兇手就夠了。這已經足以構成伊雷文殺死他的理由。

伊雷文暫且退開一段距離，仰望著天花板深深呼出一口氣。

「伊雷文。」

聽見喊他的聲音，他僅瞇起雙眼以視線回應，並未做出任何答覆，逕自蹬向腳下的石板地面。

「（被他瞪了……）」

利瑟爾露出苦笑，後退了幾步，背靠著身後的鐵欄杆。

伊雷文要他閉嘴在一旁看著，也就代表即使有人出手制止伊雷文也不打算罷休，這場打

鬥是無法阻止的。看來這次他遭到綁架，果然還是讓伊雷文相當擔心。

既然如此，利瑟爾就不會出言干涉。孰先孰後，在利瑟爾心目中有個清楚的優先順序；而且伊雷文想必也感受到了他阻止的意圖，不至於真的殺死對方。

「……」

聽著金屬相擊的聲響，利瑟爾長長呼出了一口熱氣。

吐息隨著紊亂的心跳微微發顫，眼窩深處也逐漸熱了起來。情緒許久沒被這麼擾亂，情緒波動的餘韻讓人略感倦怠，他在自省當中垂下眼眸。視野微微閃爍，他閉上眼，試圖緩和此刻感受到的暈眩。

時間點太不湊巧了。利瑟爾一邊這麼想，一邊緩緩抬起眼瞼，這時內心已經恢復了平靜。

「……劫爾？」

「怎麼了？」

朝這邊接近的一道影子和熟悉的鞋尖映入視野，利瑟爾抬起下顎。

劫爾正逕直看著這裡朝他走來，對於激烈的劍刃相擊聲和濃烈的殺氣視若無睹。利瑟爾微微一笑，便看見劫爾皺起了眉頭。

劫爾在他面前停下腳步，面對著他脫下了一隻手上的黑色手套，然後將那隻手掌伸進瀏海底下，抵在他額頭上。利瑟爾舒服地瞇起雙眼。

「發燒了？」劫爾問。

「是的。」

「還有呢？」

「就這樣。」

劫爾的「還有呢」，問的是他除了發燒之外身體是否還有其他狀況吧。

他的肌肉痠痛差不多好了，信徒們也沒有對他施加暴行，因此利瑟爾點點頭這麼回答，不過劫爾聽了還是把他從頭到腳掃視了一遍，像在確認這話是否屬實。那道視線在拴著手腕的手銬上停下，輕觸著利瑟爾額頭的手一瞬間僵住了。

劫爾就這麼看了利瑟爾背後的鐵牢一眼，接著輕輕嘖了一聲。

「你的外套呢？」

「和行李一起被沒收了。」

劫爾邊問邊從他額頭上抽開手掌。

那隻手掌接著觸碰束縛著利瑟爾雙手的手銬，指尖像在確認手銬與手腕之間的縫隙般撫過，癢得利瑟爾動了動指頭。但他仍舊將雙臂垂在身體前方，並未避開。

劫爾修長的手指摸索般勾住鎖鏈，稍微將手銬朝自己拉近，又隨即放開。動作乍看之下彷彿兒戲，但利瑟爾明白他不是在鬧著玩。

「什麼時候開始的？」

「從今天早上就非常不舒服，全身痠痛。」

「那燒得不輕啊。」

情報越正確越好，因此利瑟爾不會勉強裝作沒事。

劫爾知道他的行事作風，所以對利瑟爾的說法也毫不懷疑。他以指尖緩緩捏住手銬，以絕對不傷到利瑟爾的角度施力，金屬手銬隨之發出鏗的一聲脆響，出現了一道小小的裂口。裂縫逐漸擴大，手銬沒過多久就完全裂開，散落在地板上。

「謝謝你。」

「另一隻手給我。」

手銬輕易被破壞，發出聲響掉落地面。

感覺輕了不少，利瑟爾興味盎然地抬起手腕。確認他手腕上沒有傷，劫爾也重新戴上手套，接著忽然脫下了自己的外套。

「你穿著。」

「先前伊雷文才說我不適合穿黑色呢。」

「蠢貨。」

儘管嘴上這麼說，利瑟爾還是毫不客氣地穿起了外套，劫爾見狀輕輕嘆了口氣。然後他站在利瑟爾身邊，環起雙臂靠上鐵欄杆。利瑟爾身體狀況欠佳，血腥味也令人不快，還是盡早離開這裡比較好。

但是……劫爾看向揮舞著雙劍的伊雷文。從伊雷文身上，他感受到無法光以「利瑟爾遭人擄走」這件事解釋的強烈憎惡，比自己更早抵達的伊雷文想必是看見了什麼。

看見了某些無法原諒的、讓他沒有立即去關心利瑟爾情況的，而且不這麼洩憤就無法好好跟利瑟爾說話的事情。

「等他們兩人打完吧。」利瑟爾說。

「……喔。」

歸根究柢，只要利瑟爾說要等，劫爾就沒有離開這裡的理由。

這時，劫爾冷不防感覺到身旁的肩膀往自己靠了過來。他低頭往身邊一看，利瑟爾正倚在他身上，看著打鬥中的那兩個人。明明連站著都不舒服了，還要在這裡等什麼？劫爾不禁感到無奈。

這次讓他為所欲為之後，就強制他臥床休息吧。劫爾心想，一面望著眼前即將分出勝負的光景，一面尋思著利瑟爾這句話真正的意思。

感受到傳入骨髓的劇烈衝擊，奴隸男子皺起臉來。

他只經歷過單方面追殺魔物的戰鬥，此刻能使用剛覺醒的刀刃戰鬥完全得歸功於本能。

他隸屬於遠古時代坐擁最強戰士之名的種族，每一名後裔都擁有這樣的能力。

然而，縱有多麼精良的刀刃，未經磨練就無法運用到十全十美。儘管面對常人能夠取勝，但實力超越一定水準的戰士，刀鋒卻淬鍊得比他更加鋒利。

「太慢啦！」

「……唔！」

來不及防禦。

不過他被砍也不會受傷，因此打從一開始就捨棄了防禦。若非如此，雙方早已分出勝負。

打從一開始，奴隸男子就知道自己敵不過眼前這擁有鮮烈赤紅色頭髮的男子，也知道對方為什麼想殺他——因為他奪走了對方重視的人。

他已經要求利瑟爾不要原諒自己，此刻又有什麼臉開口請求利瑟爾阻止對方？他不會做出這種不知分寸的事情，看見利瑟爾袖手旁觀，他甚至還感到些許安心。

他並不想死，只是獲得利瑟爾的原諒比死亡更加令人懼怕。

「砍，沒用!!」

對方朝他砍來，隨著攻勢甩動的紅髮像蛇。奴隸並未防禦，硬是承受住這次攻擊，接著把長著刀刃的手臂往前猛地一刺。

這一擊卻在千鈞一髮之際被對方躲過了，並不是勉強閃過，而是完全看穿了他的動作。不過這也在預料之中，奴隸男子朝前伸出的那隻手使勁握拳。

新的刀刃倏地破開肌膚，瞄準對方剛閃過攻擊毫無防備的側臉伸去，略微劃破了沒有鱗片的臉頰，鮮血隨之飛濺。

「區區的雜魚……」

奴隸瞠大雙眼。

被他躲開了，對方是為了往前逼近才刻意承受這道輕傷。儘管驚訝，奴隸男子的身體還是反射性地採取行動，收回手臂準備採取守勢，卻立刻察覺自己已經來不及防禦。

「不要太囂張了!!」

對方彷彿糾纏著他準備收回的手臂般使出踢擊，他不可能來得及反應。

但這具身體刀槍不入，肯定承受得了這一踢。鞋底直逼而來，奴隸狠狠盯著對方，打算瞄準對方使出踢擊之後的破綻。他捨棄防禦，為了轉守為攻，將手臂收回到離身體更近的位置。

但這一切計畫都沒有機會實行。鞋底砸上他顏面的同時，他眼窩深處感受到燒灼般的劇痛。

「啊啊啊啊啊啊啊!!」

奴隸按著一隻眼睛往後退，鮮血從他指縫間汩汩流出。

為什麼？他在持續不斷的劇痛當中這麼想，若不思考，他覺得自己隨時就要痛得失去意識。給自己帶來痛楚的某種東西，究竟在哪裡？

「嗚、嗚……」

奴隸男子承受不住地跪了下去，低垂著臉。伊雷文冷冷朝他走近，心裡毫無憐憫。

他邊走邊收起雙劍，同時把某種細小的東西收進腰帶內側。要看見他收起的那東西可說是相當困難，此刻伊雷文夾著它的指尖，看起來也彷彿空無一物。

那是加工到極限纖薄的某種魔物的鱗片。更別說垂直對準眼球射過去，在這幽暗的空間裡勢必不可能察覺。

「這傢伙該怎辦啊？」

在跪坐地面的男子面前，伊雷文終於恢復了平時的態度，朝利瑟爾這麼問道。

看來他平靜下來了，位於他視線另一端的利瑟爾從鐵欄杆上挺起背脊。他拉緊了劫爾的外套朝那邊走近，伊雷文見狀不高興地皺起臉來。

「你身體不舒服喔？還好嗎？」

「你要是這麼擔心，就別把他丟在一邊。」劫爾說。

「不可能、不可能，我太不爽啦，差點都要遷怒到隊長身上了。」

一反他輕佻的語調，伊雷文擔心地湊過臉來打量利瑟爾。

利瑟爾見狀褒獎似地微微一笑，然後在不碰到傷口的情況下戳了戳伊雷文的臉頰。經他這麼一戳，伊雷文也想起自己的臉頰被割傷了，於是立刻拿出回復藥，將傷口連著血液一併洗淨。

這麼小的傷口，本來就連使用低級回復藥都嫌浪費；但因為利瑟爾會介意，因此劫爾和伊雷文一旦受了外表看得見的傷總會立刻治療。

傷口馬上癒合，一點痕跡也沒有留下。利瑟爾輕輕將手掌放上他完好的臉頰。

「謝謝你來接我，伊雷文。」

「嗯——」

伊雷文握住那隻手，把臉頰往他的掌心蹭。

利瑟爾放任他蹭了一會兒，伊雷文終於蹭夠了，露出心滿意足的笑容，卻立刻毫不掩飾不滿地開口：

「你怎麼發燒了，要不要喝回復藥試試看啊？」

「那是可以喝的嗎？不說這個了，回復藥還是給他吧。」

利瑟爾的視線另一端，是仍然跪坐在地的奴隸男子。

他忍受著劇痛拔出了刺進眼球當中的鱗片，正按著眼睛試圖止住不斷溢出的鮮血。血液流過他的手臂，從手肘滴下，在地面上形成一灘血泊。

聽出利瑟爾他們談到了自己，男子緩緩抬起臉來，沾黏著血汙的刃灰色頭髮隨著動作晃動。

「嗄……」伊雷文說。

「我的行李都被他們拿走了。不可以嗎？」

伊雷文享受著被利瑟爾搓揉臉頰的感覺，在利瑟爾微笑說「拜託」的時候鬧彆扭似地別開視線。劫爾的身影因此映入他的視野，要是他拒絕了，利瑟爾想必會轉而拜託劫爾吧。

去找劫爾明明比較簡單，利瑟爾卻選擇拜託他，就是要他在此暫且跟對方和解的意思。

儘管伊雷文百般不情願，但總不能讓身體不舒服的利瑟爾一直待在這種地方。

伊雷文露骨地表現出不甘願的態度，取出了回復藥。利瑟爾見狀高興地瞇起眼笑了，伊雷文瞥了他一眼，以指尖彈開瓶栓就把瓶子裡的藥往奴隸臉上灑。

「……———!!!」

「啊……」

奴隸控制不住地慘叫出聲。

看他用力按著受傷的眼睛，利瑟爾挨近他跪了下來，擔心地撫摸他的背。

「我沒有使用過所以忘記了……你還好嗎？傷口應該在痊癒了才對，不要緊張。」

「嗚、嗚……」

「伊雷文。」

「你只叫我給他回復藥啊。」

一般回復藥在治療時都伴隨著強烈的痛楚，只有迷宮產的特殊回復藥是例外。而且治療起來比受傷的時候更痛，所以通常都只當作最後手段使用。

利瑟爾他們攻略迷宮的速度驚人，發現寶箱的頻率自然也高，再加上鮮少受傷，他們身上攜帶的回復藥全都是迷宮產。也不必刻意選擇市面上販售的回復藥給他用吧，利瑟爾略帶責備地喊了伊雷文的名字，但伊雷文仍然沒有半點反省的意思。

不過以伊雷文的個性，他願意拿出回復藥已經很不錯了。利瑟爾心知如此，所以也不打算責罵他。

「你有辦法放開手嗎？」

男子完好的那隻眼睛含著淚水，利瑟爾見狀露出微笑，試圖讓男子安心。

他伸出指尖，沿著男子的眼眶輕輕撫摸。奴隸男子點了個頭，把手掌從仍然抽痛的眼睛上移開。

「啊，血已經止住了呢。」

「嗯。」

「看得見嗎？」

男子點點頭。看來沒問題了，利瑟爾於是站起身來。

劫爾的外套因此差點從肩膀滑下，利瑟爾將外套攏了攏，卻注意到那雙仰望著他的刃灰色眼瞳正欲言又止地閃動。男子的嘴唇微微張開，又立刻闔上。

是有什麼話想說嗎？利瑟爾偏了偏頭敦促他開口。奴隸男子顯得戰戰兢兢，緩緩張開嘴巴，說：

「夸特。」

奴隸男子的語調宛如乞求，利瑟爾只是帶著一貫的微笑，並未做出任何回應。

奴隸男子從喉嚨發出咕嗚聲，仍然不死心地仰望自己應當服從的人物，以迫切的神情又懇求了一次：

「名字……我的、名字。夸特。」

他要利瑟爾別原諒他，這是發自肺腑的真心話。

但這絕不等同於他希望遭到利瑟爾冷酷的對待、被當作一個不存在的人。如果可以，他希望利瑟爾喊他的名字，儘管他自己也痛切明白這是個厚顏無恥的要求。

「你可以幫我把我的行李拿過來嗎？」

利瑟爾果然不願意喊自己的名字嗎？男子露出哭喪的眼神。利瑟爾見狀苦笑。

他彎下身，伸手為奴隸撥開沾了血黏在臉頰上的頭髮。奴隸愣愣地瞠大雙眼，又立刻舒服地瞇細了眼睛，想必是下意識的反應吧。

「我會在這裡等你回來。所以，好嗎？」

奴隸——名叫夸特的男子倏地抬起臉來。

利瑟爾允許他待在身邊。他連忙滿心歡喜地站起身來，坐立難安似地看著利瑟爾。看見利瑟爾對自己露出微笑，夸特高興得眉開眼笑。

那是個孩子般的笑容，彷彿他緊張的心情終於放鬆了下來。

「好！」

「嗯，麻煩你了。」

利瑟爾目送他轉身跑遠。

這時候，一直站在他身邊的伊雷文忽然把肩膀靠了過來。

「所以咧，那傢伙是怎麼回事啊？你超寵他的欸。」

「是嗎？」

那雙紅水晶眼眸裡透出強烈的不滿，利瑟爾一邊尋思，一邊主動往他身上靠過去。

利瑟爾瞥了劫爾一眼。劫爾似乎難得同意伊雷文的說法，朝他投來無奈又帶點質疑的目光。這點我確實有所自覺，利瑟爾心想。

「說得沒錯。你又不是那種大善人，還會照顧一個給你帶來危害的傢伙？」劫爾說。

「這點我不否認。」

利瑟爾溫煦地笑著說完，忍不住稍微咳了幾聲。伊雷文立刻擔心地湊過來打量他的臉色，利瑟爾瞇起眼對他笑了笑，表示自己還好，接著「嗯……」地閉上嘴思考起來。

難得看見他說話這麼不乾不脆的模樣，劫爾他們朝他看了過來。

「要是不舒服到無法思考，你就別講話了。」劫爾說。

「不，不是這樣的。該怎麼說才好呢……」

利瑟爾看向被釘在牆上斷了氣的那名信徒。

仔細想起來，這個場所實在非常不適合悠哉談話……不過既然都說好要在這裡等了，利瑟爾也不打算離開。

「他原本就被那些信徒們當作奴隸使喚，或許是遭到洗腦之類的吧。」

「太嚇人啦。」劫爾說。

「奴隸？你說真的喔？他們根本是變態吧？」伊雷文說。

「看起來是這樣沒錯哦，真的很像奴隸，我也嚇了一跳。」

這個世界對奴隸的認知果然也差不多，看見劫爾他們震驚的反應，利瑟爾點頭想道。也就是說，沒什麼真實感。

也只有一心想支配人類的異形支配者，才有辦法產生這種獨特的發想，實現「奴隸」這種概念吧。

「隊長你還好嗎？他們有沒有拿鞭子打你、叫你搬很重的東西？」

「他們都沒有拿鞭子喲。」

利瑟爾乾脆地這麼說，好讓抱有典型奴隸印象的伊雷文安心。他一直待在誰也進不來的牢房當中，某種意義上非常安全。

「話說回來，你說的信徒是怎麼回事？」劫爾說。

「是信仰之類的？我本來以為是跟大侵襲那次有關係欸。」

「是這樣沒錯。他們盲目崇拜異形支配者，所以我才把他們稱作信徒。」

這形容還真貼切。

劫爾和伊雷文的反應並不特別驚訝，想必某種程度上已經猜到了吧。應該攤牌看看他們蒐集到了多少情報嗎？這個想法才剛浮現，就立刻被利瑟爾否決了。

反正那都是不必要的情報了。比起那個，更重要的是回答眼前這兩人的追問，他們正帶著「所以呢？」的眼神催促他繼續說下去。利瑟爾這麼想著，使勁忍住喉嚨的疼痛。

「所以咧，這跟隊長有啥關係？跟你沒關吧。」

「是這麼說沒錯。」

「你同情他了？」劫爾問。

「怎麼會呢。」

這些挑釁的言語，現在也都是玩笑話了。

要是換作剛相遇不久的時候，一旦說出錯誤的答案，他們倆一定會毫不留戀地離開利瑟爾身邊。這些考驗般的話語現在已經少很多了，不過並未完全消失。

話雖如此，挑在他發燒衰弱的時候發動攻勢，性格還真惡劣。利瑟爾想著，發出吐息般的笑聲。

「不過，這個嘛……」

利瑟爾惡作劇似地喃喃說道，然後從伊雷文肩上直起身子：

「太難為情了，所以現在先讓我保密吧。」

「都講到這裡了還保密，太奸詐啦！」

「之後我會好好告訴你們的。」

聽見伊雷文的抗議，利瑟爾有趣地笑著把脖子埋進劫爾的外套裡，總覺得頸子好冷。劫爾原本一臉存疑，見狀也放棄似地嘆了口氣。

這時，赤腳踩在石板地上的腳步聲逐漸朝這裡接近。

「啊，回來了。」利瑟爾說。

「你打算把他怎麼辦？」劫爾問。

「先帶他一起離開吧。我不會要求你們跟他好好相處，不過請不要大打出手。」

說到「大打出手」的時候，他對伊雷文使了個眼色，換到對方一個輕佻的笑容。

利瑟爾也明白伊雷文擔憂他的安危，所以才會對夸特氣憤難當，這些情緒他都理解。利瑟爾也為此感到高興，因此他不會忽視伊雷文的心情。

所以，現在只要得到伊雷文這樣的回應就好。眼見伊雷文到最後還是沒有回話，利瑟爾什麼也沒說，只是微笑以對。直到他輕佻的笑容變成了心滿意足的笑，利瑟爾這才肯定了自己的應對方式沒有錯。

順帶一提，在利瑟爾選錯回應的瞬間，夸特就難逃一死。他身負重責大任啊。

「是說隊長，你為啥不對著大哥講啊？」

「劫爾不需要我操心，他不會欺負弱者。」

「咦——你太瞧得起他了啦。」

「囉嗦。」

在他們交談的時候，夸特拿著行李往這邊跑了過來。

他不知為何對劫爾和伊雷文表現得畏懼三分，同時走近利瑟爾，像對待易碎品似地小心翼翼遞出手上的東西。那正是利瑟爾被沒收的外套和腰包沒錯。

「拿，來了。」

「謝謝你。」

利瑟爾脫下借來的外套，把它還給站在身邊的劫爾。他穿上自己的外套，接過腰包正準備把它繫在腰上，身邊的人就伸手把腰包搶走了。

看來劫爾願意幫他拿著，利瑟爾毫不反抗地目送腰包離開自己手中，這時劫爾再次把自己的外套往他頭上罩。

「你穿著。」

「好暖和哦。」

利瑟爾老實不客氣地披上了劫爾借他的外套，他渾身不斷發冷，多一件外套實在是求之不得。

「那麼，我們差不多該走了。劫爾，你們是從哪裡進來的？」

利瑟爾目前掌握的只有從地下通道某處來到牢房的這段路。

從小巷被擄到地下通道這段路程他都矇著眼睛，所以不知道出入口的位置，對於逃離這裡無法做出什麼貢獻。他只知道沿路聞到了草木的氣味，因此途中應該穿過了森林而已。

不過考量到那些信徒的目的，倒也不是無法想像這裡是什麼地方。

「我是從森林。」伊雷文說。

「王宮。」劫爾說。

「啥，王宮？」

「我翻牆進去的，不太清楚那是王宮哪裡。入口在某個後院的角落。」

果然如此，利瑟爾環顧這條地下通道。

「看來這裡是供王族使用的逃生通道呢，以便發生緊急狀況時可以從王宮逃進森林。」

阿斯塔尼亞王族給人一種勇猛果敢的印象，他們把人民留在城內自己逃生的狀況至今應該一次也沒發生過吧。知道這條通道的人也屈指可數，鮮少有人進入。

回想起來，他在牢房裡吃的食物也都是乾糧類的東西，或許是信徒們把通道裡應付緊急狀況的儲備糧食擅自拿來用了。他們選定這個地點之前想必也經過縝密地計畫，行事還真大膽。

「伊雷文很快就趕來了呢，你正好在森林裡嗎？」

「因為知道森林裡有隱蔽魔法啊。後來城裡我就不找了，專心調查森林，結果調查到一半就被陛下的魔力砸了滿臉。」

「那真是非常抱歉。」

「……不會啊？反正也是循著那個魔力我才能找到這裡嘛。」

除非魔力特別強大，否則一般人無法察覺別人釋出的魔力。魔法師累積經驗之後某種程度上能夠察覺他人的魔力流向，不過一旦隔著一段距離也就無法察覺了。

儘管如此，絕對稱不上擅長魔法的劫爾他們卻能找到入口，這是因為他們見識過這股魔力吧。由於親眼見過能夠獨力撬開空間的強大魔力，他們才成功找到了魔力的源頭。

「是說大哥，你那根本是擅闖禁地吧。」

「你沒資格說我。」

「沒有被人發現嗎？」利瑟爾問。

「沒，時機正好。」

附帶一提，夸特聽著一來一往、節奏快速的對話，正不知所措地東張西望。

「時機？」

「有個巨大魔法陣出現在王宮上方，引發了一陣騷動。不過好像出現一瞬間就消失了。」劫爾說。

「怎麼回事啊，表示沒有人知道那個魔法陣是什麼東西喔？」

已經發動了嗎？利瑟爾有點意外地想。

畢竟身為召集人的那位信徒當時還待在利瑟爾眼前，其他成員沒有理由特地排除他執行使命，想必他本人也不會容許這種事發生。

這只是利瑟爾的猜測，不過信徒們恐怕準備了好幾個性能優秀的魔力增幅裝置吧。假如將魔力預先儲存在裝置當中，面對席捲而來的魔力波動，受害情形也能控制在最低限度，對於計畫沒什麼妨礙。

「（可能是有人急著邀功，所以提前執行了吧。）」

利瑟爾悠閒地想道，開口準備把這件事也告訴另外兩人……雖然他們恐怕不感興趣就是了。

「那應該是那些信徒的魔法陣，他們好像想肅清魔鳥騎兵團。」

肅清一詞與攻擊同義。

還真虧他們做得出挑釁他國這種麻煩事。一如利瑟爾的預期，劫爾和伊雷文聽了隨即明白過來，表現得一副興趣缺缺的樣子。對於他們而言，那些信徒的目的和騎兵團的進退等等，並不是什麼值得在意的問題。

「那他們為什麼把你擄走？」劫爾說。

「我也很納悶呀。」

「果然是無緣無故怨恨你嘛，爛透啦。」

信徒們主張這是為了預防利瑟爾妨礙肅清行動，但劫爾他們完全沒想到這個可能性。

他們倆知道利瑟爾不會這麼做。這無關乎善意或惡意，老實說這次的事件跟他八竿子打不著邊，假如他打算主動干涉，周遭還會納悶「為什麼？」。要不是遭到綁架，利瑟爾根本不會注意到這件事。

發生大侵襲時冒險者有義務前往應戰，但這次不一樣，無論發生什麼事，利瑟爾都只會像其他阿斯塔尼亞國民一樣旁觀事情始末而已。這一次根本是那些信徒自掘墳墓。

「那我們從森林那邊出去喔？」

「不，從王宮吧。假如騷動還沒平息下來，應該也不會被發現。」

「為什麼啊……」劫爾說。

「我打算讓納赫斯先生全力照顧我。」

利瑟爾也很久沒得過這麼嚴重的感冒了。

反正都要看醫生，當然是找王宮御用的優秀醫師最好；反正都要讓人照顧，那當然是找擅長照顧病患的人最好。納赫斯絕對很懂得怎麼照顧病人。

「考量到我這次是無辜受到牽連，不曉得他們能不能通融一下……這個理由還是有點弱嗎？」

在身體狀況極度惡劣的情況下，利瑟爾的腦袋已經開始全力思考該如何恢復了，很符合他的作風。

劫爾他們也想快點讓利瑟爾休息，不過無論如何，只要說明利瑟爾遭到那些信徒綁架，就能獲得王宮的庇護。比起他們自己向旅店主人打聽哪裡有良醫、東奔西走地找人，這個方法快多了。

「要走就快走吧。」

「好的。」

至於該如何攻略納赫斯那一關，就邊走邊想吧。在劫爾敦促之下，利瑟爾也準備邁開腳步……不過在跨出第一步之前，他便想起什麼似地停了下來。

「對了，伊雷文。」

「嗯？」

想必已經知道利瑟爾要說什麼了，那雙赤紅眼瞳彎成了兩道月牙。

「我想那些信徒立刻就會往國外逃跑，通往森林那一邊可以拜託你嗎？」

「把他們抓起來就好了？」

「是的，不可以殺掉哦。」

眼見利瑟爾露出與平時無異的微笑，伊雷文瞇細了狹長的瞳孔，像在刺探些什麼。

一瞬之後，他忽地露出討喜的笑容：

「好喔！」

伊雷文說完這句話，便揮揮手往反方向離開了。

利瑟爾目送那抹像蛇一樣擺動的鮮豔赤紅逐漸消失在陰暗通道的盡頭。他們也該走了，於是由知道通往王宮路徑的劫爾帶頭，利瑟爾也跟著邁開腳步。

在他身後，夸特不知所措地在原地踏步。不要拋下我——他才正要跨出一步，利瑟爾便忽然回過頭來，他伸出的那隻腳彷彿被利瑟爾的視線釘住似地僵在原處。

「怎麼了嗎？」

聽見利瑟爾這麼說，夸特目不轉睛地打量對方的臉色。

「走吧。」

「！」

利瑟爾的嗓音像在溫柔地對他招手，夸特倏地抬起臉來。

然後他立刻跑了過來，渾身散發著「我好開心」的氛圍。劫爾瞥了他一眼，無奈地瞇細了眼睛。跟眼前這個尊重對方意願、卻能讓對方主動選擇站在自己身邊的男人比起來，強制他人遵從命令的異形支配者根本算不了什麼。

劫爾自己對於夸特沒什麼意見，既然被擄走的當事人都不生氣了，那就隨利瑟爾高興。反正深深沉澱在他心底的憤怒，也已經暫且得到了發洩。

「走起路來有點搖搖晃晃的。」

「要我抱你嗎？」

「現在被人抱起來，感覺會很想睡覺呢。」

看來這傢伙還不想睡，劫爾稍微放慢了步調。反正到了撐不下去的時候，利瑟爾會主動告訴他。

劫爾就這麼把一隻手伸向利瑟爾的額頭，動作像要測量體溫一樣自然，一瞬間遮蔽了他的視野。利瑟爾沒注意到這個意圖，在眼睛被遮住的幾秒之間也照樣繼續往前走。

「？」

唯有走在他們身後幾步的夸特一瞬間停下了腳步。在利瑟爾和劫爾走過的那條通道旁邊，岔路前方不遠處，他看見幾名信徒的屍骸四散在那裡。

夸特目不轉睛地看著那些不成人形的亡骸，最後只是不可思議地眨了眨眼睛，便立刻往利瑟爾身邊走去。

118

一片寂靜當中，富有磁性的嗓音自言自語般響起：

「原來、如此。」

外界的喧囂傳不進這座書庫，亞林姆在布料底下尋思似地看向一旁。

不過他的目光立刻又轉回了眼前坐在椅子上的利瑟爾身上。這人剛才不但告訴了他那個襲擊王宮的、前所未見的魔法陣到底是什麼東西，而且居然不久之前還被這場騷動的始作俑者囚禁在牢房。

還真敢在我們的國家為所欲為。布幔遮住了他嘴角淺淺浮現的冷笑，沒有任何人看見。

「也得調查一下，地下通道的情報、是從哪裡洩漏的、呢。」

除了亞林姆自己以外，只有國王和小他一歲的弟弟、以及歷任的王宮侍衛長知道這條秘密通道。由於其高度機密性，這條通道唯有每年一次檢修的時候有人維護，但以前從來沒發生過異常狀況。

看來這些在國土作亂的野蠻之輩調查得相當仔細，亞林姆邊想邊看向書庫的大門。

「他、會不會、知道呢？」

「不曉得呢，假如對方在他面前談過相關事務，他或許會記得。」

在門的另一邊，夸特正在那裡等待利瑟爾出來。

亞林姆已經聽說了夸特的真實身分。夸特原本是屬於襲擊犯那一邊的人，讓他站在王族面前實在不太妥當——出於這樣的判斷，利瑟爾並未讓夸特進入書庫。現在他應該在衛兵的守望之下發著呆吧。

順帶一提，衛兵並不是特別為了監視夸特而安排的，而是在王宮發生騷動之際分配來保護各個王族成員的士兵。因此衛兵並不知道蹲在門口的夸特的真實身分，一邊站崗一邊納悶這到底是誰。

「他、是……」

亞林姆的一隻手臂從布料縫隙間伸了出來。

他把那隻手掌放上桌上的書本，又緩緩滑到桌板上，戴在手腕的金飾自然發出了清脆的碰撞聲響，沒有任何意圖。

「他是、老師、的？」

褐色的修長手指彷彿牽制似的，輕輕敲了敲有著美麗木紋的桌板。

指甲敲出了叩的一聲。但利瑟爾並未看向他手邊，只是隔著布料望進亞林姆的雙眼，微微一笑，像在告訴他不必擔心。

「我交代過他，在我去接他之前要當個好孩子。」

「唔呵、呵……」

亞林姆發出了缺乏抑揚頓挫，聽起來卻相當愉快的笑聲。

利瑟爾沒有給出明確的答案，但這已經足夠了。夸特與那些威脅國家安全的人物曾是共犯，以亞林姆身為王族的立場不能輕易放過他，利瑟爾應該也很清楚。

以利瑟爾的聰明才智，他要是認真想隱瞞夸特的事，方法要多少有多少；既然特地把夸特帶來，亞林姆原以為就是任他裁罰的意思，沒想到利瑟爾卻明言他還會來接夸特回去。

既然如此，就表示利瑟爾願意把夸特借給他們當作事件的重要證人吧。

「聽起來，他也不是自願參與這次事件、的呀。」

畢竟他是奴隸。亞林姆聽見這件事毫不驚訝地接受了，是相當少見的類型。

「大概拘禁、一陣子，就會、放他出來了。不過前提是、必須在情報方面、提供協助。」

「之後我會交代他配合的。不過，我想他不太可能知道什麼重要情報。」

「沒關係、喲。」

只要說得出那些信徒背後的幕後黑手的名字就夠了，亞林姆點點頭。

那恐怕是信徒們最想極力隱瞞的部分，不過一旦套出這個名字，與撒路思談判的時候就有足夠的籌碼擺出強硬態度。

那個趁著「外交負責人」的職務之便到處遊山玩水的弟弟，現在不曉得人在哪裡？亞林姆這麼想著，站起身來。

「那麼，我也去跟、國王報告一下。」

國王原本就交代亞林姆去調查那個魔法陣。

亞林姆根本沒有親眼看見，而且魔法陣的出現時間短暫到誰也不記得細節，叫他去調查根本是強人所難。儘管心裡有意見，他還是跑來翻遍了整間書庫的書，打算從魔法陣造成的影響推測它的底細……不過托利瑟爾的福，這方面他也有了頭緒。

跟國王報告之後，也就能擬定應變措施——讓那些受到魔法陣影響而出現異變的魔鳥恢復原狀。

「啊，那麼……」

「老師、你別起來。」

利瑟爾正要起身，亞林姆便以甜美沉靜的聲音制止了他。

看見利瑟爾罕有地披著身旁那名男子的外套，亞林姆可沒有遲鈍到還去問他為什麼。

「老師可以、用我的床。」

「在那之前，我還有事情想先處理好。」

坐在椅子上的利瑟爾緩緩站起身來。

劫爾坐在他身邊，目光追隨著他的身影，並沒有出言制止。亞林姆對此感到有些意外，同時回望利瑟爾筆直朝向這裡的目光。

「魔法陣對魔鳥造成了影響，對吧？」

「是、呀。」

「我想，我應該能夠處理。可以讓我看一下嗎？」

眼見利瑟爾微笑這麼說，亞林姆沉默不語，暗自尋思這句話背後的意思。

畢竟利瑟爾沒有理由出手幫忙，他不是積極對國家施恩圖報的那種人，也不屬於志在拯救國家危機的那種英雄性格。站在王族的立場，亞林姆也希望盡可能避免把冒險者捲入這次的事件當中。

利瑟爾肯定也知道他的想法，為什麼還這麼說？他懷著單純的疑問開口：

「這件事跟老師、沒有關係、喲。」

「沒有錯。所以，請您利用我吧。」
聽見利瑟爾乾脆地這麼說，亞林姆眨了一下眼睛。
「殿下，您已經知道了吧？」
知道什麼？亞林姆才正要問便噤了口，雙唇浮上逐漸加深的笑意。
王宮裡有著優秀的魔法師，其中也有人修習過魔鳥騎兵團用於馴服魔鳥的魔法。去徵詢這些魔法師的意見、摸索解決方法，原本才是處理這件事的最短捷徑。
但是，即使那些魔法師比利瑟爾更加優秀，也不可能有人比利瑟爾更懂得如何對抗那個魔法陣。
『不需要問號。』
那時候他對利瑟爾這麼說過，這是唯一一位獨力推導出騎兵團根基的人物。
『我稍微被他操縱了一下子。』
那時候他聽利瑟爾這麼說過，這是唯一一位親身理解了支配者的魔法的人物。
「我想這一定是最好的方法了，無論對您來說，或是對我來說都一樣。」
然後現在，這位人物才剛親自告訴他不久前出現的魔法陣是什麼樣的東西。
雖然利瑟爾說細節都只是他的猜測，不過肯定八九不離十吧。亞林姆甚至確信，接受利瑟爾的提案、利用利瑟爾達成目的，對於現在的阿斯塔尼亞來說是最有效的手段。
眼見利瑟爾微微偏了偏頭露出微笑，亞林姆朝他走近，布幔隨著動作滑過地板。
「我只有、一個疑問。」
亞林姆面朝利瑟爾站定，低頭看向他。

亞林姆從布料當中伸出手臂，將手掌擺在一旁的桌子上，接著傾過上半身去打量利瑟爾。體重緩緩轉移到手臂上，使得桌子發出了細小的吱嘎聲。

布幔敞開了手臂的寬度，利瑟爾看著金線般的一綹髮絲，從亞林姆自縫隙間暴露出來的脖頸邊滑落。亞林姆隔著一層布幔與利瑟爾四目相交，開口問道：

「老師，對你來說、有什麼『最好』可言、嗎？」

這樣聽下來，這件事對利瑟爾來說沒有那麼大的益處，應該不值得他強忍著身體不適出手幫忙才對。

做出這樣的結論，已經代表亞林姆並不是普通的王族了吧。畢竟這也就表示他明明有著身為王族的自覺，卻把自己的國家與利瑟爾同等看待。

「當然有呀。納赫斯先生也在那裡吧？」

「應該、是吧。」

「那麼只要這件事尚未落幕，他就沒辦法照顧我了。」

劫爾朝他投以「結果這傢伙在意的還是這個？」的目光，利瑟爾對此視而不見。他垂著眉，彷彿在說這就是最大的難關：

「畢竟這次遭到綁架的事，感覺會被納赫斯先生罵呀。」

利瑟爾說得理所當然，大言不慚地表示就是因為這樣，所以他想先賣個人情給納赫斯。

亞林姆微微瞠大眼睛。在隱忍不住的笑意之下，他把手掌移開桌面，掩住了嘴。

換言之，對利瑟爾來說，這兩件事是對等的——稍有差池就會演變成他國侵略的事件，也不過是與納赫斯的訓話相差無幾的小事。

「唔、呵呵、呵呵。說得、沒錯呢。」

「對吧？」

「那麼，我就在這裡、再待一下子、吧。」

亞林姆放任笑意滲進嗓音之中，將手伸向自己身上的布幔。

他把層層疊疊的布往下一拉，布料便一條接著一條從頭頂滑落。視野隨著布料滑過頭髮、脖頸的觸感逐漸開闊，在視野正中央，是利瑟爾眨著眼睛的身影。

第一次在沒有布料遮擋的狀況下看見這表情，亞林姆緩緩揚起唇角。

「你需要、這個、吧。」

那雙紫晶色的眼眸褒獎似地化開，回應了這近似於斷定的疑問。

自己心甘情願地接受了這種褒獎，究竟還有沒有資格自稱為王族呢？亞林姆一邊打趣地這麼想著，一邊告訴利瑟爾不要太勉強了，然後開始把布料披到他身上。

在森林當中，伊雷文百無聊賴地蹲在裸露的土地上。

他靈巧地轉著小刀，看也不看自己手邊的動作，邊打呵欠邊盯著眼前的洞穴看。那道埋在地面下的暗門現在已經完全敞開，露出通往地底的梯子。

陽光透過葉隙灑落，照進幽暗的洞穴內部。簡直像個墓穴，伊雷文在內心開玩笑似地這麼想。

「（不知道隊長到王宮了沒……如果他已經乖乖休息就好了。）」

不，利瑟爾應該會繼續行動一會兒吧。回想起他走向王宮的身影，伊雷文深深呼出一口氣。

說到底，利瑟爾假如真打算乖乖休息，就不可能往騷動當中的王宮去了。還不如從森林這一側離開，迅速回到旅店，在兩位隊友的照顧之下悠悠哉哉躺著休息最好。

當然，想讓王宮的御醫看診、想找最無微不至的人來照顧他，應該都是利瑟爾的真心話；但要推動利瑟爾採取行動，只有這點理由還太薄弱了。

「畢竟他那時候都那麼生氣了嘛。」

伊雷文喃喃說著，站起身來。

反正他從不覺得自己有辦法解讀利瑟爾所有的思路，現在還是把利瑟爾交代的事情辦好，事後再盡情跟他撒嬌就好了。

叩、叩，踩踏梯子的聲響逐漸朝這裡接近。

「來啦，追加一隻。」

「呃啊!!」

而且，伊雷文也完全不打算饒過惹怒利瑟爾的人。

男人喘著大氣爬上地面，伊雷文毫不留情地一腳踢了過去。那男人——也就是利瑟爾口中的其中一名信徒，由於這陣衝擊而從地底下被拋上地面。

「唔……可惡，你做什……」

「吵死啦。」

伴隨著慵懶的嗓音，伊雷文輕易踩斷了信徒的腳，就像蹂躪路旁的野花一樣。

或許是試圖忍耐的關係，慘叫聲憋成了不上不下的悶響，聽來有如魔礦國的齒輪即將停止時的吱嘎聲。信徒因疼痛而顫抖的指尖搔刮著地面，伊雷文無趣地低頭看著這一幕，踩在骨折處的腳再度使力。

「咿、啊、啊——」

「聲音有夠難聽。」

伊雷文嘲諷地笑著說完，過不久又立刻失去了興趣。

即使對方大吼著說要殺了他、用染滿了憎恨與憤怒的雙眼瞪向他，他也絲毫不以為意。這都是家常便飯，沒什麼趣味，就像陳腔濫調一樣左耳進、右耳出。

這時候，又有個人從地底下探出頭來——是蓄著長瀏海遮住雙眼的男子。

「首領，那是最後一個啦。」

「嗄？跟逼問出來的人數不一樣啊？」

「因為底下有四個人死在深處。那是一刀斡的吧，有人頭蓋骨整個被砍飛了。」

男子一邊淡然這麼說，一邊動作輕巧地從洞穴裡把身體探出地面。伊雷文彷彿表示不滿似地又往信徒腿上狠狠踐踏了一陣，發現他快痛暈過去才不再施力。

「還想說大哥意外滿冷靜的，結果居然是自己一個人先發洩過了喔，有夠奸詐。」

在當時心急如焚的狀態下，劫爾應該也無暇嬉戲才對。

但以劫爾平常的作風，這次說是放縱怒火、將礙事的人們屠殺殆盡，手段又顯得太過兇殘了些。就像伊雷文擔心自己會遷怒於利瑟爾一樣，劫爾內心想必也懷著同樣的感受吧。

「故意不在隊長面前把這一面表現出來，大哥也真愛裝帥欸。」

「首領，這是你沒裝到帥的意思喔？」

「我？我那時候整個抓狂了嘛。」

聽見他們語調輕鬆的閒聊，被伊雷文踩在腳下的信徒悶聲哀號：

「居然……問出情報……」

「對啊，是他們裡面的……我忘了是誰欸。」

伊雷文撇嘴笑著，收回了自己的腳。

信徒無法靠著被踩斷的腿站起，只能掙扎著從地面上抬起頭來。就讓你看看你要找的東西在哪吧，伊雷文伸手一指。是誰做出這種不可原諒的背叛行為，信徒這麼想著，表露出不加掩飾的恨意回頭朝那個方向看去。

下一秒，他瞠大了布滿血絲的雙眼，不知是出於驚愕，還是出於恐懼。在出入口後方，原本是視野死角之處，他看見同袍們有的被綁在樹上、吊在樹上，有人被釘在樹上，呈現不忍卒睹的慘狀。

「來啊來啊快笑啊！你不是很高興嗎？那應該要笑啊？喂我在跟你說話啊快——笑——啊——混帳東西!!聽到了就給我露出笑容回答!!」

「為、為什麼不、不聽、不聽我說話……我、我就知道，你們都討厭我，覺得我是垃圾，啊哈，你們一定這樣想，啊哈哈……太、太過分了，我明明就這麼、這麼努力……」

信徒能理解的，只有所有人都正在遭受殘忍的拷問這點而已。

他張開嘴原本是想譴責同袍背叛了師尊，這下卻什麼也說不出口，只吐出紊亂的呼吸。這光景如此慘絕人寰，就連崇拜在心裡牢牢紮了根的信徒，也一瞬間覺得招供不是該遭譴責的罪。

「喂，那個要死了。」伊雷文說。

「啊，真的欸。好浪費回復藥……」

留著長瀏海的男人一面抱怨不要浪費物資，一面朝著那個一面哭喊一面拿著短刀猛刺的精銳走近，然後往那名快要斷氣的信徒屁股上踢了一腳，把手中的回復藥往他身上灑。

那名信徒的嘴巴明明被綁住，發出的淒厲慘叫卻依然響徹整片森林。

「——你們做什麼，你們到底想做什麼!!」

「洩憤啊。」

仔細一聽，四下不斷傳來破碎的慘叫聲。

滲進土地的血腥味，笑聲、哭聲，割裂什麼東西的聲音，什麼東西掉落地面的聲音。這超脫常理的瘋狂空間實在太令人毛骨悚然，信徒忍無可忍地慘叫出聲。

而伊雷文看也不看他一眼便往他頭上狠狠踹了一腳，衝擊傳到傷腿上，信徒從咬緊的牙關之間死命喘氣。伊雷文把玩著手中的短刀，睥睨著倒在地上的信徒。

「叫這麼大聲會引來魔物欸，閉嘴啦。」

短刀在手掌中滴溜溜轉了一圈。

在伊雷文重新握住掌心的時候，原先那把短刀已經消失無蹤，他握在手上的成了另一種短刀。若在酒席之間，這把戲肯定能博得滿堂彩，但臉頰被按在地面、仰望著這一幕的信徒卻只感受到恐懼。

那把短刀異常地細，寬度與厚度差不多。伊雷文戲耍似地將那把短刀拿在手中晃了晃，吊起了唇角。那是只有絕對的掠食者才有資格露出的笑容。

「我說你們啊，不是很敬愛那個『師尊』嗎？」

「閉嘴，那不是你可以隨口喊出的名號！」

「好啦好啦，好偉大的忠誠心喔，我好佩服——」

激動的信徒忘記了痛楚，大大張開了嘴巴，就在下一秒……

伊雷文把他的頭用力踩在地上固定，看著那隻屈辱地瞪視過來的眼睛，分出雙岔的舌頭舔過嘴唇。

「那麼，如果能跟那個師尊做一樣的事情，你一定很開心喔？」

短刀揮下，貫穿了信徒的臉頰。

刀刃穿過口腔、甚至刺破了另一側的臉頰，刀尖刺進緊貼著臉頰的地面。

「啊嘎、啊、啊——」

「來，你跟那個師尊一樣嘴巴被封起來了欸，恭喜啊。」

信徒胡亂揮著雙手，伊雷文嫌煩似地踢開他的手臂，緊接著立刻鬆手放開了剛才已經拿出來的下一把小刀。在刀尖一如預期地碰到信徒手臂的瞬間，伊雷文的腳跟使勁往刀柄底面一踩。

信徒整隻手臂被釘在地面，發出了淒厲的慘叫，伊雷文踢向他喉嚨讓他住了嘴。這點程度有什麼好叫的？這還只是剛開始而已呢。

「你就好好感謝我吧。」

聽見這句話，信徒扯開即將嘶啞的喉嚨大叫。

難道你對師尊也做了同樣的事情、不可原諒——但他拚死吶喊，也只吐出破碎的呼吸聲。

「你要是能笑著說謝謝，我就讓你結束這一切啊。」

我好心給你想要的東西，道個謝也是當然的吧，伊雷文笑著說道。

他們對這裡所有的信徒都開出了這個條件。不知從哪傳來一陣破碎的笑聲，被那個最愛笑的男人斷然打了回票，說這個笑容不夠誠懇。

歸根究柢，這本來就只是個藉口；只是因為說要給他們跟師尊同樣的體驗，信徒們能撐得比較久，所以他們才這麼說。實際上，精銳盜賊們只是各自隨心所欲凌虐那些信徒而已。

「是說首領，這樣沒關係嗎？不是有指示說要活捉？」

「人到最後還活著就好啦。隊長叫我辦事的時候會交代我『不要做得太過火』，既然他沒這樣講，就表示我愛怎樣就怎樣啦。」

「原來如此。」

如果偉大的師尊曾經克服這樣的試煉，那麼自己也必須撐過去才行——

這樣的堅持，在這些習於毀壞人心的殺手面前也不堪一擊。沒剩下多少時間了，伊雷文撇嘴笑著，握緊了手中那把稍大一些的短刀。

對於阿斯塔尼亞的居民來說，魔鳥墜落地面是一件近似於日常崩壞的大事。

人們總是聽著頭頂上傳來的拍翅聲，追逐著魔鳥疾馳過地面的影子；偶爾聽見的魔鳥鳴叫聲聽起來就像海濤，牠們總是在天際守護著國家、守護著這裡的人民。看見這些魔鳥墜落地面，恐怕沒有人還能保持冷靜吧。

「怎麼了，振作點啊……！」

面對此刻發生的變異，納赫斯拚命呼喚著自己的魔鳥。

在那個魔法陣出現的同時，魔鳥也跟著出現異常。納赫斯硬是壓下焦急的心情，又因為無法為牠做點什麼的無力感咬緊牙關。在訓練場上，類似的光景四處可見。

「有我陪著你，沒事的，你冷靜點！」

納赫斯無法靠近蹲坐在幾步之外的魔鳥，搭檔熟悉的眼睛裡蘊含著強烈的警戒色彩。

信徒們發動的魔法破壞了平穩的日常、踐踏了國家的象徵；這惡質的魔法本身已經消逝，卻留下了確切的爪痕，將騎兵團推落混亂當中。

「喂，我的搭檔好像要生了！快叫照顧員拿乾草來！」

「魔力布，快把包裹鳥蛋用的魔力布準備好！」

「乖喔冷靜，有我陪在你身邊，沒事的、沒事的！」

「喂等一下，你不是公鳥嗎?!」

全場一片混亂。

所有人都擔心自家搭檔的安危，卻都只出聲鼓勵，並沒有靠近魔鳥。畢竟即將產卵的魔鳥脾氣會變得相當兇暴，甚至不讓公鳥伴侶接近。

魔鳥收著翅膀，蹲坐在各自的騎兵搭檔面前，渾身不斷顫抖。魔法陣出現之後，原本在天上飛翔的魔鳥也立刻失去平衡、搖搖晃晃地降落地面，然後就此縮在原地發抖，動也不動。

「騎兵團那些傢伙一扯上跟魔鳥有關的事真的就是笨蛋耶……」

其中一名王宮侍衛兵喃喃自語。由於懷疑魔法陣是來自他國的攻擊，侍衛兵啟動了警戒態勢，他們也正忙得不可開交。

為了以防萬一，戒備魔鳥失控的情況，侍衛兵已經環繞在訓練場周邊待命，騎兵團嚴陣以待的態度實在讓侍衛兵們不敢插嘴。安撫魔鳥這件事本身並沒有錯，所以大家都不打算多加干預，但侍衛兵還是忍不住想，怎麼可能這樣突然開始準備生蛋啦。

「真的，真受不了！」

一名少女忽然這麼說著，一臉氣憤地從侍衛兵身邊跑過去。

看她的打扮應該是魔鳥騎兵團的見習騎兵，也就是魔鳥照顧員。畢竟她還是見習騎兵，腦袋應該還正常吧，侍衛兵才剛這麼想，就看見少女懷中抱著大量的布料。

「首先得用布把魔鳥圍起來，營造出魔鳥能夠安心產卵的環境才行啊！結果大家都只會傻在原地，全是些派不上用場的傢伙！」

這一瞬間，證實了騎兵團裡面所有人都是忠貞不渝的魔鳥笨蛋。

如果這麼做能讓魔鳥平靜下來就好，侍衛兵只能面無表情地點頭。在他眼前，照顧員手腳俐落地將每隻魔鳥和搭檔以布幔圍在一起，訓練場上三三兩兩地設起了臨時產卵處。

布幔當中依舊傳出騎兵們鼓勵魔鳥的聲音，情景相當詭異。

「真是的，弄出那個魔法陣的傢伙到底想做什麼啊……」

侍衛兵搔了搔脖子，嘆了口氣。

乍看之下只是魔鳥肚子痛而已。騎兵團是國家的重要戰力，魔鳥出現異常理論上是非同小可的狀況，但現場看起來又不像發生了重大事件，緊張感自然也就比較淡薄一些。

還真虧有人做出這麼愚蠢的行為。就在侍衛兵受不了地這麼想的時候，有個人影從面對訓練場的他身後走近，跨入騷動的漩渦之中。

「有可疑人物……！……什麼嘛，原來是亞林姆殿下啊。」

看見一個布團突然出現在這裡，侍衛兵差點叫出聲來，不過他立刻就閉上嘴目送布團離開。

在王宮徘徊的布團，只有可能是那個人了。布團毫不介意他的反應，朝著其中一個布幔圍起的產卵場走去。

「什麼人！啊，是殿下呀，失禮了。」

「有怪人……啊，沒事。對不起，亞林姆殿下。」

每次與人擦肩而過總是嚇到人，不過布團還是順利走進了其中一個布幔圍起的區域當中。

侍衛兵若有所思地望著這一幕——不，目擊眼前這情景的所有人一定都會感到疑惑吧。亞林姆來到這裡倒不是重點，殿下是全國最頂尖的學者，過來調查可疑魔法陣造成的影響並沒有什麼好奇怪。

但是，亞林姆身後帶著的那個人物，卻讓周遭眾人感到無比突兀。

「為什麼一刀和殿下待在一起啊？他不是都跟悠哉先生待在一起嗎？」

除了騎兵團以外的阿斯塔尼亞士兵，都稱呼利瑟爾為「悠哉先生」。

「乖喔，冷靜下來，很好。……這樣啊，原來你也要當父母了啊……」

在那座布幔圍起的產卵場當中，納赫斯正在對自己的魔鳥說話。

他保持著一定距離，凝視著搭檔那雙彷彿毫無感情的黑色眼瞳。接著他忽然露出笑容，將原本舉著的雙手放了下來。

「放心吧，你的小孩的搭檔，我會好好幫你嚴選的。」

在他身後，布團和劫爾靜靜看著這一幕。

「這個嘛，那位見習的少女或許不錯喔，她的判斷非常精準。可是不對，她不太擅長幫魔鳥護理和保養……如果小孩是母鳥的話還是希望打理得漂漂亮亮的吧，還是找其他人比較好。」

布團和劫爾靜靜看著這一幕。

「照顧員的組長怎麼樣呢，他總是把魔鳥打點得乾淨整潔，體力也很好。嗯，但是那傢伙容易過度信任你們……要是騎乘方式太亂來，害你的小孩吃到苦頭就糟糕了。」

布團和劫爾靜靜看著這一幕。

「喔，對了，那個去年退到後勤、當上魔鳥訓練士的傢伙怎麼樣？他經驗非常豐富，也很懂得該怎麼對待魔鳥喔。只是他之前也笑說，他已經沒辦法應付調皮好動的幼鳥了。」

布團和劫爾靜靜看著這一幕。

但納赫斯還是比手劃腳地說著：「找老手比較好……」、「不對還是年輕人比較……」

「要是能讓我來養……不，對我來說最重要的還是你！我絕對會找到值得信賴的搭檔的！所以你就放心生……」

納赫斯毫無意義地猛然回過頭，無預警看見了不知何時出現在那裡的人物，頓時僵在原地。

幾秒鐘的沉默。納赫斯帶著非常尷尬的表情打破沉默：

「你們什麼時候待在這裡的!!」

「從納赫斯先生你深有感慨地說『這樣啊，原來你也要當父母了啊……』的時候開始。」

「果然是你啊！殿下到哪裡去了！」

或許是感到難為情的關係，總覺得納赫斯問得比平常更加激動，利瑟爾在布料底下有趣地笑了。

亞林姆和利瑟爾的身高差異確實相當明顯，納赫斯果然一看就知道了。

話雖如此，亞林姆平時都蝸居在書庫，因此利瑟爾以這身打扮在王宮裡閒晃也不會露出馬腳。正是由於納赫斯與利瑟爾有所來往，又因此與亞林姆有了交集，所以才會注意到布料底下的人是利瑟爾。

「殿下還待在書庫，只是把布料借給我而已。」

順帶一提，這些布料穿戴時似乎也有固定的順序，亞林姆親自替他俐落地披上了。

布料想必帶有某些魔法效果，但利瑟爾對於魔力布也還在學習當中，目前只知道不知為何隔著布料仍然看得見周遭景色，以及布料比想像中更輕而已。

「拿下布幔的殿下該怎麼說，跟想像中一樣呢。」

「是啊。」

「沒什麼驚喜感呢。」

「確實沒有。」

或許是聽了有點在意的關係，沉默了一瞬間的納赫斯立刻回過神來開口：

「不對，比起那個，你們為什麼跑到這裡來？很危險的，快回書庫避難。」

「我來看看魔鳥的狀況。不過沒想到居然發生了產卵之亂，嚇了我一跳。」

「蠢斃了。」

「想也知道我們不可能真的以為魔鳥要產卵了好嗎！」

看起來並不像啊。

利瑟爾他們已經目擊了納赫斯認真為即將出生的幼鳥挑選搭檔的模樣。面對他們欲言又止的視線，納赫斯一時間啞口無言。

「這個嘛，也無法否認我們多少有點不知所措……」

他說到這裡就打住了。

納赫斯一邊留意搭檔的情況，一邊鎮定自己情緒似地呼出一口氣：

「……貴客，你之前問過我對吧，關於傷害了人類的魔鳥會遭到什麼樣的處置。」

那是從王都帕魯特達前往阿斯塔尼亞途中所發生的事。

利瑟爾對於騎兵團的制度，以及確立了這個組織的「魔鳥」都相當興味盎然。而納赫斯也很想找人訴說魔鳥的美好，兩人的需求一拍即合，於是一有空閒時間，他們倆就熱絡地展開問答。

這就是那段時間曾經出現過一次的話題。這問題明明難以回答，但納赫斯儘管露出苦笑，卻毫不敷衍地回答了他。

「當時你說，魔鳥逃不過處分，對吧。」利瑟爾說。

「沒錯。」

不是其他人，而是騎兵們自己接受了這個規矩。

利瑟爾無權對此發表意見，任何外人一定也都無權干涉。

「這傢伙的舉止變得奇怪，是受到出現一瞬間的那個魔法陣影響對吧？現在雖然還只是蹲在原地發抖，但誰也不知道牠什麼時候會出現變化、突然發狂。」

正因如此，他們才用布幔把魔鳥與外部隔絕，無論接下來發生什麼事，都不讓外人看見內部的情況。

即使魔鳥發狂、傷害了自己的搭檔，周遭也不會有任何人看見。

「不讓大家看見的理由是？」

利瑟爾在布料底下露出淺淺的微笑這麼問。

笑容中之所以蘊藏著敬意，是因為他早已知道納赫斯會如何回答。納赫斯筆直看著他，眼中帶著堅定不移的覺悟。

「因為我希望直到最後，人們內心對這傢伙懷抱的都是尊敬與愛護的感情。」

在生命的最後，希望搭檔不是以傷害人類的魔物，而是以阿斯塔尼亞守護者的身分走完最後一程。

這是堅持守護搭檔尊嚴到底的一句話。騎兵們不把魔鳥當作需要庇護的對象，而是視牠們為並肩作戰的夥伴，比任何人都更加以牠們為傲；正因如此，當抉擇的時刻來臨，他們一定會毫不猶豫地做出選擇。

他們對於自己的職責懷有堅定的信念，絕對不會苟且選擇輕鬆的選項。他們願意抵抗到最後，希望做出這種決定的時刻永遠不會到來。

「你是非常堅強的人呢。」

「這都只是嘴上說說而已。」

納赫斯苦笑著這麼說道，抬手掩住了因苦笑而鬆動的嘴角。

「不說這個了，這樣你也明白了吧。快回書庫去，把那些布還給殿下吧。」

納赫斯以為他是為了炫耀這些布才跑來的。

現在這種狀況下，亞林姆怎麼可能允許他只為了看熱鬧出來閒晃呢，納赫斯這麼說未免太失禮了。利瑟爾否認了納赫斯的猜測，摸索著分開了面前的布料。

利瑟爾一一撥開層層疊疊的布料，從縫隙中朝著劫爾伸出雙手。

「劫爾，可以把那個魔石拿給我嗎？」

「哪個啦？」

「人魚那個，通關報酬拿到的。」

「喔……」

確實是有這個東西沒錯，劫爾這麼想著，取出了一顆巨大的魔石。

尺寸比人頭稍微小一些，不過以魔石來說，這已經大得超乎尋常了。假如拿去出售，這可是換得到數百枚金幣的珍品。
這顆魔石無論品質、還是蘊藏的魔力量，都是超乎規格的優秀。劫爾以單手輕鬆握住那顆魔石，將它放到利瑟爾伸出的雙手上。
「別弄掉了。」
「好的。」
劫爾才正準備放開手，利瑟爾的雙手卻在放開的那一瞬間猛地往下沉，他趕緊伸手替他支撐住。
碰觸到的那雙手，依然帶著炙熱的溫度。但劫爾沒有沒收那顆魔石，只是緩緩放開替他支撐的手，彷彿在說要怎麼做隨他高興。
「不是叫你別弄掉了？」
「手比想像中更使不上力，現在已經沒問題了。」
魔石再怎麼說也是石頭，具有與大小相應的重量。
這一次，利瑟爾穩穩拿好了魔石，悄悄在心裡擔憂：假如又弄到肌肉痠痛該怎麼辦？他現在還得應付發燒導致的關節痠痛，這對他來說是攸關生死的大事啊。
「貴客，你打算做什麼？你這樣子看起來非常可疑啊。」
納赫斯一面安撫魔鳥，一面以狐疑的眼光凝視著利瑟爾。
布團、從布團當中伸出的雙臂，以及雙手捧著的半透明球體……任何人看了毫無疑問都會覺得這是個可疑的占卜師，可疑到若他扮成這樣還不是占卜師，反而讓人想告他詐欺的程度。

「我想處理一下魔鳥的狀況。」

「用占卜嗎?!」

「占卜?」

但利瑟爾本人並沒有自覺。

「你的推測沒有錯，現在的情況就是那個魔法陣造成的。」

「這……我想也是，雖然不知道對方這麼做到底有什麼目的。」

「他們的目的是支配呀。」

聽見利瑟爾這麼說，納赫斯皺起臉來。

這也難怪，心愛的搭檔被人為所欲為地支配，他不可能不為所動。

「他們想超越構成騎兵團根基的那道魔法……說把它覆寫過去或許比較好懂吧。」

「這應該不是那麼容易就能被覆寫的東西才對啊……」

「這也沒辦法，畢竟是適性的問題。只想讓魔物聽從命令的話，比起建立友好關係，單純的支配來得簡單太多了。」

無論友好或支配都一樣，在使役魔法當中，並沒有哪一種方法比較優秀的問題。

兩種方式都各有優缺點，越優秀的魔物使，也就越懂得視情況巧妙運用這兩種不同的手段。只是因為使役的根本仍舊是「支配」，所以採用支配的方式比較省事而已。

當然，假如將重心擺在建立友好關係，雖然比較費事，但魔物也能接受比較靈活的命令。要強化哪一方面，只能說是魔物使個人的偏好了。

「那麼，這傢伙就是被人支配……不對，這好像不太可能。」

「是呀。」

納赫斯獨自找到了答案，利瑟爾也點點頭，像在說這就是正解。

假如魔鳥完全遭到支配，那就表示建構起騎兵團的魔法已經消失了。魔物不會對人懷抱感情，無論是一起度過多少時光的搭檔，連結起彼此的魔法一旦消失，魔鳥就會立刻發動攻擊。

「現在應該說是騎兵團的魔法、和魔法陣的魔法雜亂無章地糾結在一起的狀態吧。魔鳥也不知道該怎麼做才好，因此才會在原地發抖。」

利瑟爾的指尖撫過手中的魔石，悠然露出微笑。

「牠們肯定感受到了不小的攻擊衝動，之所以能夠忍耐，都是因為有著你們之間的羈絆。狀況穩定之後，請好好誇獎牠吧。」

納赫斯睜大雙眼，接著引以為傲地笑了。

另一方面，劫爾則暗自心想：這傢伙說了句好話啊，可惜現在看起來是個布團。難得的金玉良言都白費了。

「而這種糾結的狀態有點棘手呢……」

利瑟爾忽然看著魔鳥喃喃這麼說。

從剛才開始，他的視線就一直沒有從魔鳥身上移開，手上的魔石隱約散發著光芒。這麼說來，從剛才開始魔石就發出了幾次亮光，納赫斯一邊這麼想一邊訝異地問：

「怎麼了嗎？」

「想解除覆蓋上來的支配魔法，恐怕會連騎兵團的魔法也一起消除掉……嗯……這樣子呢？」

「什……你怎麼……！」

納赫斯的語調急迫起來，一時間說不出話來。

他無意拒絕利瑟爾，只是納赫斯不知道利瑟爾遭到綁架，利瑟爾對他來說是和這次事件毫不相干的局外人，總不能把這樣的人捲進來。

可是，他同時又注意到利瑟爾打扮成這樣的用意。之所以扮成亞林姆，就是為了不以利瑟爾的身分涉入這件事；既然亞林姆二話不說把布料借給了他，那也就代表阿斯塔尼亞的王族判斷這麼做對於國家是有益的。

「（……雖然該注意到的傢伙還是會注意到……）」

他瞥向劫爾，對方微微蹙起眉頭，回應了他一道兇神惡煞的視線。

納赫斯忍不住想，帶著這個總是只待在利瑟爾身邊的男人，特地扮裝不就沒有意義了嗎？不過重要的是不讓利瑟爾直接被人看見，所以也無所謂就是了。

「我的魔力果然完全不夠……與其從魔石把魔力引出來，還是把它當成媒介將魔力增幅……啊，這麼做好像比較好哦。」

「你打扮成這樣碎碎念看起來有夠可疑。」劫爾說。

「咦？」

納赫斯還有很多話想說，不過還是全都吞回了肚子裡去。

這種好像知道騎兵團用了什麼魔法的語氣是怎麼回事？說到底，利瑟爾為什麼會知道出現在空中的魔法陣有什麼目的？既然要借用亞林姆的裝扮，不能想辦法再減輕一下這種可疑人物感嗎？諸如此類。

「我已經搞不太懂了，不過……」

「是？」

納赫斯按著各方面思考過度而引發頭痛的腦袋，露出無可奈何的笑容。他本來就不是特別擅長動腦的類型。

「你比我更有遠見，既然你已經弄懂了這一切、並決定採取行動，那就好了。」

想必利瑟爾會幫助自己的搭檔，也會幫助陷入同樣狀況的同袍吧。既然如此，這樣就好。這是納赫斯最迫切的願望。

湧上心頭的是深切的感謝，以及安心。懷著這所有感受，他說出下一句話：

「可以拜託你嗎？」

「當然。」

回答的嗓音十分柔和，聽了就能想像布料底下那道沉穩的微笑。

同時，魔石當中蘊藏的光芒開始增強，層層疊疊的布料隨之飄了起來，在半空搖曳。

「所以，納赫斯先生，也請你不要拒絕哦。」

「？……拒絕什麼？」

眾多魔法陣在魔石表面出現、重合，又彷彿融入魔石般消失不見。極度細緻的魔力構築、同時建構，維持住已經構築完畢的魔力，然後將同樣的過程反覆數次。

懂得箇中奧秘的人看了想必會發出讚嘆，但對於魔法不甚瞭解的劫爾和納赫斯完全看不出這有什麼厲害。表面上看起來，他就是個特別可疑的占卜師而已。

「我想說，這之後想請納赫斯先生全力照顧我這個病人。」
聽見利瑟爾這麼說，納赫斯啞然凝視著布團。
「……你身體不舒服嗎？」
「如你所見，非常不舒服。」
「看不出來啊。」
「我在忍耐。」
「不是，因為那個布……」
他並不是懷疑利瑟爾的話，只是實在忍不住把內心想法說出口。
看利瑟爾的回答有點牛頭不對馬嘴，難道是身體真的很不舒服嗎？不，這應該是他正常發揮吧，既然還能忍，看來也不至於立刻倒下。
納赫斯把布團從上到下打量了一遍，一邊將視線轉回顫抖的魔鳥身上，一邊堅定地點了頭。
「照顧病人這點小事，儘管包在我身上。身為受你幫助的人這麼說或許有點厚臉皮，但還是請你不要太勉強了。」
「我不會覺得你厚臉皮的。再說，這也是我個人的報復行動，所以請你不用介意。」
「報復行動？」
這詞彙跟利瑟爾的形象實在很不搭調。
納赫斯疑惑地這麼想著。劫爾的反應正好相反，他領會了什麼似地看向利瑟爾。

不同於伊雷文，劫爾並沒有撞見關鍵的那一幕，他只是隱隱察覺到利瑟爾一向有如寧靜湖面般風平浪靜的心似乎起了波瀾。

所以劫爾現在也放任利瑟爾為所欲為，簡單說就是要他「快點發洩完快點休息」的意思。

「……喂，你該不會知道弄出那個魔法陣的人是誰吧?!」

「該說是知道嗎……」

原本對著魔石沉吟、不曉得在忙些什麼的利瑟爾倏地抬起臉開口，露出充滿成就感的表情：

「就是因為被那些人監禁，所以我感冒了。」

下一秒，本來還在原地發抖的魔鳥猛力拍動翅膀，飛上天空。

接下來，周遭眾人目擊了謎之三人組：納赫斯憤怒地表示「這種事你應該一開始就講清楚啊！」。布團變成了可疑的占卜師，再加上一刀。他們三人從一個布幔圍起的區域移動到另一個，一隻一隻讓魔鳥飛上天際，這情景簡直比幻覺更像幻覺。

解除了所有魔鳥的生蛋疑雲之後，利瑟爾他們走在王宮的走廊上，準備回到書庫。雖然事件尚未完全解決，但納赫斯表面上還是作為亞林姆的護衛與他們同行。

當他們離開了仍在騷亂之中的訓練場，轉進沒有人跡的通道時……

「我不行了。」利瑟爾說。

「我想也是。」劫爾說。

利瑟爾停下腳步，原本僅憑著毅力驅動的身體像斷線般放鬆下來。無力往後倒下的身體，被走在他身邊的劫爾穩穩接住了。利瑟爾毫不客氣地靠在環在他背後的手臂上，撥開蓋住臉部的布料，吁了一口氣。

「嗯……頭好痛，頭昏眼花的。」

「用了那麼多次魔法，頭痛也不奇怪。」劫爾說。

「是這麼說沒錯。」

我要抱你了。在劫爾這麼說的同時，利瑟爾的身體離開了地面。利瑟爾任他擺佈，閉起眼遮斷了白光閃爍的視野。老實說他還勉強能走，但能省點力氣是再好不過了。

「想睡了？」

「不會。」

劫爾略帶沙啞的低沉聲嗓從極近距離傳來。

利瑟爾輕輕搖頭作為回應，然後將頭靠在眼前的側頸上。現在自己的體溫肯定比劫爾更高，卻覺得碰觸到的肌膚莫名溫暖。

一陣一陣的暈眩，頭好重，不可思議的是劫爾身上傳來的體溫似乎讓他感到輕鬆了些。

「感覺燒得很嚴重呢……請殿下叫王宮裡的御醫過來吧。」

聽見這擔憂的聲音，利瑟爾忽地抬起眼瞼，將視線轉向納赫斯。

納赫斯正接過劫爾從利瑟爾身上剝下的布料，一察覺利瑟爾的目光，便以柔和的眼神笑著問他怎麼了，毫無保留地展現了應對病人的溫柔。也不枉費利瑟爾特地拜託他看顧了。

『這麼說來，各位騎兵都沒有替魔鳥取名字呢。』

利瑟爾忽然想起自己針對魔鳥提出各種問題時的一段對話。

老實說，背後的理由他大致想像得到；儘管如此依然提出這個問題，是因為他想知道騎兵團針對這點是怎麼想的。

『嗯，是啊。』

當時的納赫斯笑得有點困擾。

『取了名字就會有感情吧，發生什麼萬一的時候不太好。』

利瑟爾的本質是個貴族。

身為貴族的他，欣賞重視榮譽、嚴以律己、為國奉獻的人。因此即使現在在休假當中，他仍願意對騎兵團伸出援手，為了讓素有來往的納赫斯不落入最壞的狀況當中。

那個「萬一」沒有真的發生真是太好了，利瑟爾微微一笑。

能做的人情都做了，接下來就放輕鬆讓人照顧吧，利瑟爾於是放鬆了身體。感覺現在的納赫斯願意為他實現所有願望。

「其他還有什麼需要的東西嗎？對了，吃藥前得先吃點東西墊胃才行。」

「我想沖澡。」

「不行！這樣病情會惡化！等下我幫你把頭髮和身體擦一擦，你就先忍耐一下吧。」

納赫斯果然沒那麼好說話，利瑟爾一臉惋惜。劫爾低頭看著他那副表情，無奈地嘆了口氣。

119

阿斯塔尼亞的白牆王宮內部。

在整座王宮當中，書庫也位於人煙稀少的地帶。穿過書庫最深處那扇隱密的門，便是為了蘊居在書庫中閉門不出的亞林姆所打造的起居空間。

房間並不算特別寬敞，不過畢竟是為了供王族使用而打造，房裡的擺設都是一流的高級品。床鋪毫不吝惜地使用了大量織有美麗刺繡的布料，睡起來保證帶來最高級的舒適感。

「呼……」

而亞林姆大方地把這床鋪借給了利瑟爾。利瑟爾正躺在床上，喘著氣和欠佳的身體狀況奮戰。

「全身好清爽哦。」

「那就好。」

利瑟爾將臉頰滑過膚觸輕柔的枕頭，彷彿在冷卻滾燙的臉頰，然後轉向坐在他身旁的劫爾。

剛才以蒸過的熱毛巾小心擦拭、又仔細擦去水氣的頭髮滑順地掠過枕邊。他仰頭望過去，劫爾環抱雙臂坐在枕邊的椅子上，低頭看著這裡。

「劫爾。」

「怎麼了？」

利瑟爾想把整個身體都轉過去，但氣力全失的身體實在不聽使喚。剛才他的身體和頭髮一樣已經擦拭乾淨，也換過衣服了。

原本無論更衣還是其他生活瑣事都有人照料才是他的日常，利瑟爾於是把所有事情都丟給了納赫斯處理。納赫斯理所當然地為他打點一切，一邊說著「真拿你沒辦法」一邊勤快地照料他這個病人，不過身為騎兵團副隊長的他似乎還有很多事要忙，因此現在不在這裡。

「有什麼事？」

劫爾說著，忽然伸手撫過利瑟爾汗濕的前額，替他撥開黏在額頭上的瀏海。

看來這傢伙喊他也沒什麼事。劫爾低頭看著利瑟爾舒服地瞇細雙眼的神情，將手肘撐在大腿上。

「快睡吧。」

「再等一下。」

回應劫爾的，是一聲吐息般的輕笑。

利瑟爾的嗓音難得顯得沙啞，孤零零落在與外界騷動隔絕的這片寂靜當中。因熱度而渙散的雙眼儘管飽含水分，卻不失知性色彩；微啟的雙唇持續吐出紊亂的呼吸，但並未脫力地張開。

還真有教養。看見這人身體狀況欠佳卻仍然保有高潔的氣質，劫爾在心裡這麼想。

「我剛才不是吃過藥了嗎？」

「嗯。」

「身體太暖和了，睡不著。」

一方面也是事前先拜託過納赫斯的關係，納赫斯讓利瑟爾躺下之後，便去請示亞林姆是否能立刻請醫生過來，而亞林姆也早就先傳令下去替他們安排好了。

多虧如此，利瑟爾不僅一如期待地獲得了王宮醫官的診治，替他看病的更是平時就替王族診療的優秀御醫。那位御醫做出的結論是「要命的頑強感冒」，除了交代利瑟爾靜養之外也替他開了早晚吃的藥。

藥裡似乎混入了多種香料，結果現在利瑟爾渾身暖和得不得了。

「不久應該就會有強烈的睡意了，等到那時候吧。」

「這樣啊。」

如果睡得著，還是快點休息比較好。

不過利瑟爾早已過了無法自我管理的年紀，他本人也是知道這一點還醒著的。既然如此就隨他高興吧，劫爾點點頭。只不過納赫斯身為「明知如此還是忍不住照顧利瑟爾」的其中一個男人，在離去之前還是千交代萬交代要他「快點睡」、「記得攝取水分」、「要注意保暖」。

兩人就這麼有一搭沒一搭地聊著，這時利瑟爾忽然打了個冷顫。

「會冷？」

「嗯……都是。」

「又冷又熱？」

「嗯。」

看來他也慢慢想睡了。看見利瑟爾恍恍惚惚地點頭，劫爾這麼想著，替他將毛毯拉上肩膀。那隻手擺在略帶紅暈的臉頰上測量他的體溫，接著緩緩滑向頸邊。

側頸滲著汗珠，劫爾卻直接將手覆了上去，絲毫沒有感到不快。手掌像要治癒他沙啞的喉嚨似地在那裡停留了一會兒，便感覺到利瑟爾的喉頭上下起伏，嚥下了一口炙熱的氣息。

「要喝水嗎？」

「……要。」

利瑟爾強撐著即將落下的眼皮喃喃回答，劫爾聽了拿起床頭櫃上預先準備好的水瓶。看來正如醫生所說，睡意相當強烈，面對王族還能使用藥效如此強烈的藥，也就代表他真的是相當優秀的醫師吧。

「能起來嗎？」

「不、知道呢。」

劫爾一面將冷水倒入精工裝飾的玻璃杯一面這麼問，利瑟爾於是摸索著動了動身子，按在床上、打算撐起上半身的手掌發著顫。看起來這對他太勉強了，劫爾於是將空著的那隻手朝他伸去。

他將手臂伸進利瑟爾略微抬起的背部底下，抱著利瑟爾單薄的肩膀緩緩把人扶了起來。

「看你現在這副樣子，不久前居然還能活動。」

「那是靠我的毅力呀。」

這男人明明與那種「只要憑毅力沒什麼辦不到」的論調無緣，貴族也真辛苦。劫爾哼笑一聲，以一隻手臂輕鬆支撐起一名成年男性的體重。

直到不久前利瑟爾還四處行動，旁人完全看不出他正發著燒；現在也一樣，劫爾知道他只要認真起來還是能如常活動。但劫爾自己並不希望他這麼做，利瑟爾也寧可輕鬆一點，因此沒有必要掩飾什麼。

「別灑出來了。」

劫爾靜靜把玻璃杯放上利瑟爾伸出的雙手。

雙手由於發燒以及藥效造成的睡意使不上力，端著杯子的動作顯得岌岌可危。劫爾替他支撐著傾斜的玻璃杯底，低頭看著利瑟爾一小口、一小口啜著水滋潤喉嚨。

「嗯……」

利瑟爾的嘴唇依然碰觸著玻璃杯，雙眼朝這裡瞥來，彷彿向他道謝似地瞇細了眼睛。

「喝夠了？」

利瑟爾恍惚地點頭。感受到他放開雙手，劫爾於是收回了玻璃杯。

利瑟爾垂下肩膀，回味了一下冷水甘美的餘韻，接著頭頸無力地偏向一側。一綹、二綹髮絲隨著動作滑過，劫爾漫不經心地看著他裸露出來的側頸，緩緩將利瑟爾的身體放倒。

「……我想睡了。」

「睡吧。」

利瑟爾砰地躺上枕頭，逐漸閉上一直強撐著的沉重眼皮，劫爾只短短回了他這一句。

宛如受到這話引誘似的，眼瞼緩緩遮蓋了他紫色的虹膜。劫爾放下玻璃杯的聲響使得他的眼皮顫了一下，劫爾發現了，於是敦促似地伸手掩住他雙眼，感受到利瑟爾的睫毛搔過手心，不過也只持續了一下子便歸於平靜。

當他悄然抬起手，儘管利瑟爾的呼吸仍有些紊亂，但已經沉沉睡去。

「…………」

牢房裡的床鋪相當簡陋，考量到當時的狀況，利瑟爾應該也無法熟睡吧。現在就讓他盡情睡吧，劫爾往椅背上一靠，環起雙臂。

然後，他也和利瑟爾一樣閉上眼睛。最近這段時間，他的睡眠恐怕比利瑟爾更加不足。

在利瑟爾失去意識似地昏睡過去、劫爾也閉上眼睛之後過了一會兒。

整個房間只聽得見空氣通過沙啞的喉嚨所發出的喘息般的呼吸聲，這時有道人影悄無聲息地走了進來。那人晃著豔紅的頭髮走近床鋪，在枕頭旁邊蹲了下來。

他整個身體倚在床頭，把手臂和下巴也擱上床鋪，使得床面微微陷了下去，但這一連串的動靜也沒能弄醒利瑟爾。他從旁凝視著那張睡臉，悄悄將手伸了過去。

「…………好可憐喔。」

伊雷文拎起覆在利瑟爾額頭上的布，往桌上一扔。

那塊布是在他來到這裡不久之前，納赫斯來巡視利瑟爾有沒有好好休息時放上去的。浸在冷水中適度擰乾的布料，現在已經完全染上了體溫。

像要取代那塊布巾似的，伊雷文將自己的手放上利瑟爾額頭。對於原本體溫就偏低的他來說，利瑟爾現在的體溫高得驚人。

「……沒事吧？」

這聲耳語般的問句，當然沒有得到任何回答。

利瑟爾的眼皮顫了一下，但或許是伊雷文的掌心比吸收了熱度的布料更舒服的關係，他立刻又發出安穩的鼻息。

「別吵醒他了。」

「我才不會咧。」

聽見劫爾那句話，伊雷文看也不看他便直接這麼答道。

雙方用的都是耳語般的氣聲，當然是為了眼前沉睡的利瑟爾著想。

「醫生怎麼說啊？」

「感冒，多休息就會好。」

「是喔。」

劫爾拿起被伊雷文拋在一邊的那條布巾。

儘管坐在椅子上睡覺，劫爾還是注意到了納赫斯走進房間裡來照料利瑟爾的動靜，所以對此並未感到疑惑，只是逕自把布巾沉進納赫斯準備好的水桶裡，以指尖攪動。

這時，他突然加深了眉間的皺褶。

「鐵鏽味。」

聽見劫爾喃喃這麼說，伊雷文這才終於轉向他。

獸人毫不心虛地揚起一笑，笑裡滿是對於不在場的某人張揚的嘲諷：

「真假？」

「你要玩也玩得收斂點。」

「我沒有沾到他們的血那種骯髒的東西啊。」

伊雷文嗅了嗅自己的手掌。

但大概是嗅覺已經麻痺的關係，他並沒有聞到什麼鐵鏽味。話雖如此，就算利瑟爾現在醒著，恐怕也不會發現他身上有什麼味道，劫爾能注意到反而比較異常。

大哥明明不是獸人啊。伊雷文噘起嘴，拈起了自己從背後垂下、盤在地上蜷成一圈的馬尾再次嗅了嗅味道。

「大肆凌虐過那些傢伙，氣消了點沒？」劫爾問。

「嗯……還可以吧。」

經劫爾這麼一說，感覺頭髮上確實沾著一點味道，伊雷文放開了握在手中的頭髮。

不管怎樣，只要利瑟爾聞不出來就好。伊雷文這麼想著，抬起了放在利瑟爾額頭上的手。

「是說大哥弄死了幾個人對吧？虧我還被隊長交代說不可以殺死他們咧。」

「不行喔？」

「沒有啊，反正隊長絕對不會罵大哥嘛，又沒差。」

大哥沒留下他們的臉部特徵很麻煩欸、收拾善後也很麻煩所以我就把他們丟在那了……就在伊雷文口中念念有詞的時候，他感受到背後傳來輕輕的衝擊，是劫爾用腳尖踢了他一下。

這是告訴他利瑟爾還在睡，所以要他保持安靜的意思吧。可是……伊雷文不滿地皺起眉頭。

他希望利瑟爾多休息、快點好起來；但另一方面，他也同樣希望利瑟爾快點醒過來寵愛自己。既然懷著這種矛盾的心情，那也沒有辦法。

「早知道就趁他還醒著的時候回來了。」

伊雷文回想著那雙甜美溫柔的眼睛，把臉頰擱在床鋪上。

伊雷文也不是見獵心喜地就想著凌虐那些信徒……不，利瑟爾稱作精銳盜賊的那些傢伙說不定很樂在其中。不過既然利瑟爾交代他把信徒們抓起來，他就必須等候士兵之類的負責人來把人帶走才行。

把信徒們丟在原地，萬一人被魔物吃掉就沒有意義了，縱使點起了驅逐魔物的香也不能完全放心。伊雷文只是為了打發這段等待時間順便洩憤而已。

「既然你還知道跟我抱怨，那些傢伙應該還活著吧。」

「活著是還活著啦。」

相當意味深長的一句話。

不過劫爾聽了，只是點頭表示這樣就好，伊雷文見狀也滿意地撇嘴笑了。

在見到利瑟爾之前還得先洩憤，劫爾對於信徒們的憎惡和伊雷文一樣強烈，既然如此，伊雷文也就沒什麼好受他責備。

「隊長在這做了什麼嗎？」

「四處調整了奇怪的魔法。」

「那種耗費體力的事情他明明可以不要做的……」

忽然一陣沉默。

劫爾攪動布巾的手邊嘩嘩響起水聲。

伊雷文以指尖撥弄著利瑟爾落在床單上的髮絲，不經意在利瑟爾露出的耳朵上看見了那個耳飾。它的尺寸雖小卻散發著強烈的存在感，之所以有這種感覺，或許是現在這個時機使然吧。

只為了利瑟爾一個人所打造，象徵著高潔與高貴的耳環。

「隊長本來要殺了那個人。」

伊雷文回想起在地底下，最先映入眼簾的那幅難以置信的光景。

聽著伊雷文淡然得反常的嗓音，劫爾把整隻手掌連同布巾一起沉入水中。

「只是因為我趕上了，所以他才沒殺人。」

「你阻止了他？」

「算是吧，雖然只是我搶先一步下手而已。」

事到如今，劫爾和伊雷文都不打算要求利瑟爾不要弄髒雙手；只不過利瑟爾是遭到盜賊襲擊、為了正當防衛而殺人，還是出於自己的意志奪取他人性命，在他們兩人心目中的意義仍然大不相同。

劫爾握住沉在水底的布料將它拉出水面，撇嘴笑著說：

「不相配也該有個限度。」

他擰乾布巾，小心不將它撕碎，同時明確地嘲諷那些無法原諒的罪人。

「對吧。」

伊雷文也有同感。

區區的雜魚還要勞煩利瑟爾親自動手，他們根本配不上。一群不三不四的廢物也想用性命換取利瑟爾投注在他們身上的情緒，未免太僭越了——真正認識利瑟爾的人想必都會這麼想。

劫爾他們不過是同樣這麼覺得而已。

「喂。」

「嗯。」

劫爾把濡濕的布巾拋給伊雷文，後者把它小心翼翼地放上利瑟爾的額頭。

「嗯……」

「……隊長醒來了？」

「……」

聽見利瑟爾發出微弱的聲音，伊雷文戰戰兢兢地湊過去打量他。

綴在緊閉眼瞼周遭的睫毛顫了一下，不過那雙他所渴望的眼瞳並未睜開。伊雷文彷彿鬆了一口氣，又彷彿感到有點惋惜，他呼出一小口氣，蹲下身去把臉往床舖上蹭。

「……那時候我一急就把那傢伙殺掉了，明明我最想弄壞的是他欸。」

下意識吐露的心聲，是他無庸置疑的真心話。

劫爾瞥了他的背影一眼，無奈地環起雙臂，又再次閉上眼睛。伊雷文明明已經大肆凌虐了那些信徒一番，此刻卻開始任性地說這樣還不夠；劫爾帶著「你也差不多該閉嘴了」的意味，比剛才更用力地往這不知滿足的男人背上踹了一腳。

深沉無夢的睡眠，似乎能讓人永遠沉浸在裡頭一直睡下去。

不過意識偶然上浮的時候，他也並未抗拒。意識在水中飄搖般的感覺也相當舒服，但不可思議的是他醒來時沒有感受到任何殘存的睡意。
「利瑟爾先生。利瑟爾先生，你起得來嗎？」
聽見有人喊了他幾次，利瑟爾微微睜開眼睛。
頭還是一陣一陣地抽痛，不過幸虧剛才睡得很沉，意識已經相當清楚。他眨了幾下眼睛，感受到柔軟的觸感撫過額頭，於是緩緩轉過頭去，看見納赫斯正一手拿著毛巾替他擦汗。
「隊長醒來啦？」
一簇赤紅色頭髮忽然從另一側湊了過來。
是他睡著前還不在這裡的伊雷文。現在幾點了？利瑟爾邊想邊張開雙唇，聲音卻哽在乾啞的喉嚨，讓他猛咳了起來，加劇了發燒導致的關節痠痛。
「咳咳……嗯、好痛……」
「隊長你還好嗎？哪裡痛？需要幫你準備什麼嗎？」
眼見利瑟爾手掩著嘴，喉間發出喘息聲，伊雷文探出身子焦急地這麼問。
那雙手不知所措地游移了一陣，最後戰戰兢兢地放上了利瑟爾痛苦地起伏著的肩膀，但除此之外他就不知道該怎麼辦才好了。
真難得看見伊雷文露出這種表情，利瑟爾在感到抱歉的同時仍然鬆動嘴角笑了。
「是口渴了吧，先讓他喝點水。」納赫斯說。
「喏。」
伊雷文從劫爾手中接過玻璃杯，以無比自然的動作喝了一口。

現在沒必要這麼做，實際上伊雷文平常也不會先試過利瑟爾要吃的東西；這或許是他下意識的行動，是面臨該守護的對象虛弱無力的情況，強化了獸人的本能也說不定。

利瑟爾並未特別提及這件事，只是摸索著撐起身體。伊雷文的手以非常遲疑的動作搭上他的，利瑟爾朝他微微一笑表示謝意。

昨天連續以魔法進行精密作業，相較之下今天他的身體狀況已經改善許多。他接過對方遞來的玻璃杯，小口小口喝了半杯，然後吁了一口氣。

「好解渴哦……」

「你喉嚨痛嗎？需要回復藥嗎？啊，還是我給你一點麻痺毒好了？」

利瑟爾撫著每次冷水流過都感到疼痛的喉嚨，這時忽然看見伊雷文拿出了水晶瓶裝的回復藥。一看就知道是上級的，利瑟爾鄭重其事地婉拒了。

「現在幾點了？」

「已經早上囉，你睡了很久呢。」

這是好事，納赫斯點著頭這麼說，利瑟爾聽了眨眨眼睛。

利瑟爾是在日落之前睡下的，對於自己一直睡到現在、一次也沒醒來，他感到有些驚訝。也難怪今天難得一睜開眼就這麼清醒，一點也不想賴床，他恍然大悟地想。

但不曉得是睡太多了，還是發燒的關係，頭痛還是沒有減輕。他又啜了一口水，試圖緩解頭痛。

「不說這個了，先來幫你換衣服，流了很多汗吧。」納赫斯說。

「你這麼一說，身上好像確實黏答答的呢。」

「表示你的身體慢慢在康復了。」

身上那件襯衫已經吸滿汗水，一旦意識到之後就覺得穿著它渾身不對勁。利瑟爾解開領口準備剝下貼在肌膚上的布料，吹入內側的風一口氣冷卻了汗水。

寒意使得他渾身一顫。納赫斯注意到這點，從自己端來的托盤上拿起堆在上頭、事先蒸熱的毛巾捲。

「來，我來幫你擦身體。現在要把你的襯衫脫下來囉，這我會幫你拿去洗。」

「謝謝你。」

利瑟爾將玻璃杯遞給伊雷文，看著士兵粗獷的手掌一顆顆解開襯衫的鈕釦。這時候不得要領地插手反而會害人更難做事吧，利瑟爾這麼想著，於是把事情全丟給納赫斯處理。實際上也是這樣沒錯，因此納赫斯滿意地點頭。

這情景任誰看了都不會感到突兀，可見利瑟爾多有貴族架式。劫爾則認為，假如只看他們一人是騎兵、一人是冒險者的事實，這畫面實在太詭異了。

「隊長，要不要我幫你綁頭髮？」

「好呀。」

伊雷文以指甲前端一綹一綹撥起黏在他後頸的髮絲，感覺有點癢。

利瑟爾因此稍微縮起了肩膀，不過伊雷文已經迅速將他的頭髮綁好，蒸熱的布料撫過頭髮下方，這種舒適的觸感使他自然而然放鬆了緊繃的身體。擦拭的力道不會太強也不會太弱，非常舒服，總覺得又要睡著了。

就在他強忍著睡意的時候，納赫斯手腳俐落地替他換上了乾淨衣物。

「好周到哦……」

「很適合你啊。」

看見利瑟爾渾身放鬆的模樣，劫爾語帶揶揄地這麼說。

利瑟爾聞言發出吐息般的笑聲，把身體往後靠在納赫斯準備來給他墊背的靠枕上。這個姿勢的話，在床上坐起身也不會感到不適。

「你的食欲怎麼樣？吃得下東西嗎？」納赫斯問。

「老實說沒什麼食欲。」

「但不吃點東西就沒辦法吃藥喔……要吃點水果嗎？」

納赫斯這麼勸道，瞥了托盤上的水果一眼。

他從中挑了顆蘋果，接著拿起剛才一併帶來的水果刀。不過之後他就轉向托盤的方向了，利瑟爾看不見他的刀工動作。

太可惜了，利瑟爾這麼想著，把全身的體重倚上靠枕。

「隊長，你沒有食欲喔，我在發高燒的時候也還是照樣吃耶。」

「那是你啊。」劫爾說。

「這樣感覺身體恢復得很快呢。」利瑟爾說。

隊長真的還好嗎？伊雷文坐在床鋪上一臉納悶。

他完全沒有身體狀況不佳、食欲不振的經驗，當然也沒有照顧病人的經驗，因此擔心地想著利瑟爾是不是真的病得很重。

「醫生說多休息就會好了，不用擔心哦。」

利瑟爾抬起乏力的手臂，撫摸伊雷文臉頰上反射光澤的鱗片。
伊雷文把臉頰蹭上他指尖，像在說還要，利瑟爾於是用手掌裹住他的臉頰搓揉。
「你想想看，劫爾生病的時候也一樣沒有食欲呀。」
「是喔，大哥也會生病？」
「蠢貨。」
劫爾無奈地回道。伊雷文還是老樣子，把關於劫爾生病的所有記憶都從腦海中清除得一乾二淨。「是我們認識之前的事情喔？」伊雷文還在那大言不慚地問，不過劫爾身體不適完全是最近剛發生不久的事。
利瑟爾似乎很樂在其中，也沒有特別糾正他的意思，只是自顧自享受著鱗片略顯冰涼的觸感。
「現在回想起來，劫爾得到的說不定也是『要命的感冒』呢。」
至於劫爾只花一天便康復的事就暫且不提了。
「嗄？連大哥這種非人類都會得的感冒一定超危險的吧，真的沒問題喔？」
「聽你這麼說我也開始覺得很危險了呢。」
只有伊雷文挨了劫爾一拳，這是偏心。
伊雷文一邊不滿地碎念，一邊抓住了利瑟爾因為疲累而抽開的手。他握住利瑟爾比平時更熱的指尖，好像無意間注意到什麼似地開口問道：
「對了，隊長平常不是都還滿注意身體狀況的嗎？」
「是呀。」

「為啥？」

努力保持健康應該是理所當然的事情吧。

不過，這多半不是伊雷文想得到的答案。該怎麼說才好呢？利瑟爾露出苦笑，尋思似地別開視線。除此之外確實還有其他理由，但這種事也沒必要特地說給別人聽。

可是就連劫爾也敦促他回答似地看了過來，這下要蒙混過去也很麻煩。

「當然，一方面是因為健康的身體是冒險者的資本嘛。」

兩人投來「這傢伙光論心態倒是很有冒險者架式」的目光，利瑟爾不以為意地繼續說下去：

「一方面是因為在這裡生病不一定能治好，所以還是小心一點。」

劫爾和伊雷文聽了瞬間僵在原地。

下一秒，劫爾便把利瑟爾的毛毯往上拉，整個蓋住他的頭。利瑟爾在這突如其來的舉止下還搞不清楚狀況，當他從毛毯底下勉強探出臉，便看見伊雷文雙膝跪在自己身體兩側，一臉嚴肅地從上方俯視著他，十指指縫全都夾滿了回復藥。

那毫無疑問都是上級或特級的回復藥，嚴肅到空氣緊繃的感覺有夠恐怖。

「只是小心一點以防萬一而已哦。」利瑟爾說。

「你要喝哪一瓶？」

「我是覺得假如有什麼病是只有我得了就治不好，那從一開始應該就不會染病才對……」

「還是能喝多少就先全部喝下去好了？」

利瑟爾本來以為他們聽了會一笑置之，會說他想太多了。

畢竟兩個世界相似到這種地步，利瑟爾的結論是這種可能性趨近於零。只不過趨近於零並不代表完全不可能發生，他也不想得到什麼沒聽過的病，所以才稍微小心一點而已。

利瑟爾窺探了一下劫爾的臉色，劫爾便貌似不太高興地瞥了他一眼。看起來他有點樂在其中。

「那應該不是能喝的東西吧……」利瑟爾說。

「可是你喝下去說不定會有效啊！」

順帶一提，回復藥用喝的沒有用，必須淋在傷口上使用。

「那感覺解毒劑比較有用……啊，伊雷文你不用拿出來哦，我不要緊的。」

「可是！」

「不要坐在病人身上吵鬧!!」

伊雷文還想激動地繼續說下去，在納赫斯的喝斥之下只得閉上嘴巴。

他心不甘情不願地把腳放下床乖乖坐好，利瑟爾對他柔柔一笑，像在說謝謝伊雷文這麼擔心他。伊雷文賭氣似地撇開了視線，不過想必不是真的在鬧脾氣吧。

「來，蘋果削好囉。」

這時，納赫斯忽然回過頭來。

他手中的盤子裡盛著等間隔擺放的蘋果塊，利瑟爾和劫爾、甚至連別過臉去的伊雷文也忍不住凝視著那個盤子。

「我幫你削成魔鳥了，你能吃多少就盡量吃吧，不用勉強。」

蘋果被他切成了工整美觀的八等分，留在上頭的蘋果皮切成了不可思議的形狀。

就像把利瑟爾原本的世界稱作「兔子蘋果」的那種切法，再經過變化切出來的形狀。雖說有所變化，但也不會太困難，是大多主婦都能學會的簡單切法。

如果納赫斯說得沒錯，這形狀應該就是模仿魔鳥切成的，這麼一說看起來確實很像魔鳥。

「劫爾？」

「在我老家是狐狸。」

「伊雷文？」

「我家那邊也是狐狸欸。」

狐狸蘋果也不曉得是什麼樣的形狀，可能是把兔子的耳朵部分削得更短一點的版本吧。

這種差異究竟是地區不同還是世界不同所導致，利瑟爾一時間難以斷定。有差異並不奇怪，只不過這個魔鳥蘋果應該是例外……利瑟爾這麼想著，重新將目光轉回盤子上。

究竟是阿斯塔尼亞特有的切法呢，還是納赫斯發明的切法？

「怎麼了，吃不下嗎？」納赫斯問。

「不是的。謝謝你，那我開動了。」

聽見納赫斯關切地這麼問，利瑟爾在他的敦促之下拿起了一塊蘋果。

他凝神打量了它的造型一會兒，然後才將蘋果含入口中。酸甜的果汁在口中擴散開來，

雖然他的喉嚨還在痛，不過這種容易入口的食物還勉強吃得下，於是利瑟爾沙沙沙地繼續吃了好幾口。

「我也要吃。」

「你別吃啊。」

伊雷文對劫爾這句話充耳不聞，把魔鳥蘋果連著盤子接了過來。利瑟爾也點點頭，心想反正自己吃不完，就讓他隨意去吃吧。

納赫斯看著利瑟爾就這樣一點一點吃著蘋果，叮嚀他：「不要勉強喔。」接著他想起什麼似地轉向伊雷文，一邊將水果刀收進刀套，一邊板起了稍微嚴厲一點的表情說：

「對了，王宮侍衛兵的隊長跑來跟我抱怨喔。」

「抱怨我？那是誰啊？」

「不是有人過去接手那些襲擊犯嗎？就是那傢伙。」

我還沒見過他呢，利瑟爾拿起第二塊蘋果茫然這麼想。

和亞林姆談話的時候，利瑟爾便告知他伊雷文已經把那些信徒抓起來了，也聽說要去帶回那些犯人的就是王宮侍衛兵長。畢竟侍衛兵長是少數知道那條地下通道的人物之一。就連象徵這個國家的魔鳥騎兵團的隊長都不知道這項最高機密，這任務除了侍衛兵長以外想必也沒有人能夠勝任。

「這是阿斯塔尼亞國王的指示吧？」

「當然。」

利瑟爾歸還布料之後，亞林姆向身為國王的兄長報告了所有的事情始末。

其中當然包括了拯救魔鳥騎兵團的真相。表面上解救了魔鳥的功臣是亞林姆，等到事情安定下來之後，亞林姆應該會再跟他說明相關事宜，雙方也可能需要擬定一套一致的說詞。

「啊——你說那傢伙喔。」

伊雷文乾脆地點頭應道。那才是昨天的事，他不可能忘記。

「看他把人帶走我就直接回來啦，我什麼也沒做欸。」

「他說的是被你抓起來的那些襲擊犯。我沒有親眼看見不太清楚詳情，不過他納悶地說『到底做了什麼才能把人弄壞成這樣』喔。」

「只是稍微跟他們玩玩而已啊，很囉嗦欸。」

對吧？伊雷文偏著頭徵求同意，利瑟爾也粲然回以微笑。

信徒們早已做足了潛逃的準備，伊雷文還能把他們一個不漏地抓起來，其他細節明明無傷大雅的……不過這種話說了會被納赫斯罵，所以他不會說出口就是了。

「我還把他們所有人毫髮無傷地交給你們欸，應該要誇獎我才對吧？」

「真的嗎？我聽說那些嫌犯無法正常對話，訊問根本沒辦法進行喔。」

看來伊雷文玩得相當起勁，利瑟爾又咬了一口蘋果。

那些信徒想必也有一定的人數，在那裡「玩」的多半不只有伊雷文一個人，那些精銳盜賊也在場。如果他們所有人都好好享受了一番，那就太好了。

他們一定也為了搜索自己的行蹤四處奔走，必須再準備些什麼謝禮才行，利瑟爾邊想邊吃完了第二塊蘋果。

「是說他對我有怨言為什麼會跑去找你啊？」

「這我比你更想知道。」

這是納赫斯的肺腑之言。

「嘴巴痠了。」利瑟爾說。

「拿來。」

利瑟爾試著拿起第三塊蘋果，但實在沒有食欲。

他將蘋果交到劫爾伸來的手上，它只消兩口就被吞進劫爾肚子裡去了，速度快得彷彿在說根本沒必要切成什麼魔鳥的形狀。

「嗯，不吃了嗎？吃得下的話還是再吃一點比較好喔。」納赫斯說。

「不好意思。」

「不會，不要勉強沒關係。」

盤子裡剩下的蘋果全都被伊雷文掃得　乾二淨，納赫斯於是把空盤收走了。

接著，他將手掌覆在利瑟爾額頭上，測量他的體溫。溫暖的手掌在利瑟爾額頭上按了一會兒，納赫斯帶著為難的表情抽開了手。看來燒還沒退。

頭還在一抽一抽地痛，自己果然無法恢復得像劫爾那麼快，利瑟爾輕輕笑了。

「來，這是你的藥。吃完藥要繼續睡喔，靜養才好得快。」

「藥好苦哦。」

「你也真是的，一抓到這次的好機會，就連這麼點不滿意的地方都毫不客氣地說出口啊……」

藥再苦，忍著吞下去就好了；不過難得做了個人情，利瑟爾就會把它利用到極致。

納赫斯嘴上說著真是的、真拿你沒辦法，還是從陶壺裡倒了些什麼東西到杯子裡，然後把杯子遞給了利瑟爾。那是杯冒著暖和熱氣的紅茶。

「這是加了蜂蜜和生薑的紅茶，藥也加在裡面了，要全部喝光喔。」

「謝謝你。」

利瑟爾心滿意足地把杯緣湊到唇邊。納赫斯見狀點了個頭，又手腳俐落地忙了起來。

「你的睡衣沒得替換了吧，我先把乾淨的放在你枕頭旁邊，要記得常常更換喔。」

「水瓶幫你換新了，記得多補充水分。」

「毛毯我也拿了新的幾條過來，要蓋幾條你自己調整一下。對了，鋪在底下的床單我幫你換掉吧。」

納赫斯照顧人的功力正在發揮無雙的威力。

劫爾上一次照顧病人已經是十幾年前照顧母親的時候了，伊雷文更是沒照顧過別人。納赫斯能把他們沒注意到的細節都打點得無微不至，利瑟爾挑人的眼光果然沒錯。

到了利瑟爾喝光紅茶、想著這飲料潤喉效果真好的時候，他的身體已經相當暖和了。面對這熟悉的感覺，他目送劫爾奪走自己手中的杯子，對於這藥的效力讚嘆不已。

「隊長你不是才剛醒來嗎？還睡得著喔？」

「不知怎地好像睡得著呢。」

「病人都是這樣的。」納赫斯說。

背後的靠枕被人撤下，利瑟爾於是躺了下來。

他砰地躺上枕頭，或許是動作大了點的關係，頭部的抽痛更加劇烈了。視野發白，他忍著眼窩深處的疼痛閉上眼瞼。

彷彿為他減緩這陣疼痛似的，有隻手掌覆上他眼睛。不用想他也知道這是誰的手。

「我稍微離開一下，你們要保持安靜喔。」
「好啦好啦。」
輕聲細語的對話成了利瑟爾的枕邊故事，他的意識就這麼慢慢沉入了沒有夢境的深沉睡眠當中。

那是條羅列著許多牢房的陰暗通道。
牆壁上等距安置的火把是這裡唯一的光源，時不時發出細微的噼啪聲。平時這個空間安靜得就連這聲響都能清楚聽見，此刻卻叩、叩、叩地響起沉重的腳步聲。
「……真是的，這還真不得了啊。」
一頭短髮的男人這麼說著，搔了搔自己髮叢間探出的、略顯渾圓的三角耳朵。
那雙耳朵帶有虎族獸人特有的橙黑條紋，現在也依然不斷捕捉到令人不快的聲音。耳朵太靈敏有時候也不好，男人晃著條紋尾巴回頭看去。
視線另一端是一道鐵製門扇。他剛剛才從這扇位在牢房最深處的大門走出來，鐵門厚重森嚴，連聲音都無法穿透。
「好吵啊──」
他煩躁地離開那扇門。
交錯的笑聲現在還在他腦海中迴盪不去，即使喊破嗓子那些囚犯還是不停地笑、不停請求原諒、不停道謝，然後不停求死。
「看管囚犯本來是基層的工作啊……要是沒扯上地下通道的話。」

他實在沒心情懷念這些打雜工作。
在優秀的步兵團當中，王宮侍衛兵仍屬於菁英中的菁英；而這個身為王宮侍衛長的男人煩躁地蓬起了尾巴，回想起昨天剛見到的情景。
那群不可原諒的襲擊犯被吊在樹上，全身的衣服都破爛不堪，身上明明沒有任何傷口，地面上卻殘留大片駭人的血跡；他們正下方則是尚未乾涸的血泊，鮮血正一點一點被土地吸收。
『你就是來帶走這些傢伙的人？那就交給你啦。』
那名獸人是全場唯一站在地面上的人物。他這麼說完就離開了，語氣在那片異樣的光景中顯得過於平淡。那股濃烈的血腥味，現在彷彿還殘留在鼻腔裡揮之不去。
「應該把那傢伙抓起來比較好吧……」
男人露出銳利的獠牙撇嘴笑了。這只是玩笑話。
唯一讓他慶幸的，是當時所有襲擊犯的手腳、連同嘴巴都已經牢牢綁好了。畢竟地點敏感，他無法帶著部下同行，只能拉著貨車過去；多虧人都已經捆牢，他只要負責把犯人堆上車就好。
「（不過啊……）」
這次事件與一名冒險者有關，這他也已經知道了。
利瑟爾初次造訪王宮的時候他從遠處看過這個人，因此知道這位冒險者是誰。聽說那個人無故招惹怨恨而被人綁架的時候，他還錯愕地心想，那傢伙就是身為冒險者還活得太悠哉、不懂得提防才會遇到這種事。

但現在看來，這種想法也必須更正才行了。

「（那傢伙直接毀了擄走自己的兇手……）」

他已經確認過了地下通道裡那些不成人形的遺體。

這些發瘋狂笑的襲擊犯之所以還活著，想必只是基於利瑟爾對阿斯塔尼亞方面的體貼。利瑟爾如果要他們死，他身邊實力傲人的戰士能輕易達成他的願望，而且這種人還有兩個。

「（毀了那些傢伙的計畫……）」

據說利瑟爾透露給亞林姆的情報當中，也包含了攻擊騎兵團的那個魔法陣的詳情。

為什麼利瑟爾只是被他們綁架，卻知道這些消息？襲擊犯總不可能好心告訴他，這肯定是他自己弄到手的情報。

「到了最後……」

叩、叩，走道上迴盪的腳步聲戛然而止。

男人在其中一個牢房前停下。與其他牢房不同的是，除卻被鐵欄杆關著這點不提，這裡的內部設施較為齊全，住起來比較舒服一些。

牢房裡關著一名男子。他褐色的肌膚上紋著刺青，刃灰色的頭髮和眼瞳反射著高處小窗照進的光線，像刀刃一樣隱隱發光。

「還把你從那些傢伙手中搶了過來啊。」

對上牢獄之中朝自己轉來的視線，侍衛長猙獰地笑了。

擁有戰鬥手段卻乖乖等待救援的人，在他看來不過是怠惰之輩而已。即使狼狽得遭人訕笑，還是應該使盡全力掙扎，假如接受了被人關進監牢的命運，這樣的自己才最該引以為恥。

正因如此，他認為該修正自己對利瑟爾的印象了。侍衛長猛然握住欄杆，兇猛地大吼：

「長著一張氣質高雅的臉，倒是很懂得抵抗啊!!」

巨大的聲音在牢房裡迴響，夸特一點也沒被嚇到，只是以非常納悶的眼神看著他。

侍衛長脫力似地鬆手放開欄杆，一邊甩著發麻的手掌，在那之後也百無聊賴地努力完成基層的打雜工作。

120

中午的阿斯塔尼亞，燦爛的陽光灑落在整個城市。

某間旅店的主人正站在廚房忙碌，看起來心情非常好的樣子。

為什麼呢？因為這幾天忽然消失無蹤的利瑟爾他們，就要回到旅店來了。旅店主人正覺得冷清，想說他們是不是住膩了這間旅店、搬到別家去住了，這時他的朋友納赫斯跑來，把利瑟爾一行人的現狀告訴了他。

納赫斯說利瑟爾得了感冒，正在王宮接受照顧。儘管納悶他為什麼會在那裡，不過王宮有很好的醫生，利瑟爾一定能受到妥善照料，旅店主人聽了在各方面都安下心來。然後，聽說大約在今天左右，他們就要回來了。

必須替大病初癒的利瑟爾準備營養滿分的餐點才行，旅店主人正幹勁十足地替晚餐備料。從小家人就告訴他感冒要補充體力才會好，所以現在鍋子裡熬煮的是大塊的肉。有時候家庭中的規矩對人影響十分深遠。

「喔，回來了回來了。」

外面傳來說話聲和開門聲。

旅店主人自然而然露出笑容，他關掉爐火，手在圍裙上隨意抹了抹便急忙從廚房走了出來。

「擅自外宿什麼的完全沒有問題但連續好幾天不見人影我也是會擔心的啊，歡迎回來。」

「不好意思讓你擔心了，旅店主人。」

一打開門，就看見了令人懷念的三人組。

這種強烈的存在感，果然不管見過幾次都無法習慣啊，旅店主人深有感慨地想。正因為無論過了多久，見到他們的印象仍然像初次見面一樣強烈，所以這三人才這麼引人注目吧。

利瑟爾的微笑和記憶中並無不同，看來他的感冒也已經完全痊癒了。旅店主人點點頭，然後走向利瑟爾他們站立的玄關旁邊的小櫃檯，從裡頭取出了三人份的房間鑰匙。

「我從納赫斯那裡聽說了，你也真辛苦啊。」

「啊，你聽說了嗎？」

旅店主人將三把鑰匙並排在櫃檯上，慰勞了一下利瑟爾身體出狀況的事，面帶微笑的利瑟爾一聽，便稍微垂下了眉毛。看來果然是生了場相當難受的大病，旅店主人決定今天晚上的菜色就是肉類全餐了。

「沒想到來到這邊也會被人綁架，真是嚇了我一跳……」

「我才嚇了一大跳咧等一下我沒聽說這種事啊?!」

「咦？」

「咦?!」

旅店主人猛然抬起臉，目不轉睛地打量利瑟爾。

你不是聽說了嗎？利瑟爾露出不可思議的表情，顯然不是在說笑。不，利瑟爾也不像會開這種玩笑的人，這方面他倒是不懷疑。

而且利瑟爾還用了「來到這邊也」這種嚇人的說法，該不會他在先前當作據點的帕魯特達爾也曾經遭到綁架吧？旅店主人這麼想著，腦中從來沒有浮現「為什麼」這個疑問，可以看出他到底把利瑟爾想成了什麼樣的人。

「那是怎麼，咦，怎麼……咦？」

「沒事的，我也沒有受傷。」

「不對可是那個，咦，那感冒……？」

「確實也感冒了沒錯，不過在無微不至的照料之下，我已經完全康復了。」

那就好，旅店主人愣愣地打開住房登記簿。

仔細想來，還真虧有人敢綁架眼前這個沉穩又高雅的人啊。畢竟綁架了他，就代表把利瑟爾從現在站在他身後的那兩人手中奪走。

當然，他們三人也經常獨自行動，綁架利瑟爾或許不是不可能。但那不是重點，有勇氣奪走利瑟爾這件事本身才令人不敢置信。不曉得那些綁架犯下場如何，旅店主人根本沒有勇氣問，太可怕了。

「還好你平安無事……嗯？啊，對啦。如果你們累了就之後再說沒關係，不過先前預繳的住宿費好像只到今天喔，要續繳嗎？」

「啊，好的，麻煩你了。」

「好喔好喔——」

除了衝擊太強、缺乏真實感之外，利瑟爾他們的舉止也完全一如往常。

因此旅店主人沒多久就找回了平常心。看見利瑟爾理所當然地決定延長住宿，他大大鬆了一口氣，其實每次確認他們要不要續住的時候，旅店主人內心總是七上八下。

雖然很容易忘記，但利瑟爾畢竟是冒險者，冒險者三天兩頭更換旅宿也不是什麼新鮮事。

「那請在這邊幫我簽名，這次也是事前一次繳清嗎？」

「是的。」

旅店主人從那疊名叫住房登記簿的紙堆裡翻出了他們三人的單據。上頭有著旅店主人手寫的固定格式，不過也只寫著「住幾天、多少錢」而已。旅店主人在上次的紀錄底下，匆匆寫下一模一樣的內容，並把單據向著利瑟爾他們一字排開。

續住好幾次、或者是多次前來光顧的客人，住房登記簿上的頁面就會寫得密密麻麻，看著非常有成就感，讓旅店主人龍心大悅。

「這種東西你總是會一字不漏地讀過啊。」

「反正不就跟之前一樣嘛，我懶得讀——」

「讀了不會有什麼損失呀。」

利瑟爾將落到頰邊的頭髮撥到耳後，就連旅店主人潦草寫下的字句都一一過目。他的舉手投足還是這麼優雅，旅店主人漫不經心地看著這一幕，目光忽然停留在利瑟爾露出的手腕上。他好像真的瘦了一些，旅店主人一臉嚴肅地苦思起來。

旅店主人沒被人綁架過，不過想像中總覺得被綁架的人質沒有多少東西可吃；再加上利瑟爾得了重感冒，肯定沒辦法好好吃飯。旅店主人也得過這種要命的感冒。

果然還是吃肉吧，晚餐只能準備肉類了，旅店主人的決心無比堅定。

「來，旅店主人。」
「喏。」
「啊，多拿了一枚，這樣對吧。」
然後，他從三人手中分別收下了住宿費用。
順帶一提，利瑟爾他們是他第一次看見個別支付住宿費的冒險者隊伍。打從第一次他們就理所當然地各付各的，這樣組隊的意義到底是？
他們住的是三間單人房，這樣付錢確實是沒錯，但直到現在旅店主人還是覺得有點費解。旅店主人這麼想著，一邊確認金額，一邊不經意地開口：
「居然敢對我們家的客人出手，對方到底是什麼樣的傢伙啊？真是太不像話了。」
他們明明是冒險者卻從來不殺價，房間總是保持得很乾淨，回來時也不曾把玄關弄得都是泥巴。他們不會在半夜吵鬧，不會喝到爛醉跑來發酒瘋糾纏個沒完；應對這些房客不必太小心翼翼，不過他們也不會裝熟到讓人不舒服。而且他們住的還是利潤較高的單人房，根本是超優良房客。
旅店主人希望他們盡量住久一點，要是那些綁架犯對利瑟爾動手動腳，害他不想再待在阿斯塔尼亞怎麼辦啊！想到這裡他不禁有點憤慨。
「這個嘛……」
聽見旅店主人這麼問，利瑟爾尋思似地偏了偏頭。
利瑟爾該不會覺得這問題太輕率，以為他是出於好奇想挖掘內幕吧？旅店主人急忙想開口澄清，而利瑟爾就在這時回答了他：

「如果只說方便公開的部分，他們是把別人當成奴隸任意使喚的人。」

「太恐怖了吧!!」

看見利瑟爾帶著一臉溫煦的笑容說出這種話，衝擊感非同小可。

「搞什麼啊那也太噁心了！貴族客人你還好嗎真的沒受傷嗎沒被當成奴隸用鞭子之類的東西抽打嗎?!」

「你說了跟伊雷文一樣的話呢。」

「嗄，我才不要跟這個人一樣。」

旅店主人願意替自己擔心是很值得感謝的事情。利瑟爾微微一笑，拿起房間的鑰匙，按照上頭懸掛的標籤把劫爾和伊雷文的鑰匙分別遞給他們。

在這段期間，旅店主人的反應也越來越激動。

「你是不是手被綁在背後必須趴在地上吃飯還被他們往身上潑水才會感冒!!」

「噁心。」劫爾說。

「感覺好變態喔——」伊雷文說。

「旅店主人，你是不是壓力太大了？」利瑟爾問。

「咦?!」

為什麼這麼說？旅店主人一陣錯愕，之後也消沉到根本沒發現他們三人已經默默離開，打算讓他自己靜一靜。

這裡是午後的咖啡店，利瑟爾獨自喝著冰咖啡享受閱讀時光。

他從王宮回到旅店的時候正好是午餐時間，他打算吃點輕食之類，於是在稍早時離開了旅店。

從沮喪心情中復活的旅店主人非常擔心他，說萬一他又被綁架怎麼辦……雖然這種關心很讓人高興，但老是這麼想就永遠出不了門了。利瑟爾露出苦笑，往杯緣啜了一口。

通風良好的露天陽臺席位上，強烈的日光被屋簷遮擋，留下一股宜人的暖意，溫柔包裹住被冰咖啡冷卻的身體。

「（畢竟最近一直都躺在床上……）」

利瑟爾緩緩呼出一口氣，放鬆了肩膀。

待在房裡默默讀書，他並沒有任何不滿。在光源溫和的書庫逐行追逐文字令人心情平靜，雙腿裹著毛毯坐在床上翻動書頁也是最幸福的時刻。

但利瑟爾也很喜歡坐在戶外，一邊感受街上略為喧擾的氛圍一邊讀書。有時候反而更容易沉浸在故事當中，有時思緒也會特別活絡。

「可以幫您收拾一下桌面嗎？」

「麻煩你了。」

「請慢慢坐。」

原先盛裝了數種三明治與冷湯的空碗盤被一一收走。

過來服務的是位即將邁入老年的男性，長著皺紋的臉上帶著笑容，是這間咖啡店的店主。察覺利瑟爾還要繼續讀書，他溫柔地這麼跟利瑟爾打了招呼，笑意加深了他眼角的皺紋。

這間店待起來真舒適，利瑟爾這麼想著，將目光轉回打開的書頁上頭。他以指尖撫摸著放在桌緣的美麗書籤，再度陶醉在書本當中。

「啊。」

利瑟爾開始享受悠哉的閱讀時光之後，大約過了三十幾分鐘的時候……總覺得聽見了一道稚嫩卻耳熟的聲音，他不經意抬起了撫過紙面的視線。

他環顧周遭，在露天陽臺旁看見了一個小女孩。陽臺比地面高了一些，利瑟爾坐在這裡還是必須低下頭去才看得到她。

女孩好像不打算喊他，正準備邁開下意識停下的腳步，卻在這時對上利瑟爾的視線。於是她再度駐足，尷尬地看著這裡。

「小說家小姐，妳好呀。」

「咦，嗯。對不起，好像打擾到你了吧。」

「不會的。」

看見利瑟爾露出微笑這麼說，小說家鬆了口氣，以略顯成熟的動作把自己的瀏海撥好。看來她正打算走進這間咖啡店。難得這麼巧，利瑟爾於是邀請她同桌，小說家便有點畏縮地坐到了他對面的位子上。原以為這麼做給她造成困擾了，不過好像並不是這麼回事。

利瑟爾替她點了咖啡，希望她至少能夠自在地度過這段時光。儘管小說家拚命婉拒，利瑟爾還是裝作沒聽見，替她付了帳。

「不、不好意思，謝謝你呀。」

「不會。妳常常到這家店來嗎？」

「沒有，只是聽說這裡的飲料和餐點都不錯，所以才來試試看吧。今天是我第一次來。」

小說家笑著回答，她碰不到地面的雙腿並未晃動，而是腳尖疊著腳尖漂亮地交疊起來。換言之，她是來確認這家店的風評是否屬實的。

這裡是利瑟爾的愛店，他當然也能夠自信滿滿地推薦給別人，小說家今天造訪的感想想必值得期待。

「不過妳好像帶了很多東西呢。」

「啊，你說這個嗎？」

利瑟爾無意間看見小說家掛在椅子上的包包。

包包以木質的藤蔓編織而成，再以繡布裝飾，身材嬌小的她背起來顯得太大了些。若只是出來喝個下午茶，帶這個包包實在太佔空間了。

不過，回想起她習以為常地把它掛在肩上的模樣，這個包包她似乎用得很習慣。

「老實說，我在構思新書的過程中遇到了一點瓶頸……」

「小說家小姐，妳現在不是正在執筆一本小說嗎？之前也說過妳還同時撰寫團長小姐的劇本……」

「給她的劇本沒有稿費呀，得多寫一點賺錢才行吧大概！」

聽見小說家幹勁十足地這麼說，利瑟爾恍然點點頭。

作家和研究家這類職業一樣，是完全興趣取向的工作，本來無法期待獲得多少利潤。這也是在讀書被視為娛樂的阿斯塔尼亞才能成立的工作吧。

店員送來了咖啡，利瑟爾伸出手掌朝小說家的方向示意。

「所以我出來散步一下轉換心情，順便到這種咖啡店來找靈感。為了把靈感記下來，我才會帶著整套文具一起出來吧……啊，冰冰涼涼的好好喝喔——」

「對吧。」

看見小說家一臉幸福地喝著咖啡，利瑟爾也點頭同意。

眼前的小說家和團長一樣，她們都相當熱中於工作。利瑟爾現在拋下了工作、盡情享受假期，因此實在對她們相當敬佩……雖說他放假也是不可抗力就是了，而且一邊進行冒險者活動到底還算不算休假也是個謎。

「那反而是我打擾到妳工作了呢，不好意思。」

「咦，不會，完全不會打擾吧！該怎麼說，我身邊沒有像你這種類型的人，所以跟你談話也是非常寶貴的經驗呀。」

「聽妳這麼說我很高興。」

小說家輕聲笑了出來，利瑟爾也微微一笑。

順帶一提，利瑟爾認為她所謂的「身邊沒有這種類型」指的是冒險者，但小說家完全不是這個意思。她指的是帶有王族氣質、超脫凡俗的人物。

這誤會就在沒有獲得澄清的情況下被置之不理，不過也沒什麼妨礙，因此雙方的對話依然和平地繼續下去。

「啊，對了。難得有這個機會，我想找你商量一些事情……」

「是關於小說的事嗎？」

「沒錯。啊，還、還是先提出委託比較好嗎？」
「不是的，不用委託沒關係喲，只是在想我是否幫得上妳的忙。」
「別擔心、別擔心！」
聽見利瑟爾這麼回答，小說家似乎鬆了口氣，開始往包包裡翻找起來。
她取出了一疊紙張，出乎意料的是其中空白的紙張並不多，大部分都寫滿了潦草的筆記和文章。接著是墨水瓶和筆等等的文具一樣接一樣擺在了桌面上，也難怪需要這麼大的包包，利瑟爾恍然點頭。
「這些事情我本來就想找你請教了，所以請你不用緊張，隨意回答，我會很高興的。」
「特別想問我，表示妳終於要寫冒險者的故事了嗎？」
「咦？」
「嗯？」
我說錯了什麼嗎？利瑟爾一臉不可思議，小說家見狀把剛到嘴邊的話都吞了回去。
儘管外貌年幼，但她內心可是不折不扣的成熟淑女，還是懂得察言觀色的。
「這、這個嘛，我剛才要說什麼？對了，關於下一本小說的題材，我在考慮寫學院相關的故事。」
「學院……指的是魔法學院嗎？」
「不是的，因為我除了名字以外也不清楚魔法學院的詳情，所以應該會寫成原創的學院吧大概。」
確實，把實際存在的機構當作故事舞臺感覺會衍生不少麻煩，還是原創比較好吧。利瑟爾這麼想著別開視線，這時小說家忽然將一張紙遞到他眼前。

「所以說，我稍微構思了一下……」

「我可以看嗎？」

「你不會到處亂說，沒關係吧。」

能獲得她的信任再好不過了。

與委託人之間的信賴關係，對於冒險者來說是任何東西都無法取代的重要資產……雖然這一次並非委託。

利瑟爾微微一笑，開始瀏覽紙頁。上頭寫的主要是故事舞臺，也就是學院的相關設定。看來小說家經過一番苦戰，紙張邊緣塗鴉了一個貝殼說著：「想變成貝殼」。

「小說家小姐，妳也很會畫圖呢。」

「咦？……啊！」

小說家想起自己畫了什麼似地叫出聲來，又立刻注意到這聲驚叫吸引了街上行人的目光。她於是把背拱了起來，整個人縮得小小的，連耳朵都紅了，彷彿在說現在的她好想變成貝殼。

很相像呢，利瑟爾對照著看了看小說家和她的塗鴉，有趣地笑了笑，接著換了個話題以示安慰：

「故事舞臺是不熟悉的場所，感覺很難寫呢。」

「對吧！我也是這麼想的！」

或許是想要快點推展話題的關係，小說家也非常積極地順著話頭說下去：

「不過不需要寫出現實感，所以可以隨心所欲地安排設定吧大概。我也跟各式各樣的人聊過，這次的學院應該比較接近魔法學院的印象。」

「這裡寫說，故事舞臺發生在『供家世顯赫的少爺小姐讀書的學舍』……我好像不記得魔法學院有身分地位上的規定呢。」

「是呀。不過它作為一個學舍，課程和建築風格之類的各種方面都很有參考價值吧。」

在大多數國家，孩童都是在學舍當中接受教育。

家住附近的幾個小孩子聚集在一位教師身邊學習，學的也只是基礎的讀寫、算數，不過也已經足夠了。到學舍上學並非義務，鄉下也有許多地方根本沒有學舍。

小說家也不例外，小時候她也到學舍念過書，感覺就像到附近的大人家裡去玩一樣。因此她實在無法具體想像學院是什麼樣子，從周遭收集各種情報之後，就屬魔法學院最完美地契合了她模糊的想像。

「說到家世良好的子弟聚在一起學習的地方，我個人會聯想到騎士學校呢。」

「我本來也是這樣想的，不過調查之後覺得騎士學校的軍隊色彩太強烈了一點，我想要再稍微華貴一點的印象。」

小說家喀啦喀啦搖動著玻璃杯中的冰塊，苦惱地皺起眉頭。

說到底，騎士學校培育的畢竟是守護國家中樞的騎士，許多內情並沒有公開，相關情報也很少在外流傳，不太適合作為創作參考。

利瑟爾的指尖撫過玻璃杯上略微滲出的水珠，回想起自己曾經見過的內部情形。

「那裡的氛圍，確實和妳的作品風格不太搭調呢。」

小說家一聽倏然轉向利瑟爾，眨巴著眼睛問：
「咦，你去過騎士學校？」
「是呀。」
「咦、咦，你該不會，在那裡念過書……」
「怎麼可能呢，只是接過騎士學校的委託。」
原來是這麼回事，小說家頓時脫力。
她確實應該先想到委託才對，但利瑟爾這麼說實在太有真實感了。當然，到騎士學校就讀的是貴族當中不會繼承爵位的兒女，這點暫且擱置不談。
「那麼，你有沒有在那種大型學舍念過書呀？」
「這個嘛……」
看來自己並不是個適合的商談對象呢，利瑟爾露出苦笑。
在他原本的世界確實存在以教育機關為中心的領地，國家稱之為學術都市；但利瑟爾家從小就為他找來家庭教師，因此利瑟爾與之無緣。不過由於周遭的嫡子都差不多是如此，所以他不曾在意過這件事。
小說家毫不掩飾她有多意外，正愣愣地張著嘴巴。利瑟爾微微偏了偏頭對她說：
「感覺幫不上妳的忙呢。」
「咦，啊，不會的！這是我應該自己調查的資料，完全沒問題喲。我才要跟你說抱歉，一直說這些題外話讓你誤會了！」
小說家回過神來，稍微加快了語速這麼辯解道。

原來她想問利瑟爾的並不是關於學院的事情。那究竟是什麼事呢，利瑟爾這麼想著，看著小說家拚命把那疊紙張沙沙地在桌面上攤開。

「這次的小說，我打算寫一個進入學院就讀的平凡女孩子。」

「要怎麼讓她入學呢？依靠資助人……但如果是特徵平凡的女孩子，這也不太可能。」

「其實她出身於頗有地位的世家，但因故在一般家庭長大之類的吧，大概。我還在思考，所以還沒有定案就是了。」

換言之，因為某些事情判明了她的身世，她被出身家庭重新收養，因此才會到故事背景的學院去就讀。不過在具有一定地位的家庭，若是排行三男以下的兒子姑且不論，但出嫁女兒可以藉此獲得與其他家族的連結，肯定是發生了非同小可的事情才會放棄自家的女兒吧。

而且在放棄之後還再度將女兒收養回去，真是不得了呢。幸好小說家無從得知利瑟爾懷著這種莫名的感慨。

「？」

這時，利瑟爾忽然注意到什麼似的，拿起了散亂在桌上的其中一張紙。上頭寫著女主角在進入學院就讀以前的遭遇，利瑟爾凝神讀了一會兒，然後……

「……噗哧。」

他不禁小聲笑了出來。

「咦?!很奇怪嗎?!」

「不是的，不好意思，不是內容的問題。」

女主角的境遇跟劫爾完全一致。

小說家似乎大受打擊，利瑟爾設法解開了她的誤會之後，再度低頭看向那張紙。上面寫著女主角進入學院之後經歷的試煉，以及她體驗到的戀愛過程，想到什麼寫什麼，就像看見書本的製作過程一樣，很有意思。

「原來是戀愛小說呀。」

「是呀，我想這樣應該比較好寫吧，大概。」

為了避免資料沾到水，利瑟爾不著痕跡地把小說家的玻璃杯往桌邊挪，一邊在心裡點頭。

她的代表作是純愛小說《Vampire》。在她已經刊行的著作當中當然也有推理小說、諷刺小說等其他類型的作品，但與專精那些領域的作家相比還是難免遜色。利瑟爾對於書本的評價相當嚴格，並不會偏袒自己人。

事實上，小說家自己也覺得力有未逮。雖然她接觸過各式各樣的文類，也的確擁有將各種內容統整出書的實力，不過果然還是挑選容易上手的類別書寫最好。

「女主角入學之後……啊，這個看起來很厲害的男孩子就是她的對象呀。」

「沒錯沒錯。他是整座學園裡最有地位的家族的嫡長子，念書、魔法、劍術都是第一名，又長得帥，是那種受到上天眷顧的孩子吧。」

「好想讓他跟劫爾對戰看看哦。」

「饒了他吧!!」

故事的世界可以發揮天馬行空的想像，但就算這男主角是故事當中最強的戰士好了，利瑟爾卻舉出了一個再怎麼想像都無法讓他獲勝的敵手，小說家忍不住大叫出聲。

要他贏過劫爾確實太難了，利瑟爾也有趣地笑了。撇除嫡長子的身分不論，騎士學校多半也找得到與那位男主角特徵一致的孩子，但他們的攻勢也被劫爾輕易擋下了。

「年齡是……十六歲，相當於騎士學校的最高年級生呢。」

「啊，這樣呀。可以問你那種學校的學生都是什麼樣的人嗎？」

「他們非常認真上進，不過大家都是尋常的年輕人喲。」

利瑟爾微微笑著這麼說，小說家一點也不相信。

可以想像那裡的孩子們一定都很有貴族氣質，要不然就是充滿騎士風範吧，小說家一個人在內心斷定。

「對了，騎士學校有個叫做士官候補生的制度哦。幾位優秀學生會被選為士官候補生，在演練或發生緊急事件的時候負責領導其他學生。」

「哦！這種制度感覺有點意思呢，建立類似的制度，把男主角安置在頂點感覺也不錯吧大概！」

小說家興味盎然地做著筆記，寫字的手動個不停。看來自己算是幫上她的忙了，利瑟爾放下心來，接著瀏覽其他紙張。一方面因為這是戀愛小說，他多半不會閱讀；另一方面他基本上是不怕爆雷的類型，因此毫不猶豫地繼續閱讀桌上的資料。

人物似乎已經設定齊全，女主角入學以後遇見的人們都很有個性。不過他們同時也相當優秀，如果順利建立起友好關係，這些人脈想必會成為她畢業之後不可小覷的助力。

「（女主角的家族也有一定規模，要和這些人建立連結應該不會太費工夫……再來就端看她能在對方的認知當中灌輸多少自己的價值了吧。）」

利瑟爾悠然這麼想著，劫爾要是聽見了一定會吐槽他職業病。接著他拿起了下一張紙。

這張紙上寫著女主角和幾位異性之間的戀愛情形，想必就是這些橋段讓少女們怦然心動。或許是時常在深夜的亢奮狀態構思情節的關係，她的筆跡也在睡意影響之下越寫越潦草，有點有趣。

「（男性很難想出這些情節，感覺這也是珍貴資料呢。）」

比方說搭乘馬車的時候晃了一下，在失去平衡的時候被對方抓住手臂拉近。

順帶一提，利瑟爾曾經在試圖搭上人擠人的馬車時不幸失敗，當他差點被擠到外面去的時候劫爾對他做過同樣的事。當時他的雙腳一瞬間離開了地面。

比方說在念書的時候對方湊了過來，肩膀彼此相碰。

順帶一提，利瑟爾在公會閱讀魔物圖鑑的時候，也曾經被打鬧中的其他冒險者稍微撞到肩膀。對方跟他道歉，他也原諒了對方。

比方說從階梯上摔了下來，結果跌在某人身上，兩人在近距離面面相覷。

順帶一提，利瑟爾在迷宮裡曾經和伊雷文陷入類似的狀況。當時他們誤觸陷阱，三個人一起掉了下去，結果因為落下距離太短，根本來不及轉換姿勢承接衝擊。

「……啊，對不起，我好像一不小心就寫得太投入了！」

「不只是劫爾，說不定我也有當女主角的天分呢。」

「?!」

利瑟爾認真評估著這麼說道，換來小說家震驚的表情。

他沒有注意到對方的反應，依舊緩緩翻閱那些紙張。

「啊，女主角擅長做料理呀，真是太棒了。」

「咦?!啊，對呀，果然還是想跟周遭的其他女生做出一些區別。」

「女主角是平凡的女生，這樣設定好嗎？」

「雖然是平凡女生，也沒有必要設定成所有能力都是平均水準吧大概。還是給她一個特長比較好，不然太沒有亮點了。」

料理專長在利瑟爾眼中好像顯得很特別，但小說家對此並不感到意外。

儘管利瑟爾給人一種什麼事都做得很好的印象，但她從來不覺得利瑟爾是個會烹飪的人。並不是說他手拙，只是利瑟爾把這種事情理所當然地交給其他人去做的印象太強烈了。

「啊，剛才把話題扯得太遠了，我想問你的就是這個！」

說到這裡，小說家想起了這次談話的正題，於是轉著手中的筆這麼說道。

雖然很感謝利瑟爾陪她討論學院相關的問題，不過她想請教利瑟爾的並不是查查資料就能解決的事。

「妳指的是……？」

「這次的故事呀，必須寫出階級差異……也不能這麼說，畢竟女主角也有地位嘛。該說是她跟周遭的差異嗎？必須明確寫出在一般家庭成長的小孩，和從小就在上流階級家庭長大的小孩之間的差別，對吧？」

確實如此，利瑟爾恍然大悟。

否則特地把故事背景設定在上流階級的少爺千金們就讀的學院，就沒有意義了。

「我希望翻開這本小說的少女們，都能感受到對貴族的憧憬吧！所以我想盡量把角色的言行舉止寫得有貴族氣質一點，但憑我的經驗只能用想像的。」

「嗯。」

「所以，如果有什麼地方寫得不自然，希望你可以幫我指出來！」

小說家那張稚嫩的臉龐倏地露出了明朗的笑容如此斷言。

利瑟爾確實出身貴族，但他自認最近已經變得越來越像冒險者了，為什麼小說家還是說得毫不遲疑呢？這就是所謂女性的第六感嗎？利瑟爾佩服地這麼想著，將剛才閱讀的資料還給了小說家。

「貴族當中也有各式各樣的人，我想這方面不用太過介意哦。」

「說得也是，果然清楚易懂還是最重要的吧，大概。」

「啊，不過……」

利瑟爾的指尖輕輕點上一張壓在小說家手臂底下的紙。

她立刻收回手臂，看著那隻不像冒險者的勻稱指尖滑過紙面。上頭寫著完美無缺的男主角開始注意到平凡女主角的契機。

同學對她惡作劇，把女主角昂貴的魔道具弄壞了。那一幕是男主角一時興起、半帶同情地將自己的魔道具送給女主角的橋段。

『這麼昂貴的東西，我不能收下。』

女主角為難地拒絕了，面對這始料未及的反應，少年開始對她產生了興趣。有什麼奇怪的地方嗎？小說家偏著頭看向利瑟爾，後者一臉不可思議地開口：

「她為什麼不收呢？」

這話真不得了。

小說家聽得嘴角抽動，利瑟爾毫不介意地繼續說下去：

「收到禮物的時候還是露出可愛的微笑收下，我想送禮的人也會比較高興的。這樣少年不會沒面子，而且少女沒有那個魔道具也很傷腦筋吧？」

「說、說得也……不，不對吧大概！太危險了我差點被說服了！你看這裡寫什麼！」

小說家用力指著「昂貴」一詞。

「就算隨便想個金額，比方說金幣一枚好了，該不會這種程度的價格你不覺得昂貴……」

「不會的，怎麼可能呢。」

面對小說家戰戰兢兢的眼神，利瑟爾露出苦笑否認道。

他確實不曾以「佔所持金錢多少比例」的方式去思考物品的金額，不過金錢的價值他掌握得很清楚：一枚金幣可以買到多少物品，又能做到多少事情？他會考量這些因素，該用錢的時候不會遲疑，一旦使用也絕對會換取到相應的利益。

正因如此，他才認為女主角收下魔道具比較好。

「即使只是一時興起、只是出於同情，送禮也是代表對方認為她具有相應的價值呀。」

利瑟爾瞇起眼笑了，將輕輕交握的雙手放上桌面。

這個人就連一點小動作也像幅畫一樣美得不可思議，小說家從手中緊握著的資料抬起臉來這麼想。一陣隱隱帶著海潮氣味的風吹來，拂動兩人的頭髮。

「一個人如果能以此為傲，表示她足夠努力，才能建立起這麼想的自信心，非常有魅力呀。」

在女主角能夠以此為傲的同時，她就等於失去平凡屬性了。

小說家不禁望向遠方這麼想。女主角應該是讀者自我投射的對象才對，利瑟爾究竟要把她帶到什麼高度去啊？就算利瑟爾屬於讀書時不會自我投射的類型，這也未免太誇張了。

「而且妳想想看，有句話是『迷宮規則，絕對服從』呀。」

「什麼意思？」

「有時候會聽到其他冒險者這麼說，聽說是『在迷宮裡應該迅速服從迷宮訂下的規則（否則就會送命）』的意思喲。」

換言之就是，女主角如果要進入少爺、千金們的世界還是入境隨俗、凡事配合上流階級的常識比較有效率的意思。

誰說要追求效率了？她明明是說想表現出身階級的差異，為什麼結論變成這樣？不，某種意義上利瑟爾比誰都更認真考慮女主角該怎麼行動比較有利，但這實在是……

「考量到少年的家世，他說不定也沒有意識到那個魔道具是昂貴的東西。若是這樣，他這麼做就像把糖果送給哭泣的小孩那種感覺嗎……真是個好孩子呢。」

倒不如說，利瑟爾的自我投射對象不是女主角，反而比較接近男主角那一方。

這點她倒是覺得非常合理。利瑟爾明明給了相當寶貴的意見，卻完全派不上用場，小說家面對這種情況反倒覺得有趣起來，於是她無比肯定地應了一聲表示她在聽。

「啊，不過女主角選擇拒絕，確實也是不錯的一手。用罕見特質勾起對方的興趣非常有效，如果有信心能把對方的不信任感轉變成好感的話，就這樣繼續下去也……」

「我原本還以為你們三個人完全不像，現在覺得你們都不會讀戀愛小說這點倒是一模一樣吧，大概。」

「咦？」

小說家將錯就錯，兩人的對話在那之後也繼續下去。

利瑟爾也覺得似乎有些地方不太對勁，不過他的結論是：既然小說家什麼也沒說，那就沒關係吧，因此他沒放在心上。最後，他目送小說家順利結束了這段充實的談話，心滿意足地離開，自己也從位子上站起身來。

談論書本果然很棒。他也時常與亞林姆討論書籍，不同的人有不同意見，聊起來非常有意思。

離開咖啡店之後，利瑟爾帶著笑逐顏開的好心情走向公會。他們隊伍預計明天才要一起接取委託，不過他想事先看看有沒有適合的委託。

隔了好幾天，告示板上的委託內容一定也大不相同。利瑟爾想全部瀏覽一遍，比起人擠人的清晨，還是現在這種時間最為恰當。

他身上穿的不是裝備，不過沒關係吧，反正也不打算待太久。利瑟爾這麼想著抵達了公會，將手搭上門扇，同時卻感受到另一側也有人拉動門把。
他放開手，退到一邊讓開通道。
「真受不了，不要動不動就為了報酬找碴好不……呃、嗨。」
「你好。」
是那位愛上團長飾演的魔王，選擇了修羅之道的冒險者。
看見利瑟爾，他一瞬間停下腳步，後面的人因此撞了上來，正在發著牢騷；冒險者怒吼回去，抬手撥亂了自己後頸的頭髮。利瑟爾又往旁邊退了一步，送他們離開。
那名冒險者留下一聲「掰啦」就走掉了。他的隊友們也跟著從大門走了出來，每個人看到利瑟爾都像好久不見似地露出「喔」的表情，稍微舉起手跟他打招呼。
這個時間結束，表示委託進行得相當順利呢，利瑟爾露出微笑回應他們的招呼。最後一個人稍微扶著門板替他保持大門開啟，利瑟爾於是鑽進門內。
一如預期，公會裡空空蕩蕩。
由於沒有必要替冒險者處理業務，幾位公會職員正聚精會神地處理事務工作。大廳裡有一個結束委託的隊伍，再來就只有幾名冒險者正在與認識的人交談，或是討論委託。
公會裡所有人都以「喔」的眼神看著他，但利瑟爾並不特別介意。確實，這幾天連劫爾和伊雷文都沒到公會來，眾人難免投來好奇的視線。
正準備走向委託告示板的時候，看見公會大廳的其中一張桌子旁坐著兩位冒險者，他於是停下腳步。對上他們的視線，利瑟爾轉而朝那邊走近。
「你們好，可以跟你們一起坐嗎？」

「喔，好久不見啦。」

其中一位冒險者，是剛才在門口和利瑟爾擦肩而過的那個隊伍的一員。

現在在阿斯塔尼亞被稱作魔法師的冒險者，包含利瑟爾在內一共有三人，其中一人就是他了。想必是看見了熟識的人，因此整個隊伍只有他獨自留在公會聊天吧。

「這幾天也沒看到一刀他們啊。」

至於另一位，則是坐在他對面，眼神看起來昏昏欲睡的這個男人。

只要經過練習，所有人都能學會魔法，不過能在實戰當中運用的魔法就鮮少有人能夠使用了。畢竟比起魔法，直接拿劍來砍簡單太多，速度又快；對於能以魔法達成物理攻擊以上的效果、魔力量充沛的人來說，又有太多條件遠優於冒險者的職業可供選擇。

因此魔法師的人數相當稀少，魔法師之間也會密切交換情報。除此之外，有些話題也只有魔法師才懂，利瑟爾時不時會加入他們的對話。

「我感冒了，醫生說是『要命的感冒』。」

「………………喔，那個很不舒服耶。」

「………………我是沒有得過啦。」

利瑟爾一邊在空位坐下，一邊若無其事地這麼說道，兩名冒險者聽了瞬間僵住。

用他那張氣質高雅的臉說出「要命的感冒」，還真不是普通突兀。兩人別開視線勉強擠出回應，接著回想起不久前的對話內容。

「對了，魔力點好像又要接近這邊了。」

「啊，原來是這樣呀？」

「是啊，大概再十天吧。」

利瑟爾稍微側過身體，看向警告黑板。

這個角度不太容易看清楚，不過確實看得見黑板上畫著表示魔力聚積地的顏色。到森林裡去的時候必須注意才行。

「魔力中毒好討厭喔……我的頭會超級痛耶。」

「真的很討厭，我也是全身都會痛呢。」

這是專屬於魔法師的話題啊，周遭眾人聽著傳入耳中的對話這麼想。

阿斯塔尼亞有海風庇護，魔力聚積地絕不會接近到足以危害國家的距離，在這樣的國度只有魔力量豐沛的人會受其影響。大多數國民不會有任何感覺，若沒有人提起根本不會注意到魔力聚積地接近。

和其他國家比起來，阿斯塔尼亞魔力量多的人又更少了些，因此大可安心。只不過魔法師肯定會受到影響，利瑟爾面露苦笑，剛才說會頭痛的男人則以拇指敲了敲自己的太陽穴。

「全身？我好像聽說過有人會全身肌肉痠痛，忘了是哪裡的魔法師。」

「那感覺也相當不舒服呢。我痛的是皮膚，皮膚會變得非常敏感。」

「咦，那沒辦法穿衣服吧？你會脫嗎？」

「不會。」

對方不知為何語帶期待地這麼問，利瑟爾沉穩地表示否定。

順帶一提，坐在對面的另一人狠狠往提問男子的小腿上踹了一腳，桌子叩隆晃了一下。

「痛痛痛……有什麼關係嘛，我只是想說是不是終於找到了同伴而已。」

「同伴？」

「對呀，因為我會脫衣服。」

他指的是魔力中毒的症狀吧。原來如此，利瑟爾點頭。

魔力中毒的症狀真的因人而異，脫衣服這點程度不足為奇。不知道魔力中毒是怎麼回事的人無法理解他們為何無法控制自己的行為，但就像頭痛一樣，這種症狀並不是想控制就能控制的。

從利瑟爾的反應看得出他能夠體諒，男人高興地笑了。

「那和覺得熱不一樣嗎？」利瑟爾問。

「嗯……該怎麼說，就是一種很不想穿衣服、討厭到受不了的感覺吧。」

「你不是還被上一個隊伍的隊友綁起來過？」

「真的很不喜歡碰到不懂得體諒的隊伍耶——」

真討厭，男人嘆了口氣。利瑟爾露出苦笑。

確實，如果是討厭衣服本身的話，嚴重的時候脫到全裸也不奇怪吧。看到熟人打算在大庭廣眾之下脫到全裸，誰都會出手制止的。

男子似乎也明白這點，睡意濃重的雙眼中帶著笑意。

「這邊很不錯呢，多少脫個幾件大家也只是覺得有趣而已。不過因為這裡的人對魔力中毒很陌生，所以大家都以為我是個沒事愛脫衣服的人。」

這樣真的好嗎？利瑟爾心想。

「這邊反而還會有人跟著起鬨欸。」

「有人起鬨的時候比較好脫呢——」

「其實你只是愛脫衣服而已吧。」

在阿斯塔尼亞，半裸打扮的人隨處可見。

港口邊大部分的男人都打赤膊，除非連下半身都開始脫，否則大家都司空見慣了。再加上冒險者公會裡絕大多數都是男人，因此很多人覺得好笑，說不定也有人明知道這是魔力中毒的症狀還故意起鬨。

順帶一提，利瑟爾從來沒遇過類似場面，原因可想而知。

「其他國家反應不會有人起鬨嗎？」利瑟爾問。

「這個嘛……王都帕魯特達通常是置之不理吧，那邊基本上選擇旁觀的人比較多。」

「這麼說來好像確實是這樣。那邊的人也不是不懂得體諒，只是比較多人會心想『又來了』然後裝作沒看見。」

王都是利瑟爾來到這邊初次停留的城市，兩位冒險者的評價讓他頗為滿意。

由於冒險者輾轉旅居各國，為了生存，他們特別善於融入當地的氛圍。雖然這並不代表他們會成為彬彬有禮的人，但與周遭格格不入就無法締結合作關係了。

就是這種特質，催生出了各國公會的特色。利瑟爾剛來到阿斯塔尼亞的時候，也曾經對於這裡氣氛截然不同的公會感到大開眼界。

「你之前待在王都對吧？」

「是的，王都的氣氛跟這裡比起來，確實比較沉穩一點。」

當然只是跟這裡的冒險者比較起來相對沉穩，基本上仍然是一群流氓就是了。

利瑟爾將頭髮撥到耳後，悠然露出懷念的微笑。

「他們從我剛當上冒險者的時候就認識我了，這果然讓人有點難為情呢。」

利瑟爾嘴上這麼說，卻沒有表現出半點難為情的樣子，周遭眾人的視線紛紛匯集過來。

這人肯定打從剛加入公會的時候開始一點也沒變，王都那些冒險者想必被他耍得團團轉吧，那些視線帶著些許同情意味。

也有人心想「關於利瑟爾與其說是旁觀還不如說是看著他長大吧……」，這倒是沒錯，在王都待上一段時間的老鳥冒險者都覺得「利瑟爾是我拉拔長大的」。

「劫爾好像也在那邊待了滿長的一段時間，王都果然是個便於活動的地方呢。」

「是啊，氣候不會太冷也不會太熱，要什麼商店都有，旅店也很多。委託數量多，交通又方便，找不到什麼離開那邊的理由啦。」

「這邊倒是相反，因為地理位置太偏遠了，所以一旦過來就會待上很久。」

既然如此，冒險者為什麼還會在國家之間遷移？

因為一直接取類似的委託，久了誰都會膩。考慮到自己的實力與適性，難免總是接取大同小異的委託，不斷潛入同一座迷宮。沒有冒險者會追求安定的生活，他們因此不斷為了追求嶄新的刺激而移動到下一個據點。

「啊，撒路思的反應也很有意思喔——」

最近常聽見這個國名，利瑟爾這麼想著，看向那個邊說邊舉起一隻手揮了揮的男人。

「我沒去過欸。」
「我也沒有呢。」
「在那邊呀，我一脫衣服就被人家大罵了一頓。」
撒路思恐怕是最瞭解魔力中毒的國家了，這又有什麼好罵的？那裡對於暴露肌膚應該也沒有特別忌諱才對……脫到全裸想必還是會被斥責，但不是那個問題吧。
面對利瑟爾他們疑問的視線，男人得意地笑了。
「他們認為啊，魔法師表現出魔力中毒的症狀是一種恥辱。」
利瑟爾眨了眨眼睛，另一名男子則完全無法理解地皺起臉來，睡眼惺忪的男子滿意地哼了一聲。
「他們那是什麼意思嘛。」
「雖然不是不能理解……但魔力越多的人症狀越嚴重，症狀越明顯應該代表實力越優秀才對呀？」利瑟爾說。
「對吧。」
男人哈哈笑著說道，利瑟爾看著他兀自思索。
對於撒路思民眾普遍有這種想法，利瑟爾並不覺得如何，不同國家的人民思考方式有所差異是當然的。
但撒路思與阿斯塔尼亞的情況相反，那裡魔法師似乎比較多，他們在魔力中毒的時候都怎麼辦呢？聽起來好令人同情啊，利瑟爾回想起某支配者和那些信徒們。

「那他們碰到魔力中毒要怎麼辦啊？」
「據說都躲在房間裡不出門喔，好像只要不要在公眾面前發作就沒關係。」
「嗯？說到底，撒路思附近有魔力點嗎？」利瑟爾問。
「他們那邊有好幾條河川流經城市裡對吧。雖然不在城市附近，不過上流好像有個滿大的魔力聚積地，聽說在下雨之類的時候就會對市區造成影響喔。」
男子並不清楚詳情，不過對他而言這就夠了。他對艱澀的原理和理論沒有興趣，這點選擇成為冒險者的所有魔法師都差不多。
至於利瑟爾，則是若無其事地想著那裡不知道有沒有其他妖精聚落。
「那邊有魔法學院吧，發生影響的時候會停課嗎？」
「咦──不知道耶。」
聽見傳入耳中的這段對話，利瑟爾中斷了思緒看向他們。
「原來你們兩位都不是學院出身呀。」
「啊？要是有那種學歷哪可能跑來當冒險者啦。」
原來是這樣。
兩人以一種「為什麼你既聰明又博學卻不知道這種事」的眼神看向他，但對於利瑟爾來說，這種平常不會談起的常識才是最困難的。這也沒辦法，畢竟他來自另一個世界。
「那麼，你們兩位是怎麼學會魔法的呢？」
「我小時候有個懂點魔法的傢伙教我，之後都是自學。」
「我也差不多吧──」

大多數人的日常生活都與魔法無緣。
不過只要身邊有魔道具就會認識到魔力這種東西，自然而然就能學會在必要時將魔力注入魔石當中。兒時學會了這些技巧之後，如果又有機會看見魔法，小朋友當然也會想試著自己施展魔法吧。
由於這麼做十分危險，大多孩子都會被雙親大罵一頓，但即使如此仍有小孩躍躍欲試。多數人嘗試之後還是一知半解，後來就放棄了，不過魔力量多的人可以嘗試的次數較多，因此成功掌握訣竅的可能性也比較高。利瑟爾眼前的這兩人，就是這麼學會施展魔法的。
踏入冒險者這一行的魔法師大抵如此，幾乎都是獨學而成，憑感覺施放魔法，不懂得背後的原理。
「在魔法學院有老師教，不曉得大家是不是都用一樣的方式施法。」
「應該是吧，不知道施展起來會不會比較輕鬆欸。」
「與其說輕鬆，說不定是比較容易理解的方法呢。」利瑟爾說。
「使用魔法的時候要動腦思考，感覺很花時間欸。」
實戰派的魔法師真厲害，利瑟爾聽了忍不住苦笑。
利瑟爾是透過不斷嘗試錯誤來最佳化自己的施放流程，完全憑感覺施放魔法對他而言反而比較難以理解。不過縱然方法不同，他也一樣能在實戰當中順利運用魔法，因此並不介意就是了。
「方便請教一下那是什麼樣的『感覺』嗎？如果想保密的話不用勉強沒關係。」
「是沒差啦，什麼樣的感覺喔……該怎麼說，就是『喝！』地用力，然後集中在一個點

『呼唰！』地放出來……」

魔法師大概知道他想表達什麼意思。

但周遭群眾完全聽不懂，這種事就是這樣。

「至於我嘛，嗯……就像嘔吐的感覺？」

下一秒，睡眼惺忪的男人小腿遭到第二次踢擊而不幸擊沉。

他大概真的是這樣施放魔法的，這倒無所謂，但在利瑟爾這個冒險者在場的時候說這種話讓人很尷尬啊，冒險者們總是這麼想。

看見利瑟爾本人煞有介事地點著頭，一副毫不介意的樣子，他們內心真是五味雜陳。

「呃……既然這麼說，表示你的魔法是學來的喔？不是在學院學的對吧？」

「是的。」

利瑟爾原本看著那個被打趴在桌上動也不動的男人，這下聽到另一人這麼問他，於是點了點頭。

接著，笑意在他嘴邊綻開。那道高興的笑容蘊含敬意，以利瑟爾給人的印象，應該是別人對他露出這樣的表情才對，因此周遭眾人紛紛意外地看著他。

就算利瑟爾現在說教他魔法的是哪裡來的王族，大家也不會覺得驚訝。利瑟爾壓根不知道眾人這麼想，乾脆地開口：

「是我以前的學生的父親教我的。」

那是誰啊？除了利瑟爾以外的所有人都在內心吐槽，完全沒注意到他們剛才的猜測精準命中。

在那之後，名為情報交換的閒談又持續了一會兒。到了結束委託的冒險者們開始零零散散出現在公會的時候，有個人混在人潮當中踏進公會，結束了這段閒聊。

「隊長。」

「伊雷文。」

伊雷文踏著悄然無聲的腳步走近，利瑟爾中斷了對話回過頭去。

看來伊雷文並不是解完了委託回到公會，而是特地來接他的。利瑟爾和同桌的冒險者打了聲招呼，從位子上站起身來。

眼見兩人抬手向他簡單道別之後便目送他離開，利瑟爾也揮揮手回應，接著走向伊雷文。他原本目不轉睛地看著這裡，這下彷彿藏起什麼似地，以無比自然的動作將視線轉向了委託告示板。

「謝謝你。」

利瑟爾道了謝，伊雷文於是默默閉上嘴。

今天離開旅店的時候，利瑟爾說他會在晚餐前回去。現在這時間絕對不算晚，但伊雷文仍然來到這裡接他，也就是那個意思了吧。

眼看利瑟爾朝他笑了笑，伊雷文鬧彆扭似地看向這裡問：

「要回去了嗎？」

「嗯。」

利瑟爾點頭，換到伊雷文一個滿意的笑容。

儘管伊雷文在利瑟爾出門的時候並未表現得特別擔憂，看來還是讓他擔心了，今天就先回旅店比較好吧。

「今天晚餐可能會有很多肉喔，剛才我只聞到肉的味道。」

「劫爾會很開心的。」

「隊長，你吃得下嗎？」

「不知道呢，我會努力的。」

明知道利瑟爾感冒剛痊癒，為什麼還煮這麼多肉？兩人邊聊邊並肩走出了公會。

他在王宮吃的都是容易消化的食物，實在有點擔心是否吃得下。要是買了其他食物帶回去吃，感覺會把旅店主人弄哭。

「啊，對了。」

這時候，利瑟爾忽然想起什麼似地開口：

「要記得問旅店主人能不能再借一間空房間才行。」

「嗄？」

伊雷文第一時間還沒聽懂他的意思，緊接著嫌惡地皺起臉來。

真的假的啊？伊雷文看向利瑟爾，試圖刺探他真正的想法，但視線另一端沉穩的微笑，和他在「人魚公主洞窟」裡堅持要切芋薯的時候一模一樣。看來自己免不了要被利瑟爾說服了，伊雷文不禁嘴角抽搐。

但伊雷文也知道，利瑟爾不會在徵得自己和劫爾同意之前強制實行這件事。既然如此，他會在那個時刻到來之前想盡辦法，竭盡所能反抗。
如果他們願意允許就太好了，利瑟爾看著他的身影這麼想著，露出苦笑。

121

當天晚上，吃過了旅店主人空有慰問之名、卻一點慰問感都沒有的肉類全餐之後。

整餐都吃肉果然有點膩，利瑟爾按摩著沉重的胃袋，在泡完澡之後離開了更衣間。雖然整桌都是肉，不過幸好還有幾道料理烹調得比較容易入口。

利瑟爾擦拭著仍然滴著水的頭髮，踩著那次到海邊穿過之後就有點中意的涼鞋走在旅店當中。餐廳的門保持敞開，就在他頂著發熱的臉頰，正要走過門口的時候……

「（啊。）」

他不經意地走近，探頭往裡看。

劫爾和伊雷文正在那裡喝酒。看起來沒喝醉，但他們倆的酒量都相當好，不知道已經喝了多少。

利瑟爾在飯後先休息了一下才去泡澡，現在的時間有點晚了。是夜晚的小酌嗎，利瑟爾這麼想著正要離開，這時他們兩人忽然朝這裡看了過來。

「隊長，你在看什麼啊？」

「怎麼了？」

「沒有，沒什麼事。」

伊雷文對他招了招手，利瑟爾於是邊擦頭髮邊環顧餐廳內部。

沒看到旅店主人的身影，他大概已經就寢了。這不奇怪，畢竟即使房客還醒著，旅店主人也沒必要遷就房客的作息，而且也有很多旅店在夜晚不開放餐廳。
不過劫爾和伊雷文開始喝酒的時候他似乎還醒著，桌上擺著幾盤下酒菜。看旅店主人那麼害怕他們兩人，沒想到還是很照顧他們嘛，利瑟爾讚許地想道。他並不知道，旅店主人覺得為他們準備下酒菜獲得的額外收入非常滋補。
「隊長，來嘛。」
「想加入就來啊。」
「那好呀，我放個衣服就過來。」
伊雷文把手肘撐在桌上朝他揮了揮手，利瑟爾於是露出微笑，走向自己房間。
利瑟爾不能喝酒，不過時常在夜晚陪劫爾他們小酌，只是地點大多是他自己或劫爾的房間，很少在旅店的餐廳度過夜晚這段時間。
晚飯都吃了那麼多東西，真虧他們還喝得下。利瑟爾邊想邊打開沒上鎖的房門，逕直走向敞開的窗戶旁，順手將衣服掛在椅背上。
迎著些許晚風，他默默擦拭著頭髮。萬一又感冒就糟了。
「呼……」
擦到頭髮乾得差不多的時候，他停下動作。
利瑟爾像要吐出悶在體內的熱氣似地呼出一口氣，以手指稍微梳整凌亂的頭髮，把領口最上方唯一敞開的鈕釦扣上，而後拿著毛巾走出房間。
他走下階梯，經過餐廳再次來到更衣間。用過的毛巾放進更衣間的籃子裡，隔天早上旅店主人就會幫忙清洗；自己帶來的衣物也一樣，不過必須支付小費。

接著他往回折返，走進幽暗的旅店內部流洩燈火的餐廳。

「喔，來啦。」

語調聽起來相當愉快的伊雷文，替他把隔壁的椅子拖了過來，還拍了拍椅面催促他坐下。

見狀，利瑟爾有趣地笑著在那張椅子上坐了下來。

「那就容我陪伴你們一起小酌吧。」

「喏。」

「謝謝你。」

坐在他對面的劫爾遞來一個有著鮮明木紋的杯子。

該不會是酒？才剛這麼想，利瑟爾便看見裡面裝的是冰茶。剛泡完澡喝冰的最舒服了，他感謝地接過，一口氣喝下半杯，然後呼了一口氣。

「你們喝的是什麼酒呀？」

「是群島那邊的清酒，好像叫什麼啊，『屠龍者』？」

「沒錯。」劫爾說。

「哦……」

酒瓶裡還剩下大約一半的酒。

正如它勇猛的酒名，這感覺是相當醇烈的酒。利瑟爾取過瓶子，一湊近便聞到陌生的酒香。還真虧他們能找來這麼多樣的酒品，他忍不住佩服地想。

正要將瓶子放回他們兩人面前的時候，他注意到劫爾面前的玻璃杯只剩下一口的分量，於是將瓶口朝向他示意。劫爾見狀嘆了口氣，不過還是拿起自己的酒杯，讓利瑟爾緩緩傾斜瓶身替他倒酒。

「啊，不公平，我也要我也要！」

「你這樣喝沒問題嗎？」

看見伊雷文把杯中剩下的酒一口氣灌下肚，利瑟爾擔憂地問道，伊雷文本人倒是若無其事地遞出了自己的杯子。好吧，利瑟爾於是替他倒了酒，小心不灑到杯子外面，伊雷文見狀滿意地吊起唇角。

這一次他小口小口喝了起來，像要仔細品嚐似的，看得利瑟爾笑了出來。

「好喝嗎？」

「隊長你要喝嗎？」

「喂。」

劫爾蹙起臉來制止。開玩笑的啦，伊雷文哈哈大笑。

感覺他問得滿認真的，利瑟爾邊想邊婉拒了這個邀約。他好不容易才擺脫成天躺在床上的生活，可不想因為宿醉又躺回去。

「群島出產的酒相當稀少吧？」

「確實比較少見，但也不到市面上找不到的地步。」劫爾說。

「酒放著也不會壞掉啊，這邊應該進口滿多的吧。」伊雷文說。

到講究一點的酒鋪找找總是找得到的。聽見他們倆這麼說，利瑟爾感到有點意外。

最近常在酒館跟他聊天的那些港口作業員，都說這種酒實在很難買到。利瑟爾一直以為那是指群島出產的酒比較稀有的意思，實際上的確也較為罕見沒錯，不過現在看來作業員們指的主要是價格方面難以下手吧。

劫爾他們總是誇口說自己「不好喝的酒不屑買」，不論多稀有都一樣。現在喝的這瓶想必也是美酒吧，太好了。

「對啦，隊長你今天接了什麼委託嗎？」

「沒有，只是到公會看看而已。」

伊雷文把椅子拉向斜前方，稍微把身體轉向這裡這麼問。

「還想說你怎麼不在，原來去公會了。」劫爾說。

「找我有什麼事嗎？」

「沒。」

劫爾淡淡回答，看來真的沒什麼事。

那就好，利瑟爾喝了口稍微回溫的茶。

「今天跟你講話的那兩個人不是那個嗎？魔法師？」

「是呀，我們在聊魔法師的話題。」

「我一定聽不懂啦。」

伊雷文邊笑邊仰頭喝了一大口酒，接著伸手去取所剩不多的下酒菜。

利瑟爾原想吃一點，但他的胃仍然很脹，還是放棄吧。

「伊雷文，你也會使用魔法吧？」

「只會一點小把戲而已啦，根本沒辦法當作戰力。」

伊雷文聳聳肩這麼說。也是呢，利瑟爾點點頭。

魔力持有量少的伊雷文無論再怎麼運用魔法，還是拿劍砍比較快又有效。再加上伊雷文的劍技高人一等，這種感覺想必更加顯著，他本人也不打算特別去練習魔法。

「你比試的時候會用啊。」劫爾說。

「也只是小花招嘛，能讓你露出一點破綻就很幸運啦。」

「這麼說來，確實沒看過伊雷文使出攻擊類的魔法呢。」

例如出了迷宮在等待馬車回城的時候，利瑟爾也不時會旁觀劫爾和伊雷文比試，因此他見過伊雷文使出魔法在暗中絆住劫爾之類的。

大多都是在比試剛開始的時候，也就是說伊雷文在開始之前就已經把魔法詠唱完畢了。雖然利瑟爾總說「習慣就好」，但在進行其他動作的同時集中注意力施展魔法其實相當困難。

「我的魔法很弱，對大哥幾乎沒用，能讓他停下來零點一秒就算是大成功了啦。」

「這樣呀？」

利瑟爾不太能想像零點一秒之差定勝負的世界。

「就算想盡辦法絆住他，他還是會像沒事一樣走過來嘛，大哥這個怪物。」

「對上異形支配者的時候，劫爾的行動還是受到了一點妨礙就是了。」

有辦法行動是不爭的事實，有什麼關係。面對他們兩人的視線，劫爾蹙起眉頭，喝了一口酒。

利瑟爾目不轉睛地盯著他瞧。劫爾將酒杯湊在唇邊莫名其妙地看了回去，利瑟爾仍然毫不介意地打量著他、又比較似地看了看伊雷文，說：

「伊雷文的情況，一方面也是單純魔力不足的關係。劫爾的魔力量比你更多。」

「大哥又不會用，要那麼多魔力幹嘛——」

「囉嗦。」

劫爾也擁有唯人平均的魔力量，比起身為獸人的伊雷文更多。

也有些獸人的魔力量比唯人更多，不過也只是稍微高於唯人平均值而已。儘管伊雷文在獸人當中的魔力量並不算少，依然不及唯人的平均值。

而對於魔法的抵抗力，是由魔力量決定的。至於劫爾成功抵抗了異形支配者的魔法，只能說他是規格之外的存在了。

「也就是說，任何魔法都對妖精不管用囉？」伊雷文問。

「面對攻擊魔法是不可能只受輕傷的，我也一樣呀。」

「我什麼時候讓你被攻擊魔法打過？」劫爾說。

「只是舉個例子嘛。」

聽見劫爾有點不滿地這麼說，利瑟爾溫煦地笑了。

「只不過，束縛或催眠系的魔法對她們應該就沒有用了，魔力量相差太遠。」

「那強化系咧？」

「以妖精以外的魔力，我想很難發揮效果。」

「喔……不過就算強化有效，放在她們身上也沒什麼意義啦。」

果然沒有那麼好的事，伊雷文心領神會地靠上椅背這麼說。

對象本身的能力不夠強大，強化魔法就沒有意義。妖精她們纖細的手臂就算施加了強化魔法，比腕力也不見得能贏過利瑟爾。

「那她們自己對自己放也沒效喔？」

「這就可能有效囉。不過她們的體質或許跟我們不一樣，所以不能完全肯定。」

回想起以前的學生也是在自己身上施放了強化魔法為所欲為，利瑟爾點點頭。

利瑟爾還記得很清楚，愛徒在溜出王宮的時候是如何使出強化魔法，從最頂樓的窗戶一躍而下，又爬上高聳的城牆。利瑟爾個人倒不太介意，反正學生只要記得把該做的事情做好就可以了。

「果然不可能對魔法完全免疫嗎……」伊雷文說。

「不是有『無底寶箱』之類的？」劫爾說。

「魔物例外啦。被無底寶箱吃掉不知道會怎麼樣欸？」

「誰知道。」

這麼說來，有一次利瑟爾正要打開寶箱的瞬間，劫爾就從他身後把寶箱踢爛了。

劫爾只短短說了句「魔物」，利瑟爾當時也沒有多問，該不會那就是無底寶箱吧？去查查魔物圖鑑好了，利瑟爾這麼想著，悠然露出微笑。

「不，真的有人對魔法免疫哦。」

「是喔，還真的有這種人？」

伊雷文一副初次耳聞的反應。劫爾則正好相反，想起什麼似地一手端著玻璃杯別開視線。

忘了什麼時候，利瑟爾好像說過這件事。劫爾在記憶中搜尋，但想不起什麼關鍵，當時大概聽得半信半疑吧。

「有個住在群島上的民族，他們沒有魔力，也完全不受魔力影響。」

「為啥？」

「這就不知道了。」

利瑟爾也思考過各種可能性，至今仍然不太清楚背後的原理。

歸根究柢，無論什麼樣的生物都必定擁有魔力。那個民族的人們完全不必依靠魔力也能活下去，或許是生命的基礎不同，或者他們適應了某種環境吧。

他在亞林姆書庫裡的書上首次讀到這個民族的相關記載，但那本書上也沒有說明箇中的理由。

「不過，這很合理不是嗎？」

「你指的是？」

聽見利瑟爾忽然這麼說，劫爾邊替自己倒酒邊敦促他繼續說下去。

「存在『不受魔力影響的民族』這件事呀，畢竟我們已經親眼見過妖精了。」

劫爾他們一時間以為利瑟爾講到其他話題去了。

但他們立刻改變了想法。利瑟爾憑著過人的思考能力，能夠在一瞬間從第一步想到第十步，但有時會因為沒有意識到這件事而略過思考過程。這一次想必也是同樣的狀況。

當然，認真起來利瑟爾也能仔細說明；沒有這麼做，代表他想到什麼就說什麼。這男人原本是一言一行都與責任脫不了關係的身分，出現這種情況表示利瑟爾跟他們說話的時候相當放鬆。
他們兩人都明白這點，對此從來不覺得反感。伊雷文只是感到疑惑，於是直白地問：
「什麼意思啊？」
「你想想看，她們不但真實存在，還擁有那麼強大的力量，人們卻只口耳相傳說她們是『很厲害的種族』而已哦？」
相傳妖精是只存在於傳說當中的種族。
人們印象中的妖精是美麗的女子，擁有取之不盡的魔力，能使出精妙的魔法。繪本和小說對她們的描述總是滿懷憧憬，實際上也有許多人相信她們是僅存於故事當中的種族。
但也僅止於此。擁有絕對力量的妖精只是像唯人、獸人一樣被劃分為一個種族，現在仍過著與世無爭的平穩生活。
「啊……原來如此。」劫爾說。
「咦？我不懂欸。」
看見劫爾恍然點頭，伊雷文晃著他隨興蹺起的腿這麼說。
這時，利瑟爾總算注意到自己解釋得不夠清楚。既然劫爾已經推導出答案，他於是對上伊雷文的視線，微微一笑。伊雷文默默閉上嘴，賭氣似地咬著玻璃杯緣。
「……我要提示。」
「這個嘛……妖精她們認真起來，可以輕易消滅一個城鎮。」
「這樣說也是欸，現在想起來好恐怖喔。」
「對吧。看到這麼強大的種族，人們難免會以特別的方式對待。」

然而現在她們並沒有遭人畏懼，也沒有受到崇拜；歷史上不曾出現相關的排他思想，也沒有妖精成為統治階層的紀錄。

利瑟爾實際認識了妖精、與她們交談的過程中，長壽的她們也不曾提起類似的話題，反而像普通的鄰居一樣與他們來往，可見愛好和平的妖精確實過著她們所追求的生活吧。

「啊，我好像懂了！」

伊雷文要利瑟爾等他想一下，整個人往後仰，看著天花板發出「嗯……」的沉吟聲，像在整理想法。利瑟爾面帶微笑看著這一幕等他回答。

他邊和劫爾討論下酒菜邊等了十幾秒之後，伊雷文後仰的背脊緩緩挺直了回來。

「是有對抗勢力的意思喔？」

「答對了。」

也就是說，多半是因為有某個勢力能夠壓制強大的妖精，所以她們才沒有被人視為無法對抗的威脅。

利瑟爾誇獎似地瞇起眼笑了。伊雷文順著直回背脊的動作將那頭鮮豔的紅髮湊向他，他把指尖伸進髮絲之間，伊雷文於是滿足地瞇細雙眼，蹭著他的手掌要他多摸幾下。

「像你剛才說的一樣，妖精一旦失去魔法的力量，就和纖弱的女子沒有兩樣。」

利瑟爾回應伊雷文的要求梳著那頭紅髮，加深了笑意。

「曾經被喻為最強戰士的戰鬥民族，足以成為與她們抗衡的勢力了吧？」

劫爾和伊雷文雙雙朝利瑟爾投來銳利的目光。

多半是反射動作吧。感受到他們好戰的視線，利瑟爾露出苦笑，緩緩放下撫摸紅髮的手。身為冒險者，利瑟爾對於戰鬥力並非毫無追求，但還是想盡可能避免與強大的敵人打鬥。

感受到他收手，伊雷文刻意賭氣似地別開目光。利瑟爾筆直迎視另一道緊盯著他的視線，說：

「很可惜，他們現在已經成為狩獵維生的溫和民族了。」

「那還真遺憾。」

劫爾哼笑道。利瑟爾有趣地瞇起眼，笑著將手中的玻璃杯晃了晃。

提到那個民族的書本大約已有八十年的歷史，不過他們的生活方式至今應該還是大同小異。

「即使如此，他們仍然以狩獵魔物維生，實力應該是無庸置疑的。」

「就像冒險者一樣喔？」

「說不定哦。咦，群島那邊有冒險者公會嗎？」

「沒。」

由於沒有魔力，或許他們住在城鎮裡反而諸多不便。

根據書上記載，那個民族只是建立了自己的聚落在那裡生活，聚落本身並不算特別封閉。那麼在這裡由冒險者負責的工作，在群島那邊也是由那個民族依據報酬來承接吧。

「不過啊，只因為魔法免疫就說他們最強，這也未免太牽強了吧？而且怎麼會有這種人啊，是大哥的親戚喔？」

「我在群島沒有親戚。」

劫爾用一副「你白癡嗎」的語氣回道。他的親戚在故鄉過得很好。

「當然，他們的武藝也相當優秀，不只是魔法，一般的斬擊也對他們無效。」

「斬擊無效？那是怎麼……」

伊雷文說到一半忽然打住，嘴角抽動。

因為他見過劍刃砍不穿的人，而且還是最近才見過。主動舉劍發動攻擊的是伊雷文自己，他不可能忘記。他抬起了懶懶撐在桌上的臉頰，慢慢轉動眼珠看向利瑟爾。

利瑟爾面帶柔和高雅的微笑，打趣似地說：

「第一次經歷像樣的戰鬥就對上你，真是可憐他了。」

「果然!!」

伊雷文放棄似地叫道，劫爾則無奈地嘆了口氣。

「那到底是怎麼回事？」

「我也不清楚，或許只能用體質解釋吧。摸起來就和一般人的皮膚一樣。」

「他身上還會長出刀子欸，真的假的？」

「是真的。」

原來還有這麼奇怪的民族，劫爾和伊雷文心想。

這說法對於曾經被奉為最強戰士的民族有點失禮，但對他們倆來說，除了這個結論以外都無關緊要。無論身上會長出刀刃還是開出花朵都無所謂，重點是他是否會對唯一一人產生危害。

「我想送他回家鄉，但書上也沒有記載他故鄉的詳細位置……」

「嗄？」

夸特也回想起了自己的名字，不曉得有沒有想起其他訊息？利瑟爾邊想邊乾脆地告訴另外兩人自己的打算，伊雷文卻發出不滿的質疑聲。

他不會問伊雷文為什麼擺出這種態度，利瑟爾可沒遲鈍到無法察覺背後的理由。正因如此，他瞇細雙眼露出了喜悅的笑容，卻也不打算撤回發言。

「隊長，你根本沒必要為他做到那個地步吧？」

「拉攏人家，結果事情過了就把人家去棄不管，這不是很惡劣嗎？」

「你那時候明明就生氣了欸？」

伊雷文撇嘴笑了。

「難道你要說跟那傢伙沒關係？少騙人啦。」

他嗤笑著啐道，坐在椅子上探出身體。

紅水晶般的雙眼直逼而來，停在利瑟爾眼前。在那雙眼珠正中央，使人聯想到黑暗深淵的瞳孔瞇成兩道垂直縫隙，像一種挑釁，不放過對方的任何一點破綻。

「你該不會原諒他了吧？」

比平常壓得更低的嗓音悄聲說道。

語調當中蘊藏著尖銳的威嚇，被蛇緊盯著動彈不得，說的就是這種情況吧。利瑟爾靜靜閉上眼睛，又緩緩抬起眼瞼，然後目不轉睛地看著伊雷文，朝他偏了偏頭。眼前瞇細的瞳孔稍微鬆動了一些。

「伊雷文。」

利瑟爾牢牢對上他的視線，喊了他的名字，看見那雙赤紅眼瞳閃動了一瞬。

但伊雷文立刻藏起了動搖，擺出一副心不甘情不願的樣子回復了原本的坐姿。坐到椅子上的時候刻意弄出喀啦一聲，彷彿表達了他的不滿。

不過利瑟爾還是取得了對話的主導權。眼見伊雷文悄悄瞄向他，像在觀望他的臉色，利瑟爾回以微笑，什麼事也沒發生似地開口：

「我沒有原諒他。」

他直白地這麼說道，喝了口所剩不多的茶。

朝著採取旁觀姿態的劫爾，以及露出狐疑眼神的伊雷文，利瑟爾繼續說了下去。

「畢竟他做了無法輕易原諒的事情。」

「……那你幹嘛那麼寵他？」

「我自認並沒有特別寵他呢。」

拉攏對方之後，卻把曾經幫助自己的人置之不理……自己可不打算成為那麼冷血的人啊，利瑟爾露出苦笑。他不會做出那麼不負責任的行為。

但他明白伊雷文的意思，也明白他的疑問。利瑟爾不想在酒席間講道理，不過還是得想辦法說服伊雷文才行。

「不原諒他過去的行為，和要不要原諒他是兩回事。」

「為啥？」

「因為他肯定不會再這麼做了。」

利瑟爾對此確信不疑。

「他本來就是受人命令行事，而不是出於他本人的意志。如果他主動來搶奪，我絕不會原諒他；但不是的話就沒關係了。」

劫爾和伊雷文並不確定當時利瑟爾為什麼動怒。

但他們自有猜測，也不認為自己的推測有誤；而現在利瑟爾脫口而出的「搶奪」一詞，使得他們的猜測成為確信。

他們倆將視線移向利瑟爾耳畔，那對只為了利瑟爾打造的耳環，在那裡靜靜散發著存在感。

「既然他不會再出手奪取，不會再做出無可原諒的事，那我也沒有理由生氣吧？」

利瑟爾這麼說，並不是出於對事不對人這種高尚的想法。

這說詞乍聽之下極度傲慢，差一步就會讓人以為他是個冷血無情、對人漠不關心的人。

「有辦法做到這樣就不用那麼辛苦了啦。」

「你自己接受了就好。」

然而，另外兩人都知道並非如此。伊雷文賭氣地這麼說，劫爾則喝了口酒，認為這不是自己該插嘴的事。他們明白，利瑟爾只是憑著不受情緒影響的思維道出事實，其中沒有同情也沒有憐憫。

實際上，利瑟爾一旦說他不介意，那就真的不會介意。

「我要加入的那時候，你還說什麼要是賈吉不同意就不讓我加入咧……」

伊雷文碎念著遞出玻璃杯，利瑟爾微微一笑，取來酒瓶替他倒酒。

一端起酒瓶，便發現瓶子已輕了不少。他擔心伊雷文喝太多隔天會像先前那樣宿醉，不過當事人倒是說「才喝這麼一點不用擔心」。
「他並不會加入我們隊伍，沒關係吧。」利瑟爾說。
「是這樣講沒錯啦……」
「真虧你還記得。」劫爾說。
「我大受打擊欸。」
總覺得當時的伊雷文也有點樂在其中，利瑟爾邊想邊回想起賈吉的臉龐。不曉得他過得是否還好？利瑟爾回顧著最近收到的信件內容，懷念起他露出軟綿綿的幸福笑容的模樣。要是告訴賈吉自己被人綁架了，他應該會嚇暈吧。
「而且賈吉是個好孩子，他不會說不同意的。」
「他那時候猶豫超久的好嗎！隊長你把他想得太美好了啦！」
「他才是把這傢伙想得太美好了吧。」劫爾說。
賈吉總是毫不保留地把利瑟爾當作貴族接待。他明明不知道利瑟爾真的出身貴族，但看見利瑟爾沒受到貴族應有的待遇他就會抗議。
因此聽見劫爾這麼說，伊雷文也忍不住點頭。倒不如說他根本不是把利瑟爾當作貴族接待，而是當作高級品小心對待，畢竟是商人嘛。
「賈吉那個根本是興趣了啦。」伊雷文說。
「喜歡奉獻的人找到了值得奉獻的對象，所以興奮得不得了了吧。」劫爾說。
「啊……」
「賈吉總是那麼努力，不是很可愛嗎？」

無論如何，在利瑟爾眼中他都是景仰自己的可愛年輕人。

「之前那傢伙暴怒的時候才用力拍桌叫我聽他講話欸。」

「他不會做出那麼粗暴的舉動喲。」

露餡了嗎？伊雷文吊起唇角。

實際上只是在他們前往魔礦國卡瓦納之前，賈吉想盡辦法訓練伊雷文好好服侍利瑟爾，伊雷文卻愛理不理的，因此賈吉才一邊說著「專心聽我說呀……！」一邊啪答啪答拍著桌上的便條紙而已。

「說到底，那傢伙都把你擄走了，這種待遇也太囂張了吧？要是賈吉在這一定會哭著反對啦。」

「你那時候還作勢殺他呢。」劫爾說。

「是沒錯啦。」

「而且還是瞄準我的腦門哦，腦門。」

「是沒錯啦。」

伊雷文一點也不覺得心虛。

他並不是沒在反省，只是像利瑟爾一樣區分得很清楚而已。他已經下定決心，假使利瑟爾對他過去的行徑動怒而打算殺了他，他也不會反抗。

反過來說，既然利瑟爾不追究，那他再怎麼耿耿於懷都只是白費；而且實際上，利瑟爾也不曾特別要求他反省。

「但我很努力推銷自己啊，看到那傢伙馬上就被寵成這樣，我不爽啦。」

「對不起。」

「我又不是對隊長不爽。」

聽見利瑟爾道歉，伊雷文有點難堪地撇開視線。

劫爾一臉受不了的表情因此映入他視野。說這種話很幼稚，伊雷文也有所自覺，但這是他根本不打算掩飾的真心話嘛，有什麼辦法。他坦蕩蕩地瞪了回去。

「我想想……」

利瑟爾看著他們倆，尋思似地喃喃說道：

「確實是因為對他有所虧欠，所以我有些時候特別照顧他吧，我想伊雷文感到奇怪的應該是這一點。」

「虧欠？」

「你說你？」

「是的。」

利瑟爾曾在地下通道說這是秘密，但如果他們倆沒聽見實情就無法接受，那麼利瑟爾也不打算隱瞞……雖然說出自己失態的舉動讓人有點難為情。

「因為我束縛了他，才導致他現在還是個奴隸。」

利瑟爾輕撫著杯子上的木紋這麼說，劫爾聽了不解地蹙起眉頭。

「他本來就是奴隸吧。」

「可是他原本有機會重獲新生的。陛下的魔力，已經抹消了束縛他的一切。」

理論上夸特不受魔力影響，但那股魔力還是消弭了他身上多餘的一切。

那一刻是夸特從奴隸恢復為自由人的機會。假如在那個時候告訴他這點，他肯定可以完全獲得解放。

「但我那時候正在氣頭上，再加上信徒也陷入錯亂，我沒有時間引導他。」

「那是他自做自受。」劫爾說。

「沒差吧？他本人看起來很開心啊。」伊雷文說。

這麼說也沒錯。

或許夸特是因為維持著奴隸身分才這麼開心，但感覺夸特即使恢復自由之身也會同樣高興，實在不好說。夸特溫順的個性多半是天生的吧。

但即使如此，即使維持奴隸之身是出於他本人的意願，利瑟爾還是想為他取回身為戰奴的尊嚴。雖然這說不定也只是利瑟爾的自我滿足罷了。

「這是我一開始的目的，而且也是拉攏他的最低必要條件。」

「那你現在沒必要拉攏他啦，不就沒差了？」

「不是的，正是因為這樣我才必須這麼做呀。」

「為啥？」

伊雷文理所當然地問，看來並不覺得利瑟爾有可能出於無償的善意這麼做，讓他有點落寞。

「……你啊。」

劫爾忽然嘆了口氣。

手肘撐在桌上、端著玻璃杯的他將酒杯往桌上一擱，開口說道：

「你不要因為發了脾氣覺得很丟臉，就想當作沒這回事啊。」
「嗄？」
伊雷文看向利瑟爾。
利瑟爾露出困擾的微笑。
劫爾見狀嗤笑一聲。
「啊對喔，隊長在地下通道的時候說過覺得很難為情喔。」
「都到了老大不小的年紀還認真動怒，實在很不好意思呀。」
「也不是什麼壞事，你太介意了。」劫爾說。
利瑟爾直截了當地這麼說，可見他確實是出身貴族社會、盡可能避免表露情緒波動的男人。
只不過，想讓夸特恢復為自由人也是他的真心話。即使夸特本人不在乎，瞭解「戰奴」這個民族真正價值的利瑟爾也不可能置之不理。
「啊——這樣我好像懂了欸。」
「那太好了。」
眼見伊雷文脫力似地趴到桌上，利瑟爾緩緩梳著那頭紅髮。
看來暫且不會有人反對把夸特送回故鄉了。得去問旅店主人能否空出一間房間才行，利瑟爾邊想邊撩起一綹帶有光澤的豔紅髮絲。
亞林姆說過，在夸特的訊問結束之後會派人前來通知。想必他們短時間內還有各種事項需要詢問夸特，房間也不急著馬上準備。

「即使要你們好好相處，這種事也不是我說說就可以做到。只要別做得太過火，就隨你們去吧。」

「那就輕鬆啦。」

最後利瑟爾摸了摸他的頭，伊雷文愉快地瞇細了眼睛。

「你覺得怎麼樣？」

利瑟爾見狀放下心來。接著他將視線轉向劫爾這麼問，像在徵求他的同意。

劫爾明白，利瑟爾這麼問不只是做做表面功夫。假如自己或伊雷文認真拒絕，利瑟爾也不會自行嘗試讓夸特恢復自由；他會溫柔地把他送回故鄉，做得不著痕跡，不讓夸特感到悲傷。

然後他從此不會再插手這件事，後續就交給夸特的家人去處理。

「隨你高興。」

但利瑟爾也明白，劫爾他們不會那麼說。

畢竟無論何時，劫爾他們要他「隨心所欲行動」的這句話總是真實無欺，因此利瑟爾才敢向他們提起這件事。

利瑟爾綻開笑容，往劫爾遞來的玻璃杯裡倒酒。酒瓶再一會兒就要空了。

「對了，只有你們兩人一起喝酒的時候也是像這樣彼此倒酒嗎？」

「怎麼可能。」

「我們都自己倒啦。」

看見他們倆一副「你到底在說什麼傻話」的表情，利瑟爾有點納悶不解。

冰冷的石板地上鋪著墊布，夸特正盤腿坐在布料上發著呆。

這條用以取代地毯的墊布相當厚實，整張布料都繡著精緻的紋樣。比起坐在冰冷的地板上，坐在這上頭暖和多了，高處小窗照進來的陽光也十分舒適。

坐在這裡暖烘烘地曬日光浴，是他最近的嗜好。

「（出生的、地方……）」

這麼悠閒度日的過程中，他也一點一滴回想起了成為奴隸之前的過去。

首先想起的是身為戰奴的本能，接下來是自己的名字，夸特。雖然那道溫柔的、引領人心的嗓音不願呼喚這個名字，讓他有點哀傷。

「（……、……故鄉。）」

是什麼樣的地方呢？「嗯……」夸特仰起背，仰望石材打造的天花板。

還是個奴隸的時候他從來不曾想起故鄉，也視之為理所當然；如今突然要回想，總是進展得不太順利，畢竟是十幾年前的事了。

可是……，夸特閉上了刃灰色的瞳眸。

『如果你想起了關於故鄉的任何事情，再告訴我哦。』

來到這裡之前，利瑟爾和他做了幾個約定，並在最後這麼說。

他們的約定很簡單：他會暫時被拘禁一陣子，不過希望他不要反抗；如果有人來問他問題一定要回答，但假如無論如何都感到抗拒，那可以不必回答沒關係。

萬一有人要做讓他痛苦的事，可以抵抗，但請不要傷到對方。夸特不確定自己是否辦得到，不過利瑟爾微笑著對他說「你一定辦得到吧」，所以他想應該可以吧。

「（討厭，沒有。）」

夸特睜開眼睛，點了個頭。

沒有人問任何讓他感到抗拒的問題，到這裡來的那個虎族獸人也沒有弄痛他。倒是有個布團時不時會來問他幾個問題，夸特每次看到他總會嚇一跳。

每天都有三餐可吃，房裡還有他先前從沒使用過的床鋪，睡起來非常柔軟。其實那張床稍微偏硬，不過對於夸特來說已經足夠柔軟，他偶爾還會去摸摸它。

「故鄉、故鄉。」

他追溯記憶似地喃喃念道，把差點脫線的思緒拉了回來。

回想起來，利瑟爾從還被關在地下通道的時候，就開始詢問夸特故鄉的事情了。那自己得努力回憶才行，夸特皺起眉頭。

「（…………泉水。）」

他腦中忽然浮現一幕情景，一定是小時候的記憶吧。

那是一座溪谷底下，仰望天空可以看見一輪滿月。聳立於周遭的懸崖峭壁裁下了帶著明月的那片夜空，夸特還記得當時的月光筆直灑落在自己身上。

「（爸媽……？）」

記憶中緊緊握著自己雙手的那對男女，沒錯，就是他的父母。

閃亮亮的月光灑落的情景讓夸特看得目不轉睛，雙親於是催促他往前走。月光正下方有座美麗的小山泉，水質青藍澄澈，閃爍著神秘的光輝，宛如要把月光返還給上天似的。

「（進到、泉水裡面……）」

泉水並不深，大約只到孩童腰部。

大人叫他把整個肩膀都泡進水裡，他於是在水底稍微盤起腿坐下。周遭是萬籟俱寂的靜夜，他卻彷彿聽見光落下的聲音。

當他稍微低下頭將嘴唇湊近水面，溫柔的光輝便填滿整片視野，讓他非常安心。

「跟他好像哦。」

夸特喃喃說著，輕聲笑了。

可是，自己為什麼會跑到那個地方去呢？夸特費勁苦思，從泉水那段記憶繼續回想。

「（…………刺青。）」

自己褐色的肌膚上紋著的刺青不經意映入視野。

對了，他眨了一下眼睛。他是到那座泉水去紋身的。

在身上塗上某種顏料，顏料不曉得是混合什麼植物、還是什麼礦石之類的各種材料製成的。時間必須是滿月的日子，在滿月的夜晚浸到泉水裡，顏料的顏色就會轉移到皮膚上。

「（這個，高興。）」

這種事情應該很讓人高興吧，夸特點了個頭。

接著他拚命挖掘記憶，希望能想起更多事。

「（母親……？）」

印象中刺青是母親為他繪製的，不知道這是不是規定。

回想起來，母親好像說過她有些地方稍微失手了……怎麼會這樣，夸特暗自下定決心，

一定要把這件事保密。

想起一件事之後，回憶就像串珠似地一個接著一個浮現。陽光照在背上，曬得他整個人暖洋洋的很想睡，但好不容易慢慢想起來了，他於是甩了甩刃灰色的頭髮趕走睡意。

「（家……）」

母親為他紋身時的記憶，發生在家裡。

對了，他記得自己的家位於溪谷當中。峭壁上搭建了可供落腳的平臺，房子就蓋在平臺上。

屋子與屋子之間搭有落腳處，把整座村子都連繫起來，村裡有小橋，也有梯子可通往上方的階層。溪谷並不寬，因此村落一直延續到溪谷對側，中間以幾座吊橋連接。

「（上面、是，荒野。）」

溪谷上方，是一片地面乾裂的荒野。

夸特記得自己常常爬到上面去玩耍。那裡還有幾座類似的小溪谷，山泉應該也位於其中一座溪谷當中，位置他不記得了。

「（………小舟？）」

除了村莊以外的記憶模糊不清。

他回想起來的只有一段，大概是最新近的記憶吧。那是他第一次跟著父親到人多的城鎮去，拿魔物交換各種物品。

夸特記得當時走過了荒野，途中好像搭上了小舟，乘船處也是個小村落。一回過神來就抵達了城鎮，父親交代他跟好，不要走丟了，於是他跟在父親身後往前走。對了，那應該是個海港城鎮。
「大船。」
想起來了，他眨眨眼睛。
他在那裡看到了從沒見過的巨大船隻。寬闊的白帆遮擋住陽光，在港口投下一大片影子，正上方的船頭也位於遙遠的高處。
夸特看了感動得不得了，忘掉父親的叮嚀，擅自登上了那艘大船。船隻明明只是停泊在港口，一跑上去他卻嚴重暈船，他對於前來城鎮途中所搭的小舟沒什麼記憶，恐怕也是出於同樣的理由。
他暈得無法行動，就這麼倒在角落，船就在不知不覺間啟航了。
『不但擅闖別人的船隻，還不付船資啊，真教人不敢恭維。』
那是異形支配者開往群島的魔物調查船，他被大肆嘲笑了一番。
一回過神來，夸特就跟著他們抵達了目的地。因緣際會之下，他們發現魔法對夸特無效，於是要求他工作償還船資，就這麼把他帶回了撒路思。夸特按照他們的吩咐工作，不知不覺間就到了現在。
「（大概，不需要。）」
利瑟爾多半對這部分回憶沒有興趣吧，夸特中斷了自己的思緒。
這麼說來，不知道船資是否還清了？他覺得自己沒做什麼大不了的工作，如果已經償還完畢就好了。
「喂，吃飯囉。」

忽然有人叫他，夸特抬起臉來。

虎族獸人端著食物，站在鐵牢另一側。飄來的香味刺激食欲，夸特暫時中斷了回想過去的工作。

今天想起了不少事情，利瑟爾聽了會不會高興呢？

「（我會等。……快來。）」

利瑟爾交代過夸特在他前來迎接之前在原地等待，所以夸特會一直等下去。

夸特在腦海中描繪那道朝自己伸手的高潔身影，感受著心中湧起的暖流，伸出手拿取擺在面前的餐點。

122

阿斯塔尼亞的冒險者公會，此刻正籠罩著一股異樣的氛圍。

和利瑟爾做出什麼好事的時候並不相同，現在的氣氛顯得劍拔弩張。明明是冒險者接取委託的尖峰時段，公會裡卻聽不見募集成員、爭奪委託的聲音，只有不快的騷動聲填滿了整個空間。

起因是一名來到公會的客人。那男人頂著福態的身軀大模大樣地坐在公會的椅子上，做作地交疊著雙手，每隻指頭上都戴著戒指，閃閃發亮的碩大寶石被他敲得喀喀作響，雙眼不時輕蔑地瞥向公會內部來來去去的冒險者。

坐在男人正前方的，是以光頭做為註冊商標的那位公會職員。他雙臂抱胸，按捺著煩躁的情緒以低沉和緩的聲音開口，試圖讓自己冷靜：

「所以說真的沒有辦法，要我說幾次你才明白？」

「怎麼可能沒辦法。」

男人哼笑道，語氣裡帶著明顯的輕蔑。

他是商人，是公會的常客。由於經商需要，他時常往返各國，每次旅途都會向公會提出護衛委託。雖然性格討人厭，但他付錢爽快，公會每次都以優渥的委託酬勞當作談判武器尋找願意接取委託的冒險者，再以指名委託處理。

「和之前走的是同一條商路對吧，再怎麼灌水最高也只能算作B階委託啊。」

「我都說我願意花大錢了。不過是把配得上我的冒險者優先派過來而已，這麼簡單的事情。」

「委託的階級是用難易度區分的，並不能因為支付比較多酬勞就把你的委託列入高階啊。」

公會已經盡可能考慮他的需求，但這男人也聽不進去。

這位商人居然說他願意花錢，要公會把自己的委託列為高階，意思就是要求公會派遣高階冒險者來當自己的護衛。公會方面實在不可能答應。

「我不會說這完全不可能，畢竟高階冒險者也可以自由接取低階的委託。」

職員說出這項他最近幾乎遺忘的事實，繃緊了差點扭曲成奇怪角度的嘴角。

「那你們叫高階冒險者來接就好啦。」

「可是選擇是否要接取委託的還是冒險者自己。說句老實話，護衛任務本來就是不太受歡迎的委託，這樣弄到最後還是會被拒絕。」

「竟敢拒絕我的委託？……還真不愧是不懂得分辨價值高低的野蠻冒險者。」

周遭一陣騷動，公會內部的冒險者紛紛散發出殺氣。

職員注意到眾人的動靜，不禁皺起臉來揉著疼痛的眉心。就是因為這樣，剛才他才提議到會客室去談的，但現在後悔也為時已晚。一開始嫌棄會客室太狹小擁擠、不想在那裡談話的，也是眼前這個男人。

反正男人一定是以為在大廳提起委託事宜，周遭的冒險者就會搖著尾巴過來搶著接他的委託吧。男人為了顧及面子，委託報酬確實相當優渥，但就是因為這種行事作風，他的委託才這麼乏人問津。

「（想要享受被人追捧的優越感，至少先有點修養再來吧，這頭肥豬……）」

假如他人格高尚，事情倒還有可能照著他希望的劇本發展咧，職員在心裡啐道。

每一次有人來登記委託，都得由職員負責尋找願意承接的冒險者。每次都弄得他們奔波勞碌，在心裡碎念幾句也是可以被原諒的吧。

「你這傢伙是來找碴的啊!!咱們沒出聲你就囂張了是不是，勸你說話節制一點啊這頭肥豬!!」

然而職員拚命把怨言留在心裡的努力，也在這一瞬間化為了泡影。

「咿……你、你以為你在對誰說話！冒險者都是沒受過調教的野狗嗎！」

「就是在對你這頭肥豬講話啦！」

「需要調教的是你這頭豬啦，哄哄叫得有夠難聽!!」

忍無可忍的冒險者們怒聲叫囂，男商人被嚇得小聲發出哀號。這也難怪，冒險者每天都在經歷危及性命的戰鬥，他們散發的殺氣跟路邊自以為是的小流氓可不能相提並論。

「能不能閉上嘴啊你們這些臭小鬼!!」

冒險者們用上了逞兇鬥狠的捲舌音大肆飆罵，職員為了讓他們閉嘴，也一拳打上桌面大聲咆哮。

對方再怎麼說也是公會的常客，儘管個性惹人厭，好歹也是花錢不手軟的闊氣顧客。留著這個人脈總是最好的，而且萬一惹他生氣、事情鬧大了，還得花上許多時間收拾善後。

「大叔你才是咧，人家這樣找碴你還不吭聲喔，有夠丟臉！趕快踢飛這頭豪華肥豬的屁股讓他閉嘴啦!!」
「要是能討這頭除了撒錢以外一無是處的豪華肥豬開心，他多撒點錢委託條件也會好一點啊！你們以為老子是為了誰在這邊跟肥豬浪費時間啊這群臭小子!!」
完了。
聽見一來一往的謾罵，個性相對冷靜的職員和冒險者們異口同聲地在心裡嘆了聲「哎呀」。不過他們看見男商人啞口無言的模樣，也豎起了兩隻大拇指，可見他們心裡也不是沒有氣。
「……你們給我適可而止！」
男人氣得面紅耳赤，咆哮著打斷職員的怒吼：
「冒險者不像話，上面的人也半斤八兩！一想到這間公會裡全都是這種野蠻人我就想吐！」
「……我先說啊，先找碴的明明是……」
「閉嘴!!誰想聽你們愚蠢的藉口！」
商人握起拳頭，把戒指敲得喀喀作響，雙手砰地砸上桌面。
職員見狀，把剛到嘴邊的嘆息倒吞了回去。這確實是他失言了，同事們紛紛投來「你負起責任想點辦法吧」的扎人視線。
畢竟，這名商人不只是普通的常客，還是與公會採購物品有關的人物。
「所以我才叫你找高階冒險者來！讓這種下賤的傢伙當護衛誰受得了！」
「哎，我說你冷靜一下吧……」

「我看高階肯定也好不到哪去！連職員都爛成這樣了，這整間公會肯定也找不到多了不起的冒險者！」

「……我說啊，你不要再挑釁周遭的人了，這些傢伙很多都憧憬著高階冒險者啊。」

「哈，憧憬？那些拒絕我的委託，不知廉恥又沒榮譽心的無知冒險者有什麼好憧憬！」

公會中彷彿響起某種東西「噗滋」一聲斷裂的聲音。

高階是所有冒險者的目標。即使不像職員所說懷抱著「憧憬」這麼高尚的感情，聽見高階冒險者被無禮的商人貶低還是會感到憤怒。

正是因為知道廉恥才不接他的委託，有榮譽心才得以保有高階的地位啊。聽見商人偏頗的意見，就連職員都氣得額角浮現青筋。

「怎麼啦，要是你們低頭謝罪，我也不是不能原諒你們。」

男商人絲毫不知道職員正試圖讓自己冷靜下來，看了他的態度反而以為自己居於上風。他硬是將肥滿的身軀往後仰，居高臨下似地如此宣告。

或許是確信了自己的勝利，商人臉上帶著笑意。

「反正冒險者也不過是凡事只懂得靠蠻力的低俗生物，只要剛才辱罵我的所有人都來道歉，胸襟寬大的我就原諒你們吧。」

聽他這麼說，事不關己地選著委託的冒險者們也無法再保持沉默。

「開什麼玩笑啊，這頭肥豬！」

「你才該下跪咧，該死!!」

「還好我只有比讚什麼都沒說，太幸運啦。」

「你們不要把事情給我越搞越複雜！」

職員喝止了冒險者們的罵聲，瞪向那名男商人。

職員本來就長得形貌兇惡，瞪起人來表情相當嚇人，但男商人看了只露出惹人厭的笑容。職員也是阿斯塔尼亞的男人，看到這表情都想不顧公會利益，直接揍他一頓。

然後，商人嘲諷似地加深了那道討厭的笑容。

「好了，快點誠心誠意跟我道歉吧，否則以後公會可能會買不到必需品喔？哎呀對了，假如冒險者當中有氣質高尚到能夠跟我匹敵的人，那就表示公會還有跟我來往的價值，也不是不能大發慈悲原諒你們。」

他明知不可能還刻意這麼說，態度是徹底的瞧不起人。

公會裡頓時充滿殺氣，沉重的氛圍瞬間膨脹，冒險者和職員全都同樣憤怒。在所有人都忍無可忍的狀況下，率先動手的某人正想打爛男商人那臉跋扈的笑容，就在那一瞬間……

「——……話是這麼說，但劫爾先前已經把它整隻拿去烤……」

公會的大門打開了，伴隨著完全不合時宜的沉穩嗓音，和奇妙的話題。

時機差到就算被人怒罵「你也看一下場合吧」也只能摸摸鼻子認錯，但前一秒緊繃到隨時都會迸裂的氣氛卻因此消失得一乾二淨。在場所有人都凝視著出現在門口的那名冒險者。

「？」

門開到一半，匯集全場視線於一身的利瑟爾便停下動作。

他不著痕跡地環顧公會內部，理解了什麼似地點了個頭，然後……

「……」

彷彿什麼事也沒發生似地「砰」一聲關上門。公會大廳只被寂靜籠罩了一瞬間。

「他逃跑了！」

「快追！」

冒險者們之所以這麼大喊，只能說是那個情境下一時興起了。

所有人都忘了不久前的不悅和憤怒衝向門口。看見冒險者一個接一個衝出去，男商人再度目瞪口呆，職員則是拿他們沒輒似地摸著自己的光頭。

「沉穩小哥跑到哪裡去了！」

「啊，在這！快抓住……嘎啊啊啊啊一刀也在！」

「沒有沒有沒有，我們真的不是要危害他，對不起、對不起！」

還真是群沒救的傢伙。聽見外頭熱鬧的聲響，職員鬆動了嘴角這麼想，然後立刻藏起了笑意。

總而言之，我們希望你去跟公會裡那頭豬談談。

不用特別做什麼，只要一下下就好、像你平常那樣講話就好，拜託你了！以上就是追著利瑟爾跑來的冒險者的請求。

剛才看見公會裡似乎有點騷動，利瑟爾原本想晚點再來。但那些追來的冒險者們七嘴八舌地這麼拜託，儘管不太清楚發生了什麼事，利瑟爾還是點了頭。「如果只是談談的話，好呀。」一方面是因為平時大家不會這麼積極地找他攀談，這情況挑起了利瑟爾的興趣。

於是他與劫爾和伊雷文一同回到公會，走進大門。

「（豬？）」

環顧公會內部一圈，他沒看到豬。

基本上利瑟爾與粗野的辱罵之詞無緣，也難怪他無法立刻聽懂。既然要他談話，對方應該是人吧……就在利瑟爾這麼想的時候，看見視線另一頭熟識的公會職員空出了一個位子。

叩叩，職員敲了敲椅背，是要他坐在那裡的意思。

「（剛才由職員接待，表示對方是委託人之類的？）」

職員詢問似地挑起一邊眉毛，言下之意是「要不要來由你決定」。

這多半是公會必須負責處理的案件吧。但和對方聊幾句也不費多少功夫，另一方面利瑟爾對這狀況也有點樂在其中。

「需要我們嗎？」

「沒關係，請你們去挑選委託吧。」

聽見伊雷文湊在他耳邊這麼問，利瑟爾微笑回答。

應該不會談太久才對。劫爾和伊雷文聽了也瞭然點頭，往委託告示板前方走去。希望他們挑選委託的時候，稍微體貼一下他大病初癒的身體。

「（他們一定會顧慮到我，只是他們的標準畢竟不一樣嘛……）」

這種時候總讓人切身體認到實力差距。

不過也沒關係，反正太勉強的委託他會直接告訴他們辦不到。利瑟爾一邊這麼想著，朝著職員示意的那張椅子走去，不知為何周遭的視線全都聚集在他身上。

「聽說有人想找我談談？」

「算是吧，眼前這個客人有點事找你。」
職員努了努下巴示意。
往那邊一看，一個打扮相當富裕、體態豐腴的男人坐在那裡。想必是因為他的體型而被取了個不好聽的綽號吧，就在利瑟爾以單純的考察心態這麼想的時候，商人朝他投來了詫異的目光。
利瑟爾悠然回以微笑，接著瞥了職員一眼。從對方看不見的角度，職員悄悄豎起了一隻大拇指，看來圓滿解決這件事拿得到報酬，利瑟爾有趣地笑著將手搭上椅背。
「讓您久等了，請問有什麼事呢？」
拉開椅子的動作悄然無聲，就連坐下來的動作和微笑都如此優雅，男商人看呆了。不使用椅背的坐姿優美自然，連說話的聲嗓和嘴唇的動作都散發出一股遠離塵世的高潔氣質，連交疊在桌上的指尖都十分高雅。
眼見男人沒有回應，利瑟爾敦促似地微微偏了偏頭，就連滑過頰邊的髮絲都奪人目光。分明不知道對方的姓名和地位，男商人卻覺得對方是高貴的人物，他還是第一次遇到這種事。
「你為什麼、會到這裡……」
從喉間硬擠出來的，是商人心中湧現的疑問。
他看不出眼前突然登場的人物和不久前的對話有什麼關聯，面對這始料未及的狀況，他無法理解這個人為什麼會出現在公會。
「為什麼？」

利瑟爾的語調，彷彿在反問他怎麼會這麼問。那雙紫晶色的眼睛理所當然地綻出笑意，他移不開目光。

「來接委託呀。」

這也就是說……，男商人瞠目結舌。

同時，公會裡所有的冒險者都默默比出勝利姿勢，一如往常選著委託的劫爾他們對於大家突如其來的強烈反應有點傻眼。

「不要小看我們家的沉穩小哥啦！」

「肥豬再囂張啊，知道厲害了吧?!」

「對了他剛剛……嘰嘰喳喳……還說什麼匹敵……」

「我看他根本搞不懂……嘰嘰喳喳……匹敵的意思嘰嘰喳喳……」

旁觀群眾吵死了，幸好男商人正處於茫然自失的狀態。

這樣好嗎？眼見周遭開始叫囂、露骨地交頭接耳起來，利瑟爾露出苦笑，看向眼前的男子。恐怕是他不知怎地惹怒了冒險者，所以利瑟爾才會被推舉出來吧。

而他也大致猜得到事情經過，不難想像眼前這名男商人這類的人物對於冒險者會有什麼樣的評價。

「您這趟是來提出委託的？」

「呃……咳咳，沒有錯。」

聽見利瑟爾這麼問，男商人假咳一聲掩飾自己呆愣的回答，接著擺出雍容氣派的架式這麼回答。

他下意識端正了坐姿，原本傲慢地往後倚的背脊稍微挺直了一點。
「我要回商業國馬凱德，所以想來聘僱護衛。」
「嗯，您果然是商人呀。」
「喔，你看得出來？」
「是的。」
男人聽了，滿足地點了一、兩下頭。
即使知道這人是冒險者，被利瑟爾注意到的事實仍然大大滿足了商人的自尊心。這種下意識的反應連他本人都沒有察覺，無疑是他最真實的感受。
「您的戒指用的是非常精良的寶石，這個工藝……應該是來自卡瓦納的精品吧。」
「喔、喔，沒有錯，這是我特別叫魔礦國匠人訂做的手工製品，全世界獨一無二啊，我很喜歡。」
「擁有豐富的人脈、能夠取得如此珍貴的飾品，不就是您最佳的身分證明嗎？」
男商人得意地哼了一聲，喀啦喀啦地動著戒指讓寶石反射光線。接著他的雙唇勾勒出壞心眼的笑容，考驗似地開口：
「搞什麼，原來你不是從一開始就認得我？」
對此，利瑟爾為難地垂下眉尾，邊將頭髮撥到耳後邊說：
「非常抱歉，因為我的階級也還不足以接取高階委託……」
言下之意是，階級不夠高的冒險者沒有機會認識他。
這說法預設了男商人提出的肯定是高階委託：因為他地位崇高，提出的護衛委託必定也是與低階冒險者無緣的階級，所以利瑟爾才不認得他。男商人聽得心花怒放，完全忘了剛才的憤怒。

這傢伙就是很擅長這種話術，這是劫爾的感想。

「哈哈，果然有慧根的人就是看得出來！真想叫那邊那個杵在原地的瞎眼職員好好學學。」

利瑟爾瞥了臭著臉不動聲色的職員一眼，在心裡說了句「原來如此」。

想必這就是爭執的原因了。想要求公會派遣不符委託難度的高階冒險者是不可能的，就連在冒險者這行完全算不上經驗豐富的利瑟爾都明白這點。

「不過護衛委託的階級區分相當複雜，我也不太清楚就是了。」利瑟爾說。

「不管怎麼說，像我這種地位的商人，至少得派個A階或S階來才稱頭吧。」

要S階來當護衛，除非是哪個王族成員打算直接通過魔物巢穴，否則根本不可能。

利瑟爾聽劫爾這麼說過，因此忍不住覺得男商人未免講得太誇張了。最好的證據就是，圍觀的冒險者們都在男商人背後發出無聲的叫囂，彷彿在說「你最好是有點分寸喔」，有點好笑。

「或許是因為像您地位這麼高的商人，所以才更是如此吧。」

利瑟爾完美掩飾內心的想法，面帶微笑這麼說道。

「喔，這話怎麼說？」

「從阿斯塔尼亞到馬凱德的商隊護衛任務，一般是以B或C階為基準吧。這個階級的冒險者當中，其實也有不少人的實力能與高階匹敵。」

眼見男商人對這話題表現出興趣，利瑟爾以安撫人心的嗓音繼續說下去。

他所言不假。劫爾和伊雷文完全不會與周遭互動，但利瑟爾不一樣；儘管眾人總是對他客氣幾分，但他主動去跟周遭互動的時候是從來沒在客氣的。

在利瑟爾認識的冒險者當中，確實有一些人擁有與高階匹敵的實力，卻無法升階，雖然當事人看起來不怎麼介意。

「有一些冒險者雖然實力足夠，卻不打算組成固定隊伍，公會會認為他們難以穩定達成高階委託。還有，只擅長單一種類委託的冒險者也比較難提升階級。」

如果能夠獨自達成高階委託，那當然另當別論，但除了極少數例外，這種人根本不存在。順帶一提，那個「例外」正在委託告示板前面這也不好、那也不對地討論著要挑哪個委託。

「由於升階必須考量冒險者的綜合能力，例如只接討伐系委託的冒險者，階級也比較難提升。」

利瑟爾朝職員看了一眼，職員於是理所當然地點頭同意。

男商人見狀毫不掩飾自己龍心大悅的態度，也不曉得有沒有在聽利瑟爾說話。這人就連轉動視線的動作都如此高雅，商人已經完全陶醉在受到高貴人物接待的優越感當中。

「這樣啊、這樣啊。也就是說，假如光論護衛委託，也有些傢伙的實力不輸給高階囉？」

「不愧是慧眼獨具的大商人，我深感佩服。」

連這顯而易見的吹捧，男商人聽了都呵呵大笑。

「這哪有什麼，這點小事就誇成這樣！」

看來成功討了他的歡心，利瑟爾沉穩地打量著這一幕。

假如性格扭曲到即使聽了讚美之詞都要針鋒相對，那確實也不太好……但這男人身為商人，這麼簡單就得意忘形真的沒問題嗎？經商大獲成功，靠的恐怕也不只是他一個人的力量吧。

無論如何，容易應付再好不過了。

「嗯？這也就是說，以我的眼光可以分辨出那些冒險者……可以找出足以跟高階匹敵的人材囉？是這個意思吧？」

「豈止是匹敵，其中說不定也有人比普通的高階冒險者更擅長護衛委託呢。您想想看，人稱最強冒險者的一刀也是B階呀。」

「喔，原來是這樣啊！」

叫我嗎？劫爾投來視線，利瑟爾微微朝他偏了偏頭。

那就好。劫爾只憑這動作就領略了他的意思，逕自拿起了一張委託單。看樣子委託差不多也挑好了，利瑟爾於是重新面向男商人。

雖然打從一開始就找高階冒險者最省事沒錯，但對方多半不會這麼反駁。畢竟這麼說，就等同於承認了自己眼光不夠精準一樣。

「那麼，你覺得怎麼樣啊？」

男商人冷不防抬起下顎，朝利瑟爾投以評頭論足的目光。

「雖說你不是高階冒險者，但階級也不可能太低吧？是C階嗎？那我就特別開恩，把接受我這次護衛委託的榮譽賞賜給你吧。」
下一秒，公會職員閉上了反射性張開的嘴巴，往旁邊的桌子上打了一拳。
周遭聽到這席話的直率型冒險者紛紛朝著男商人使出飛身踢，然後在得逞之前被相對冷靜的冒險者們抓著腿使出巨人螺旋甩了回去。
不知該說是幸還是不幸，篤定自己不會遭到拒絕的男商人沒注意到視野之外上演的這段攻防，只是聽見周遭的喧鬧聲而不快地皺起臉來。
「很感謝您的邀約，可是……」
看見這番熱鬧的光景，利瑟爾眨了眨眼睛，然後露出為難的苦笑。
「喔，難道你要拒絕我？」
「這個嘛……因為我要是答應了，有個孩子會傷心的，他希望我只接他一個人的護衛委託。」
不少委託人都想要獨佔有實力的冒險者隊伍。
但冒險者方面不會希望自己接取委託的自由遭到限制，因此不可能完全被哪個委託人獨佔；所以男商人無法理解利瑟爾為何接受了這種要求，又為何以此為由拒絕自己的邀約。
「那孩子也是個商人，說不定您也聽過他呢。」
「呃……是嗎。」
但是，利瑟爾高潔的臉龐綻出了純然喜悅的笑容，讓人絲毫感覺不到其他意圖。
那表情反而讓人覺得責怪他才是一種罪過，原本想出言諷刺的男商人只得閉上嘴。
利瑟爾毫不介意他的反應，逕自動手從腰際的腰包取出一枚卡片。

「不過，比較有名的應該是他的祖父吧。」
看上去一點也不像冒險者的勻稱指尖，把那張卡片放在桌上往他面前推來。
那是男商人也相當熟悉的東西。每個商人都持有這樣一張「介紹卡」，上頭標示了自己所屬的商會。
然而，男人看了卻目瞪口呆——那張熟悉的卡片上繪製的紋章，屬於某位大名鼎鼎的貿易商。那個商會在所有商人的聖地，亦即商業國也佔有數一數二的強大勢力，甚至有能力支配王都帕魯特達周邊的所有貿易。
「這、這是從哪裡……」
「先前在商業國尋找旅店時對方給我的，說有了這張卡片多少會比較方便一點。」
他說得沒錯呢，利瑟爾微笑道，看得男人不禁冒出冷汗。
說到底，介紹卡並不是這麼輕易就能交到別人手上的東西。介紹卡影響力龐大，不僅在出入國家時能用以證明身分，有些商會的卡片還擁有買賣國家管制商品的權力。
因此能持有介紹卡的，只有店舖最高層的老闆，以及值得信賴的下屬。若是沒有參與營商，商人甚至不會讓自己的家人持有這張卡片。
「畢竟那孩子也非常照顧我，所以我還是希望盡可能達成他的願望。」
「沒、沒關係的，當然沒有問題，你不用介意。只是不巧沒有緣分而已嘛，不要放在心上。」
「謝謝您這麼說。對一個無禮的冒險者如此寬大為懷，您真是太親切了。」
利瑟爾粲然一笑，接著站起身來。

眼見男商人茫然自失地抬頭看過來，利瑟爾緩緩偏了偏頭，說：
「委託差不多決定好了，我差不多該告辭了。」
「啊，好……」
「很可惜沒有辦法接下您的委託。如您所言，有緣的話下次還請您多多指教。」
利瑟爾的指甲前端無聲滑過桌面，將那張介紹卡朝自己拉近，然後輕輕拿起。
他帶著溫柔的神色低頭看著那張卡片，以拇指輕輕撫過它，腦海中回想起那張略顯怯懦的、軟綿綿的笑臉。
「這孩子的護衛委託也是C階，我想冒險者不至於因為階級不足而沒有資格接取您的委託的。」
位階遠高過自己的商人，提出的護衛委託也一樣是C階，男商人就不可能再要求公會把自己的委託改成高階了。萬一弄得太難看，自己的惡評甚至還可能透過利瑟爾傳到那個得罪不起的商人耳中。
只留下男商人獨自嚇得面色慘白，利瑟爾毫不介意他的反應，兀自打了聲招呼便朝劫爾他們走去。
「沉穩小哥太強啦……」
周遭彷彿看見他背後寫著「大獲全勝」四個大字，總之先膜拜再說。
「他表面上看起來好像對人家畢恭畢敬的，但是從旁看起來完全沒在低聲下氣欸。」
「跟他面對面談話的傢伙應該被捧得很爽吧。」
「是說沉穩小哥要是真的得跟人家低聲下氣，我們也不會把他拉過來啦。」

在那之後，冒險者們歡聲四起，彷彿在慶祝自家勢力打了勝仗一樣，結果被職員臭罵了一頓。

順帶一提，利瑟爾他們就在這陣震耳欲聾的歡聲當中一如往常地接了委託，然後一如往常地走出公會，準備展開久違的冒險者活動。

三人完成了久違的委託之後，並未回到旅店，而是走在阿斯塔尼亞的街道上。

「森族當中也有各式各樣的人呢。」

「對啊，我也不是全部都認識，可能也有規模超大的聚落吧。」

今天的委託是【送貨給住在樹上的森族】。

內容正如其名，就是尋找一整天幾乎都在樹上活動的森族，將包裹投遞給他們。

這本來是郵務公會的管轄範圍，不過這方面的職責沒有嚴密區隔，而且這次的委託人正是郵務公會，所以沒必要在意這種問題。

「你爬樹技術真的有夠差勁。」劫爾說。

「我沒有爬過嘛，有什麼辦法。」

「爬到最後人家都看不下去，還幫隊長把梯子放下來了咧。」

抵達森族的聚落之後，在樹下呼叫的利瑟爾一行人受到了對方歡迎。

雖說森族並不居住在城裡，不過他們並不特別排外，伊雷文的雙親就是很好的例子。森族爽快地垂下了繩索請他們上來坐坐，但利瑟爾完全爬不上去。

雙手握著繩子，把腳踩在樹幹上……不對，要這樣踩……所以就說不對啦，腳要踩這邊……不是，你不夠用力所以才會滑下來，再大力一點……這樣的對話持續五分鐘之後，上頭悄悄垂下了藤蔓編成的梯子。真是善良的森族。

「請不要把我跟徒手就爬得上去的你們兩人相提並論。」

「又沒叫你徒手爬。」

劫爾揶揄似地瞇細雙眼這麼說道。心眼真壞，利瑟爾露出苦笑。

「話說回來啊……」

這時，伊雷文忽然開了口。

除非特別仔細去聽，否則很難察覺他的嗓音比平時略低了一些；但利瑟爾理所當然地注意到了，於是維持著原本前進的步調看向伊雷文。

「也沒必要急著去接他吧？」伊雷文說。

「他一定在等待吧，而且也沒必要刻意隔幾天再去呀。」

「是這樣講沒錯啦。」

聽見利瑟爾這麼說，伊雷文露骨地鬧起彆扭來。

委託結束之後，他們三人之所以一起走在街上是有原因的。

『納赫斯叫我轉達你們，說什麼訊問已經結束了……訊問是怎麼回事啊也太恐怖了吧……』

因為他們一回到旅店的瞬間，就聽旅店主人說夸特可以獲釋了。

先前利瑟爾說過會去迎接夸特，並請他們釋放夸特時通知他一聲，看來相關人士相當忠實地遵守了這項約定。以納赫斯的個性，肯定是在夸特確定獲釋後不久就立刻來通知他們了。

利瑟爾微微一笑，輕拍了伊雷文的背一下。

「你已經同意了吧？」

「是沒錯啦。」

鬧盡彆扭的嗓音裡，已經聽不出從前那種抵死拒絕的味道。

這並不是真的反對，而是要求利瑟爾討好他的表現吧。這反應彷彿在強烈要求利瑟爾以自己為優先，看來今後一定會很辛苦，利瑟爾事不關己地這麼想道。

不過，這肯定也是必要的經驗。利瑟爾點了個頭，將視線轉向逐漸接近的王宮。

「從外面看來，警備狀況沒什麼改變呢。」

衛兵把守著大門，有魔鳥在王宮上空飛行。

利瑟爾順利治好感冒、離開王宮的時候，王宮內部仍然騷動不定，戒備也比平常更加森嚴。從外側看不出改變，或許是為了避免驚擾國民吧。

「他們不打算讓這次事件外傳吧。」劫爾說。

「嗯，實際上也沒傳出去嘛。」伊雷文說。

「萬一與撒路思演變成敵對關係就傷腦筋了。」利瑟爾說。

雖然就結果而論那些信徒並未得逞，但他們試圖將這個國家引以為傲的魔鳥騎兵團擊落地面仍是事實。

國民們要是知道了絕不可能無動於衷，也可能因此導致事態急遽惡化。在尚未釐清撒路思的意圖之前，還是暫且隱瞞這件事才是賢明之舉。

畢竟，假使這次行動完全是信徒們擅自策劃，那麼撒路思也稱得上是被害者之一了。

「這次事件想必會在檯面下處理完畢吧，和平是最好的了。」

事到如今，他們已經不會懷疑利瑟爾為何能說得如此篤定。

既然利瑟爾這麼說，那多半是這麼回事了，劫爾他們興味索然地點點頭。

「你好，納赫斯先生要我們過來一趟。」

「好的，請直接進去吧。」

平時他們只向門衛打聲招呼就進去了，不過現在城內處於警戒狀態，還是該說清楚來意。

利瑟爾這麼想著，因此跟衛兵報備了一聲，對方卻非常乾脆地直接放他們通行了。這樣真的好嗎？他們不禁納悶，或許是納赫斯事先告知過了吧。

「總之先到書庫可以嗎？」

「嗯，其他地方我們也沒去過。」

畢竟也不知道夸特待在哪裡，一行人於是踏上通往書庫的熟悉路徑。

反正只要到書庫就能找到亞林姆，到那裡向他打聽就行了。利瑟爾他們從來沒有哪一次到書庫卻沒看到亞林姆的。

「這麼說來，在我借用床鋪的時候，殿下都睡哪裡呀？」

「書庫吧。」

「啊，我記得角落好像有沙發。」利瑟爾說。

「他看起來睡沙發睡得很習慣喔。」

是亞林姆本人要他睡床鋪的，所以他沒什麼罪惡感，不過是不是該帶個禮盒之類的過來呢？就在他們這麼聊著的時候，照進走廊的日光當中忽然劃過一道影子。

緊接著傳來拍翅聲，想必是魔鳥飛過了上空吧。利瑟爾追著掠過地面的影子看去，卻見那道影子劃了個弧折返回來，他於是停下腳步。

「是納赫斯先生嗎？」

「是吧。」

三人走進中庭，抬頭仰望天空。

一陣風唰地迎面吹來，撩起他們的瀏海。鮮明開闊的視野當中，一隻魔鳥拍著色彩鮮豔的羽翼降落在他們眼前。

牠像在確認羽毛狀況似地緩緩收起雙翼，從翅膀後頭現身的騎兵，果不其然是納赫斯。

「好乖好乖，好孩子。」

納赫斯帶著幸福的笑容溫柔地拍了拍魔鳥的頸子，接著一翻身從牠背上躍了下來。

他朝著利瑟爾一行人露出爽朗的笑容，再度拉起自己搭檔的韁繩。

「你們動作真快，今天不是還接了委託嗎？」

「我的身體才剛康復，所以選了比較簡單的委託。」

「那樣最好。」

納赫斯放開韁繩的同時，魔鳥便飛向天際。

振翅起飛的動作在納赫斯身旁捲起風壓，他卻依然穩穩站著，不動如山。自從有了肌肉痠痛的經驗之後，利瑟爾對於被劫爾他們勸退的肌肉鍛鍊開始產生興趣，實在很希望納赫斯給點建議。

魔鳥在他們頭頂上盤旋了一圈、兩圈才飛遠，應該是回廄舍去了。王宮區域內，在特定條件下是允許魔鳥單獨飛行的。

「你們聽到我留的口信了嗎？」

「是的，所以我們才直接過來。」

「這樣啊。那要我直接帶你們過去找他嗎？」

「嗯，這個嘛……」

利瑟爾瞥了劫爾他們一眼，兩人各自比了個「隨你高興」的手勢。

那就恭敬不如從命了，利瑟爾微微一笑，答應了納赫斯的提議。

「那就麻煩你了。」

「好，那我們走這邊。」

「嗄，要回頭喔？」

「折返一下而已。又不是在完全反方向的位置，不要耍任性。」

眼見伊雷文一副嫌麻煩的樣子，納赫斯無奈地勸了一句，便開始替他們領路。

平時利瑟爾他們獲准涉足的只有通往書庫的那條路。沿著中庭旁熟悉的走廊折返，轉過一個彎，立刻就來到了完全未知的領域。

「不用把我們的眼睛矇住嗎？」

「嗯?!啊，我懂你的意思，不過沒必要吧……」

地牢的位置，想必不是能夠輕易洩漏的訊息才對。

假如納赫斯願意信任他們不會隨便把這些情報說出去，那就太好了。換作是稍早之前的納赫斯，對此多少還是會有點猶豫吧。

利瑟爾有趣地瞇細雙眼笑了，走在他身邊的劫爾僅轉動視線，往下瞥了他一眼。

「怎麼了？」

「沒什麼。」

利瑟爾隨口應道，朝著走在前方的背影問：

「那孩子有沒有好好守規矩？」

「嗯？這個嘛，我沒有過去露臉，不過負責監視他的傢伙說他簡直溫順過頭了，我想應該沒有亂來吧。」

「那就太好了。」

以阿斯塔尼亞方面的立場，絕不可能把夸特當作清白無罪的人。

但他獲釋的時間比想像中更早，或許是表現得還不錯的關係吧。

「那傢伙反倒比較常抱怨襲擊犯的問題喔。」

「很囉嗦欸。」

納赫斯回過頭，語帶責備地對伊雷文這麼說，後者嫌煩似地頂了一句。

看來對於那些心智崩潰的信徒們，訊問仍然遲遲沒有進展。不過既然夸特的訊問已經結束，那麼需要的情報應該都從他口中問出來了才對。

「信徒們一直沒有恢復嗎？」

「不會吧，差不多也該好起來啦。」伊雷文說。

「聽說到最近，鬆開拘束他們終於也不會錯亂了……不過好像還是無法正常對話。」

總覺得納赫斯握有的情報似乎超越了他的職權，不過背後的理由也不難想像。

知道這次事件所有真相的人相當有限，這些極少數人必須負責收拾善後，因此名為「發牢騷」的情報分享範圍自然也就擴大了。

「就是這裡了。」

納赫斯忽然停下腳步。

眼前是一道通往地下的狹窄階梯。納赫斯不知為何站在階梯前沒再前進，而是回過頭來筆直看向利瑟爾，似乎在觀望他的臉色。

「再過去就是地牢了……那個，沒問題嗎？」

他並不知道地下通道的存在，不過知道利瑟爾曾經被囚禁在牢房當中。

看來納赫斯是出於體貼才這麼說吧。笑意在利瑟爾唇邊綻開，他刻意以輕鬆的語調說：

「完全沒有問題，謝謝你。」

「這樣啊。」

納赫斯放下心來，再度邁開腳步。

一行人先走下一道短階梯，接著走過一段通道，來到一扇鐵製的門扉前方。門前有衛兵警戒，納赫斯和他們講了幾句話。

衛兵立刻就替他們打開了門扉，想必已經事先接到消息了，不知是亞林姆本人批准，還是亞林姆替他們取得了國王的核可。

「接下來都是階梯，光線很暗，要注意腳步喔。」

「我完全沒問題啦——」伊雷文說。

「那是你啊。」劫爾說。

階梯不斷在往復折返當中朝地底下延伸，牆上設置的火把數量絕不算多，正如納赫斯所說是個幽暗的空間。

「隊長，你們那邊不是長這樣喔？」

眼見利瑟爾興味盎然地打量著周遭，伊雷文從他身後悄聲這麼問。走在前方的劫爾聽見這聲音，也微微轉過視線看向他們。

「你是說我們那邊的王城？」

「嗯啊。」

「這個嘛……這裡的風格比較粗獷吧。」

劫爾他們先前就聽利瑟爾提過幾次他原本世界的王城是什麼模樣，在他們印象中是兼具實用與藝術性、設計高雅的建築。簡而言之，就是典型的城堡。

利瑟爾剛才的回答也與他們的印象一致，劫爾和伊雷文瞭然點點頭。粗獷的風格也很有氣氛呢，利瑟爾欣賞著周遭的地牢這麼想。

「啊，這一階要小心喔，不太穩。」納赫斯說。

「好的。眼睛還不習慣光線的時候，走起來真的很辛苦呢。」

「都什麼年代了還用火把，幹嘛不換成魔道具啊。」伊雷文說。

「我想一方面是為了防止犯人逃獄吧。」利瑟爾說。

「喔——」

即使是一顆小小的魔石，都難以預測囚犯會拿去做什麼。

利瑟爾和伊雷文感受著身旁火把的熱度，就這麼開始思考起逃獄方法來，幸好只有劫爾一個人注意到。

「而且，假如這裡裝的是魔道具，現在恐怕更暗吧。」納赫斯說。

「咦？」

納赫斯絲毫沒察覺他們在想什麼，蹙著眉頭兀自開口：

「你們還記得嗎？那些襲擊犯發動魔法的時候，有一陣強大的魔力噴發出來對吧，王宮裡的好幾樣魔道具都因此壞掉了。」

那股魔力有如衝擊波一樣從地底下擴散開來，位於王宮地下的魔道具多半撐不了多久就會全毀了。

不過，那股魔力與信徒們施放的魔法完全無關，只是時間上恰好重疊而已。「還真傷腦筋……」聽見納赫斯在幾階之下這麼碎念，利瑟爾俯視著他，使勁點頭：

「他們真是太會惹麻煩了。」

居然大言不慚地歸咎給信徒們，劫爾和伊雷文無言看向利瑟爾。

「對吧。有一位王族是魔力布的研究者，他那天可是大發雷霆，說紡在絲線裡的魔力都被吹散了……」

「亞林姆殿下也是學者性格的人，這裡的王族都很擅長研究學問呢。」

「不，研究者只是周遭擅自給他的稱呼，殿下常說他只是把興趣鑽研到極致而已。」

利瑟爾若無其事地繼續這段對話。

他確實沒有說謊，只是沒有點破納赫斯理所當然的誤解而已。不只納赫斯，位居阿斯塔尼亞權力核心的所有人都有著同樣的誤解，這一刻就是真相被埋葬在黑暗當中的瞬間。

這傢伙就是這麼把他敬愛的國王寵過來的嗎？劫爾無奈地嘆了口氣。

「喏，到囉。」

說著說著，一行人來到了階梯的最底端。

利瑟爾他們面前再度出現一道堅固的門扇。納赫斯敲了敲那扇門，低沉的金屬聲便在狹小的地下空間內迴響。

厚重的門扉立刻發出金屬摩擦的吱嘎聲打了開來。

「喔，是你啊。」

「我帶了那些客人過來，現在方便嗎？」

「喔，你說那些傢伙？」

站在門扉另一側的，是一位壯年男子。

長著毛皮的厚實耳朵、靈活卻粗壯的尾巴，全都有著橙黑相間的條紋。他的體格壯碩，眼神銳利，所有特徵在在顯示他是個虎族獸人。

那雙帶有翠綠光彩的澄黃眼珠，朝利瑟爾他們投來鮮烈而凌厲的目光。

「喲，貴客。」

「打擾了。」

聽見利瑟爾微笑這麼說，虎族獸人露出銳利的牙齒笑了。

「沒想到你沒看那本書就直接進了王宮來啊。」

「……啊，你就是那位『頑固的王宮侍衛長』呀。」

那是納赫斯在公會把一本書拿給利瑟爾的時候發生的事。

要求利瑟爾證明自己真的讀得懂古代語言的時候，納赫斯是這麼介紹這位王宮侍衛長的。從第一印象看來侍衛長並不像特別頑固的人，不過一旦做出決策，確實他看起來也不會輕易讓步。

當時這位侍衛長無法讓步的條件，就是要利瑟爾「證明自己真的能解讀古代語言」；正因為滿足了這項條件，利瑟爾他們才得以獲准自由出入王宮。

「你到底是怎麼跟人家介紹我的？」

「我也沒說錯啊。」

獸人侍衛長搔了搔耳朵根部，從門口退開一步，敦促他們進來。

一行人依言踏入整齊排列著牢房的空間。

「啊。」

利瑟爾立刻找到了夸特。

他盤腿坐在距離最近的牢房當中，一看見利瑟爾，便連忙往鐵牢邊靠了過來。利瑟爾朝著那個身影柔聲問：

「有沒有乖乖聽話呀？」

「有。」

看見夸特點頭，利瑟爾露出讚許的微笑。

夸特一下子露出了明朗的神情，接著一隻手戰戰兢兢地握上鐵欄杆，好像不知道該怎麼做才好。「等一下哦。」利瑟爾見狀這麼說，接著重新面向侍衛長。
「可以直接把他放出來嗎？」
「嗯，亞林姆殿下也已經下令批准了嘛。」
嘴上這麼說，但侍衛長並沒有挪動腳步。
納赫斯莫名其妙地蹙起眉頭，劫爾不發一語地微微瞇細雙眼，伊雷文則是抬起下顎表示不快。
利瑟爾依然不動聲色，視線不曾離開那雙緊盯著自己的銳利瞳眸。
「這傢伙知道的情報比我們想像中更少啊。」
侍衛長忽然這麼說，低吼般的嗓音伴隨著些許壓力。
「不過這下有了確切證據證明他們上頭是誰，已經很好啦。」
他以手背敲了敲關著夸特的鐵牢。
「看他這副模樣，也難怪他們會給他奴隸什麼的誇張稱呼。這傢伙沒有自己的意見，只懂得一個口令一個動作，這次的事件也是連背後的目的都不知道。雖然這麼說很難聽，但他多半只是那些襲擊者的道具吧。」
他說到這裡頓了頓，利瑟爾緩緩眨了一次眼睛，彷彿要他繼續說下去。
侍衛長臉上的笑容頓時猙獰起來，宛如一種挑釁：
「但是，他毫無疑問也是攻擊我國的襲擊犯之一。沒有錯吧？」
他粗獷的手掌握住欄杆。
利瑟爾的眼神依然柔和，他瞥了侍衛長的動作一眼，看見夸特神情略帶不安，於是朝他微微一笑。

「只憑著外來者幾句話就放這傢伙自由，要是被人知道了，我看也有些人不能接受吧。畢竟這些好傢伙可是踐踏了咱們的魔鳥騎兵團啊。」

「喂，不用說得這麼難聽吧。」

「你把他領回去也沒多少好處，還可能招惹不必要的懷疑，這你總不可能沒注意到吧？」

侍衛長揮揮手打斷了納赫斯的制止，露出兇猛的笑容。

在陰暗的空間當中，獸人打開的瞳孔緊盯著利瑟爾的一舉一動，連最細微的反應也不放過，有如一頭伺機襲擊獵物的食肉野獸。性格怯懦一點的人，絕對不敢對上他的目光。

然而，利瑟爾只露出了為難的苦笑。

這始料未及的反應，使得侍衛長豎起了兩隻耳朵。

「辜負了你的期待不好意思，不過我來接他，並沒有那麼複雜的理由。」

利瑟爾尋思似地以指尖輕觸嘴唇。

他漫無目的地別開視線，接著再次看向侍衛長。那雙紫水晶般硬質的眼眸加深了色澤，牢牢吸引所有人的目光。

讓人覺得連別開視線都不被允許的那雙眼睛微微瞇細，彷彿能折服人心：

「換個說法吧。把屬於我的人還來，這麼說比較好懂吧？」

沒錯，利瑟爾只是把夸特借給他們而已。

認真起來他可以隨意處置夸特，甚至有辦法瞞著阿斯塔尼亞高層把他藏起來。但如今利瑟爾卻把夸特借給了他們，阿斯塔尼亞方面不該有所怨言。

聽見他這麼說，夸特刃灰色的眼睛閃閃發亮，似乎非常高興。

「我真的超喜歡隊長這點的啦。」

「我想也是。」

聽見伊雷文忍不住笑意地喃喃這麼說，劫爾也表示同意。

和某商人談話的時候，利瑟爾能用圓融的話術把對方玩弄於股掌之間；現在則正好相反，他正面接下了對方的挑釁，以強硬的態度使對方折服。

還真懂得變通。不過正因如此，他們倆才會待在利瑟爾身邊；總是以理服人未免太過無趣，面對挑釁老是視而不見也太沒意思了。

「哈、哈哈，答得好！」

侍衛長忽然豪爽地哈哈大笑，同時納赫斯嘆了口氣。

看來自己合格了，利瑟爾這麼想著。看見伊雷文愉快地把肩膀湊了過來，他於是伸手摸了摸那頭紅髮。

「抱歉啊，因為最近我對你的印象有點改變，想說挑釁一下，看你會不會露出獠牙。」

「是嗎？希望是往好的方向改變。」

「這你大可放心。」

侍衛長再次心滿意足地笑了，接著拿起掛在腰上的鑰匙串，把其中一把鑰匙插進鎖孔。

他使勁扭開有點年久失修的門鎖，牢門隨之敞開。

然而夸特只是坐立難安地觀望著這裡，沒有動作。利瑟爾見狀眨了眨眼睛，有趣地笑了開來，然後朝他伸出手：

「過來吧。」

夸特一聽，露出了閃閃發亮的眼神。就這樣，他終於從漫長的「等待」號令中獲得解放。

123

在納赫斯的帶領之下，利瑟爾一行人造訪了王宮書庫。

有主人亞林姆坐鎮的這座書庫籠罩在寂靜之中，周遭全是數量龐大的書本，無論站在書庫的哪一個角落，只要一伸手就能摸到書。對於不習慣的人來說，這樣的空間看起來或許也有幾分異樣吧。

夸特邊走邊東張西望，好奇的眼神四處游移。

「嗯？這本是新的……」

「別停下來啊。」

在他的視線另一端，是差點停下腳步的利瑟爾，和推著他的背要他往前走的劫爾。

他果然很喜歡書嗎？夸特回想起利瑟爾在牢房當中要求書本的模樣，現在的他還不知道利瑟爾對書的狂熱根本超出了「喜歡」的範疇。

「殿下，利瑟爾先生來跟您打聲招呼。」

「嗯。」

然後，書架構成的牆壁中斷了，夸特眨眨眼睛。

書庫中心有個圓形的開放空間，雖然外側同樣圍著一圈書架，仍然是夸特進入這座書庫之後首次來到視野足夠開闊的地方。

但是，四處都沒看見人影。夸特納悶地循著利瑟爾的視線看去，視野一角忽然有什麼東西動了動。
「老師，來得、真快呀。」
「打擾您了。」
一個布團邊發出說話聲邊站了起來。
夸特的肩膀抖了一下。這布團偶爾會到牢房裡來，所以他見過，只是到現在仍然看不習慣。
「坐下來聊、吧。」
「謝謝您。」
雖然嘴上說利瑟爾他們動作快，但亞林姆想必也預料到他們當天就會過來，因此並未表現得多驚訝。眼見亞林姆敦促他們到桌邊坐下，他們三人也一如往常地朝那裡走近。
四方形的桌子旁擺著四張椅子。利瑟爾坐下之後，亞林姆坐在他正對面，這是他們上古代語言課養成的習慣。劫爾就近坐到利瑟爾旁邊，伊雷文也把剩下那張椅子拖了過來，在靠近利瑟爾的桌側安頓下來。
「喂，不要把椅子放在地上拖。」
「你很囉嗦欸——」
不顧納赫斯的訓斥，伊雷文聽了只是哈哈笑著頂嘴。
雖說坐在亞林姆和利瑟爾之間，伊雷文卻把椅子擺在非常靠近利瑟爾的位置，大剌剌把手肘撐在桌面上，絲毫不顧現在是在王族面前。只要沒被利瑟爾罵，這種事他一點也不在乎。

「！」

夸特看著這幅光景，愣在原地不知該怎麼辦才好。

這時，利瑟爾忽然回過頭來，指尖朝他招了招。已經沒有空椅子了，不過夸特無論在故鄉還是奴隸時代都沒有坐椅子的習慣，所以沒有關係。

他開開心心地走過去，在利瑟爾腳邊盤腿坐下。

「礙眼。」

下一秒，隨著椅子發出吱嘎聲的同時，他感受到肩膀傳來一陣強烈衝擊。

他頓時失去平衡，把手撐在身後勉強承受住打擊。他皺著臉忍耐著肩上痠麻的感覺，抬頭一看，便與伊雷文四目相對。那人維持著坐姿，正緩緩放下剛才踢出去的腿。

「……唔……」

「喂，你在做什麼，不要這樣！」

「哎唷，還不是因為他——」

被一個曾經挖開自己一隻眼睛的男人居高臨下瞪著看，實在很恐怖。

聽見納赫斯嚴厲斥責的聲音，狹長的瞳孔轉而往那邊看去，夸特鬆了一口氣似地直起傾斜的身體，不知所措地抬頭看向身旁的利瑟爾。

「可以坐這一邊喲。」

他看見利瑟爾露出苦笑，聽見指尖輕輕敲了敲椅子另一側的聲音。

夸特整張臉瞬間亮了起來，連忙移動到利瑟爾和劫爾中間重新坐下。空間窄了點，不過他並不覺得擁擠。

這時，一雙長腿無意間映入視野。桌子底下裹著黑色布料的那雙腿姿勢隨意，夸特的視線漫不經心地沿著那雙腿移動，往上看到他自然的坐姿，然後是和利瑟爾說著話開闔的嘴唇，以及銀灰色的眼睛。

在極其自然的一眨眼之後，那雙眼睛瞥了他一眼。

「……！」

一陣冷顫頓時竄上背脊。

這也沒辦法，畢竟自從第一眼見到劫爾，夸特心裡就認定他是絕對無法匹敵的強者。甚至在第一次見到他的瞬間，夸特便立刻明白這就是利瑟爾在牢房中提過的「最強」冒險者。

雖然劫爾沒有對他怎麼樣，所以他並不覺得這人可怕就是了。

「喂，你怎麼不制止他？」

「嗯……我的立場不太好開口……」

劫爾沒多久便移開目光，夸特也隨之放鬆了肩膀。這時，他忽然感覺到有人碰觸他的頭髮。

他轉動視線去看，利瑟爾正一邊和納赫斯交談，一邊撫摸他的頭髮。溫暖的手掌撫慰似地擺在他頭上，一次、兩次撫過他偏硬的頭髮，然後玩笑似地撥亂他的髮旋。夸特瞇細眼睛享受著這種感覺。

然而下一秒，砰一聲猛踹什麼東西的聲音和銳利的咋舌聲響徹書庫，夸特的肩膀又抖了一下。

「不准踢桌子！」

「伊雷文。」

「……好啦——」

利瑟爾最後又溫柔地摸了摸他的頭，然後便抽開手。夸特追著那隻手抬起臉來。

利瑟爾語帶責備地喊了伊雷文一聲。看著那張側臉，夸特意識到愜意的時間到此為止，於是有點惋惜地挪動身體，端正了坐姿。

「殿下，不好意思在御前失禮了。」

「老師，你不用介意、喔。」

利瑟爾低頭看了夸特一眼，接著重新面向亞林姆。

原本緊盯著伊雷文、不讓他作怪的納赫斯察覺到即將進入正題的氣氛，或許是覺得自己不該在場的緣故，也行了一禮準備告辭。

「那我到外面待命，你們在殿下面前別亂來啊。」

「謝謝你，納赫斯先生。」

儘管對夸特有點掛心，納赫斯依然往外走去。

那不只是因為知道夸特的前科而保持戒心，一方面也是看見夸特顯然被人欺負而感到擔心吧。納赫斯一向很照顧別人。

「殿下，這次承蒙您多方關照，非常謝謝您。」

「我只是、做我該做的事、而已喲。」

聽著逐漸遠去的腳步聲，利瑟爾露出微笑，向亞林姆道了謝。

重感冒也好、夸特的處置也好，還有出借布料讓利瑟爾扮裝，全都多虧有亞林姆幫忙。

在他們看不見的地方，亞林姆肯定也幫忙張羅了不少事吧。

從亞林姆的立場看來，幫助利瑟爾確實是對他最有利的選擇；不過實際上他這麼做單純是出於善意，因此嘴上雖然要利瑟爾不必介意，但他也不會拒絕對方的感謝。

「倒不如說，身為王族，該道謝的、是我吧。」

「您這麼說我就放心了。」

利瑟爾頓了頓，接著打趣地開口：

「我還擔心，萬一有人覺得發生這些事都是我害的該怎麼辦呢。」

兩道「你明明不這麼想」的視線朝他投來。

一道視線帶著無奈，另一道則顯得樂在其中。當中沒有偏袒自己人的意圖，這反應是因為他們知道這只是單純的事實而已。

亞林姆也一樣在布料底下露出笑容，那是人人聽見幼童擔心太陽從天上掉下來的時候露出的那種表情。他看向蹲坐在桌子對面的夸特，金線般的髮絲隨著動作滑過側頸。

「我不會、這麼說的。因為，有優秀的情報來源、呀。」

「？」

盡量不去看布團的夸特，似乎沒注意到亞林姆指的正是自己。

不過在發現利瑟爾低頭看向他的時候，他困惑地抬起了下顎回應。利瑟爾微微一笑，表示沒什麼。

「他比預料中、更無知，關於那個魔法，也一無所獲……不過問出了他們的目的，所以我們知道這件事、跟老師你沒有關係、喲。」

低沉有磁性的嗓音，一句、一句輕聲說下去。

要從夸特口中問出情報想必相當費事，畢竟夸特沒有主動提供情報的觀念，人家問什麼他才回答什麼，而且也沒有惡意。

「既然對方的目的、是魔鳥騎兵團，這件事遲早都會發生。不如說，他們選在老師還在這裡的時候襲擊，是阿斯塔尼亞的幸運、吧。」

「嗄？」

「當然，對於被捲入這場事件的老師、很不好意思。」

聽見伊雷文不滿地出聲抗議，亞林姆毫不畏懼地補上一句，同時在布料底下加深了笑意。沒有比這更滑稽的事情了。

這次真的只能說阿斯塔尼亞運氣好。假如沒有利瑟爾在，阿斯塔尼亞的榮光就要被那些襲擊者蹂躪，甚至可能有些騎兵不得不親手殺死自己的搭檔。如此一來，與撒路思之間的戰爭必不可免。

然而多虧了信徒們妄加揣測利瑟爾的行動、做出失控的暴行，不知為何把毫不相干的利瑟爾捲了進來，只因為利瑟爾想找人照顧生病的自己，一切就迎刃而解。太棒了。

「我們的國王，也沒有笨到會因為一時情緒衝動、就做出錯誤的判斷呀。」

「殿下，您對於國王陛下有點嚴苛呢。」

「因為、我們是兄弟嘛。唔呵、呵……」

聽見亞林姆笑著這麼說，利瑟爾他們面面相覷。

言下之意想必是兄弟之間沒什麼好客氣的意思，不過他們三人都是獨生子，不太明白這種感覺。順帶一提，劫爾的成長過程幾乎等同於沒有兄弟姊妹，所以也包含在內；而夸特幾乎沒在聽他們說話。

「已經問出了、他們上頭的人，這樣就夠了。」

「這是最重要的呢。」

能否成功問出「異形支配者（Variant=Ruler）」這個名字事關重大。

同時，這想必也是信徒們把守得最為嚴密的情報。從夸特口中輕易問出這名字，對於阿斯塔尼亞而言已是無上的僥倖，光憑這個名號，國家能採取的對策就多了不少。

「盡可能問出情報之後，襲擊犯也預計、在近期遣返回撒路思、喲。」

「交涉過程很令人期待呢。」

「我倒是，不太喜歡、外交。」

想來也是，一旁百無聊賴的劫爾和伊雷文不約而同心想。

亞林姆不僅足不出戶，根本是把自己裹在布裡的重度繭居族，這也是當然的。

「殿下，您不打算出面對吧。」

「是呀。有個傢伙擅長處理這種事，應該會、派他過去。」

利瑟爾回想起過去曾經見過兩次面的那位打扮華貴、引人注目的王族。

說到外交負責人，應該就是他了吧。利瑟爾這麼想著，而後想起什麼似地低頭看向夸特。

他盤腿坐在地上東張西望，利瑟爾的指尖在椅子側面輕敲了一下，夸特立刻便轉過頭來。雖然與現在的對話無關，利瑟爾還是問了他有點好奇的問題：

「你知道支配者的本名嗎？」
「不知道。」
夸特毫不猶豫地回答。
「這樣叫他。他們、這樣叫他，我聽到，很多次。」
換言之，異形支配者平時就被叫做「支配者」吧。
無意間揭露了有點令人震驚的事實。這麼說來，利瑟爾先前讀過他的著作，上頭的作者欄位似乎也堂堂寫著「異形支配者」的名號。
或許他很喜歡這個名字呢，利瑟爾瞭然想道。在他身邊，劫爾和伊雷文感到非常匪夷所思。
「啊。」
這時，利瑟爾忽然想起一件事，於是把手伸進腰包。
其實他精打細算地把在牢房取得的書本也帶了回來，就是為了把那個充滿個人興趣與偏心的書單也拿給書友亞林姆看看。
「是這樣的，我在牢房的時候，從信徒們那裡拿到了書……」
「別拿啊。」
「隊長真的是始終如一欸。」
旁邊傳來了各種意見，利瑟爾裝作沒聽見，逕自把三本書擺上桌面。
從最左邊開始，依序是《名為異形支配者之人》、《魔物使的巔峰》、《異形支配者研究書籍考察》。劫爾他們不禁面無表情地低頭看著這驚人的書單。

「……、……」

「都是很不得了的書哦。這兩本大概是某位信徒寫的，內容就像支配者信徒的聖典一樣。因為主觀立場太強烈了，文中不時可以看到讚美之詞，就像在一旁幫忙鼓掌喝采一樣很有意思呢。」

從沉默的布團當中，伸出了一隻褐色的手臂。

他拿起其中一本書，手腕上的金飾隨著動作發出近似鈴聲的輕響，依舊不發一語地啪啦啪啦翻起書來。在這期間，利瑟爾仍然興高采烈地說個不停。

畢竟在負面教材的意義上，這也算是他的推薦書籍了。

「啊，這本也很有趣哦。作者並不是異形支配者的信徒，應該是以考察研究類書籍為業的人，評論非常一針見血。不過信徒們用紅色墨水訂正了作者的考察，而且訂正內容非常偏袒支配者，讀了讓人忍不住……」

「老師。」

「是？」

聽見亞林姆打斷他的話，利瑟爾眨眨眼睛，看向坐在他正前方的亞林姆。亞林姆平常總是充滿包容力地把別人說的話聽到最後，並且在思索過內容之後仔細回應，實在難得看見他打斷別人。

怎麼回事？就在利瑟爾納悶的時候，只見亞林姆毫不留戀地闔起了手上那本書。

「看這種書，頭腦會變笨、哦。」

亞林姆用好言相勸的語氣訓誡道，一聽就知道他底下有很多個弟弟。

總之利瑟爾先道了歉，不過無法與亞林姆分享這些書本的趣味還是讓他有點惋惜。

利瑟爾和亞林姆聊了一陣子，等到一行人離開王宮的時候，周遭的天色已經開始轉暗。天空的一邊是看得見星星的夜空，另一邊還殘留著夕陽橙色的餘暉。今天完成委託的時間明明偏早才對，看來他們不知不覺在王宮待太久了。

「我原本想在回旅店之前去買點東西的。嗯……」

「那傢伙的？」

眼見利瑟爾仰望著天空思索，伊雷文這麼問道，抬起下顎指向夸特示意。

利瑟爾點頭回應，接著回頭看向那個一邊眼花撩亂地環顧周遭、一邊跟在他背後的身影。

「是呀，他也沒有衣服。」

「睡衣可以跟旅店借吧，明天再說。」劫爾說。

「感覺店家也幾乎都關門啦。」

「我想也是呢。」

既然都要買衣服了，也不想為了趕時間隨便挑選，利瑟爾看向不知所措的夸特這麼想。

現在的他已經不像待在信徒們身邊時那樣，穿著看上去就像個奴隸的髒兮兮白色衣服，而是穿著阿斯塔尼亞常見的簡素衣物，應該是被關在地牢的時候有人替他準備的吧。

「這樣可以嗎？」

「可以。」

夸特點點頭。利瑟爾微微一笑，按著敦促他跟過來。

他總是走在利瑟爾幾步之後，似乎覺得這是理所當然的位置。假如和他兩個人一起出門，感覺彼此之間會空出一段奇妙的距離呢。就在利瑟爾這麼想著，準備重新邁開腳步的時候……

「講話語氣像白癡。」

伊雷文故意用大家都聽得見的音量自言自語。

利瑟爾不禁苦笑，側眼打量了一下身旁伊雷文的側臉。他的眼神冰冷，雖然除了面對利瑟爾和利瑟爾的「自己人」的時候以外，伊雷文平常總是這副眼神就是了。

至於夸特，第一時間他似乎還沒注意到這句話是對著自己說的，不過沒多久立刻坐立難安地窺探起利瑟爾的臉色來。

「對、不起。」

「你不用介意哦。」

是不是惹利瑟爾不高興了？夸特道歉的對象不是出言指責他的伊雷文，而是利瑟爾。

從這點可以窺見他的意識有所變化，不再是對誰都百依百順的奴隸了。這是不錯的傾向，利瑟爾這麼想著點了點頭，試圖讓他安心。

夸特鬆了一口氣似地放鬆了肩膀，再度開始朝四周東張西望起來。事情過了就不再耿耿於懷，看來夸特的性格絕對稱不上細膩。

「沒想到伊雷文很注意這方面呢。」

利瑟爾忽然有趣地笑了。

伊雷文絕不是講究禮儀的人，卻意外地常以位階高低做為判斷事情的基準，不曉得是不是下意識的舉動。這種作風與他的本質相反，多半是獸人的特質使然。

和利瑟爾說話時，他不時穿插在對話當中的半調子敬語也是類似的表現。但利瑟爾也注意到了，其實伊雷文一直觀望著他的反應，一點一點拿掉了敬語，而他也樂於靜靜觀察伊雷文這方面的變化。

「……很奇怪喔？」

「不會呀，你願意為我費心，我很高興哦。」

「基本上明明是個嘻皮笑臉的傢伙。」劫爾說。

聽見利瑟爾面露微笑這麼說，伊雷文一時間啞口無言。

緊接著又遭受劫爾揶揄的嗤笑，於是伊雷文嫌他囉嗦似地狠狠瞪了回去。這氣氛讓人有點無地自容。

「提出建議很好，但不可以強迫對方哦。」

「好啦——」

伊雷文放棄似地抬頭看向天空。

這就是底線了嗎？他呼出一口氣，視線漫不經心地掃過開始點綴夜空的星光。關於夸特，利瑟爾說過只要別做得太過火，伊雷文愛怎麼對他就怎麼對他，但伊雷文認為這不代表他可以為所欲為。

畢竟不想惹利瑟爾生氣，因此這段時間他一直多方試探，現在做出了結論：看來利瑟爾並沒有設下任何嚴格到會讓他累積煩躁感的規定。他緩緩吊起唇角。

「不愧是隊長。」

「咦？」

「沒事。」

伊雷文換上了親切討喜的笑臉，驀地轉向利瑟爾：

「那隊長，明天的行程就是採買囉？」

「是呀。要買日用品和衣服……還有，也去進行一下冒險者登記，當作你的身分證明吧。」

「冒險者……」

眼見利瑟爾回過頭來這麼說，夸特眨了眨眼睛。

他臉上逐漸綻開笑容，緊接著用力點點頭。自從在地下牢房裡聽利瑟爾講過冒險者的趣事，他對這個職業一直都有著很多想法。

「應該沒有登記之後必須立刻接取委託之類的規定吧？」

「你登記之後不是也一直看書，沒在接委託？」劫爾說。

「對哦。」

劫爾無奈地開口提醒當初登記之後立刻進入閱讀周期的利瑟爾。

史塔德也說過，很少人登記之後過這麼久才接第一次委託，可見大多數冒險者都在登記之後沒多久就開始接取委託了吧。

這也難怪，畢竟選擇進入冒險者這一行的人，手頭幾乎都不怎麼寬裕。

「啊，不過我有被警告過欸。」

「因為沒去接委託嗎？」

「對啊，大概是二十天沒接？」

「這要看公會吧。」劫爾說。

這麼說也是，利瑟爾恍然想道。

假如大家都為了享有身分證明的好處來登記，卻不幫忙分攤工作，想必公會方面也受不了。經過登記的冒險者萬一出了什麼事，公會都必須負起責任，他們也沒道理庇護無法為公會帶來任何好處的人。

「那麼，最近就找個時間讓你跟我們一起去接委託吧。到時候再一起登記就可以了，所以明天只要先採買就好。」

劫爾低頭看著這麼說的利瑟爾，壓低了聲音問：

「隊員登記呢？」

「不登記。」

利瑟爾回答得毫不遲疑。

想必從一開始就決定好了吧。雖然不知道他這麼做的用意，不過利瑟爾決定了就好，劫爾於是別開視線。

「還有，裝備之類的也趁明天一起訂做吧。」

「這傢伙需要裝備？」伊雷文說。

「咦？」

利瑟爾邊走邊回頭看向夸特。

這麼說也是，不僅魔法和斬擊都對他無效，就連武器也不需要。

「可是，像是劫爾的攻擊肯定會打穿他的防禦吧。」

「還不知道啊。」

劫爾立刻吐槽。為什麼試都沒試過，利瑟爾卻敢如此斷言？

「不過，隨便拿裝備給他穿應該會弄壞哦。」

「他身上會長出刀刃嘛。」伊雷文說。

那好像就沒必要了，利瑟爾點點頭。

對於從手臂、雙腿長出刀刃的戰奴來說，一般的裝備想必並不適合。刀刃刺穿裝備就沒有意義了，假如刺不穿裝備、刀刃反而無法伸出，那也沒有意義。

在夸特的故鄉多半有他們特有的民族衣著，之後再打聽看看吧。利瑟爾兀自點頭，重新回頭看向夸特。

夸特走在比剛才更近一些的位置，止看著利瑟爾等待他發話，看來對於裝備沒什麼意見。

「你覺得呢？」

「不需要。」

利瑟爾還是姑且問了一下，而夸特極為乾脆地搖了搖頭。

「那明天我們就先去把需要的東西買齊吧。」

「我、要去。」

接下來還需要什麼呢？利瑟爾思索著，而在他身旁，笑意揚起了劫爾和伊雷文的唇角。

不需要防具。夸特極其自然地說出這句話，不是出於自傲，也不是為了面子，當中更沒有消極的意味。

不禁讓人覺得他個性明明如此溫順，沒想到戰鬥方面卻頗有自信。

「也是啦，我也不覺得隊長想要這傢伙的原因只是稀奇而已。」伊雷文說。

「假如只是對他言聽計從的傢伙，他根本不需要啊。」劫爾說。

在利瑟爾原本的世界，這種人想必要多少就有多少。

即使在這個世界，只要有心，利瑟爾也能輕易培養出對他言聽計從的棋子。

但利瑟爾並不認為那些「棋子」是有價值的；儘管已經存在的棋子他會加以利用，但他不會主動伸出手去求取。根據劫爾他們的推測，利瑟爾偏好的是憑著自身意志採取行動的人。

並不是喜歡別人任性妄為，只是希望對方不要太依賴他而已。

「這種話我希望你們等到我不在的時候再說呀。」

順帶一提，兩人這段對話從頭到尾都以正常的音量進行。

聽見他們打趣般的發言，利瑟爾面露苦笑，而夸特不知為何露出了滿面的笑容。

一回到旅店，劫爾立刻回自己房間去了，剩下三人則一同來到了正在努力準備晚餐的旅店主人面前。

「旅店主人。」

「啊，歡迎回……人變多啦。」

看見利瑟爾探頭進廚房，旅店主人才剛覺得難得，招呼打到一半便看見另一張臉模仿著利瑟爾的動作跟著探了進來，忍不住面無表情地喃喃說道。

順帶一提，伊雷文已經大剌剌地走進廚房，三兩下吃掉了三塊堆在鍋子旁邊的炸雞塊，然後什麼事也沒發生似地走回利瑟爾身邊。

「呃……這位就是你之前提過的，可能會多出來的那個人？」

「是的。來，跟旅店主人打聲招呼吧。」

「招呼……」

仔細一聽，這人的說話聲中微微參雜著不同於呼吸聲的聲響，旅店主人不禁嘴角抽搐。看向他的那雙刃灰色眼睛讓人聯想到濡濕的刀尖，再加上這人鮮少眨眼，更使雙眼平添了一股無機感。柔韌的肢體只是稍微動一下就讓人聯想起兇猛的野獸，使得阿斯塔尼亞司空見慣的褐色肌膚在他身上看起來完全不一樣。

儘管並未配戴任何武器或防具，就連與戰鬥無緣的旅店主人都感覺得到這是實力異於常人的強大戰士。讓旅店主人產生這種直覺的，這還是繼劫爾和伊雷文以來的第三人。

「請、多多指教。」

「啊，原來你已經好好接過他的韁繩了喔，那就請多多指教了。」

看見他照著利瑟爾的指示乖乖低頭打招呼，以及利瑟爾在一旁守望的微笑，旅店主人一口氣冷靜了下來，也跟著彎腰行禮。

在旅店主人看來，只要利瑟爾握著這個人的韁繩就沒問題了，反正萬一發生什麼問題，找利瑟爾哭訴一定有辦法解決。自尊這種東西，在面臨性命威脅的時候就像塵土一樣不值一提啦。

為了生存，旅店主人就連替利瑟爾舔腳的覺悟都已經做好了。但利瑟爾是不會叫他去做那種事的。

「啊……可是實在沒有多的空房間了耶。」

「果然空不出來嗎？」

聽見旅店主人抱歉地這麼說，利瑟爾微笑要他不必介意。

這間旅店的住宿費不僅不便宜，價格還算是偏高的，不過偶爾會有船員想找間舒服一點的旅店奢侈一下，不時也會有從海路來訪的旅客住宿。現在也一樣，除了利瑟爾他們之外還有一組客人包下了較大的房間，因此所有房間都有人住了。

實際上在利瑟爾他們下榻的這段期間，也有好幾組房客來來去去，每次新來的房客總會不敢置信地多看利瑟爾一眼。

「我還是在你們房間多擺一張床進去吧？」

「不用了，我在路上問過他了。」

利瑟爾看向夸特。

他試著跟夸特說過，不必勉強跟他們住在同一間旅店，住別的地方也可以，夸特聽了卻露出非常哀傷的表情。這反應不出所料，利瑟爾也早就猜到了，因此只是姑且問問而已。

「他說可以睡地板，所以床鋪就不用加了沒關係。」

「要是讓人家說我這裡是讓客人睡地板的旅店關係可就大了啊……」

「啊，不過可以讓我們多借一條毛毯嗎？」

「當然沒問題!!」
看來這已經是既定事項了，旅店主人立刻放棄抵抗。
一介旅店主人不可能動搖他們的決定，但如果可以的話，他真希望利瑟爾不要面帶微笑做出那種讓人家睡地板的發言。正常來說就算當事人說沒關係不用麻煩，還是會盡可能替人家準備床鋪吧？不是嗎？
旅店主人站在煮滾得快溢出來的鍋子前，眼神望向遙遠的虛空。利瑟爾他們不顧他的反應，和睦地聊了起來。
「在故鄉的時候，你也睡在地板上對吧？」
「地毯，和被子。」
「這樣睡不會痠痛喔？」伊雷文問。
「不會。」
奴隸時代自然不用說，夸特位於群島的故鄉似乎也沒有床鋪。
利瑟爾也稍微聽夸特聊了一下故鄉，據說是個建造在溪谷峭壁上的聚落，想必房屋也重視輕便性，因此只保有最低限度的家具吧。
既然夸特本人說睡地板就好，利瑟爾也不太介意。
「嗯？不過王宮的牢房裡設有床鋪呢。」
「使用，沒有。」
夸特搖了搖頭這麼說，看來也不特別想睡在床上。
不習慣的話總是這樣的，就像劫爾他們不會想泡澡一樣。

「那你想跟誰睡同一間呢？」

「?!」

「這怎麼會有選項啊？」伊雷文問。

「我想說，還是要問問他的意見呀。」

旅店主人依然望著遙遠的虛空聽著這段對話。

不對，他什麼也沒聽見，牢房之類的詞他絕對沒聽見。這麼說來，利瑟爾他們是接到口信說某人的訊問結束了，才再度離開旅店，然後帶了一個人回來，這就表示……

旅店主人絕對沒察覺這個事實，太可怕了。

「（不過……反正還有貴族客人在嘛……而且本來就有兩個客人比新來的更可怕了……）」

旅店主人把這個想法當作唯一的心靈支柱，逃避現實地想著，待會得記得準備毛毯才行。

夸特背靠著床鋪坐在地板上。

他剛泡完人生第一次澡，臉頰熱呼呼的，顯得心滿意足。泡澡非常舒服，感覺就像全身的肌肉都舒展開來一樣。利瑟爾注意到他沒有魔力，無法使用淋浴設備，因此替他把水開著，順便在浴缸裡放了洗澡水。

此刻他濕潤的頭髮有如被夜露濡濕的刀刃，比平時更有光澤。夸特拿毛巾使勁擦著頭，剛才他本來頂著一頭潮濕的頭髮想讓它自然乾燥，但利瑟爾叫他好好擦乾。

「呼……」

他一口氣把頭髮擦乾，抬頭看著天花板呼出一口氣。

晚餐非常美味，他吃得很飽足，也偶爾加入飯桌上的對話，又泡了熱水澡，夸特體驗到了前所未有的滿足感。被人叫做奴隸的時候他也不覺得有任何不便之處，但現在回想起來，那種生活真的只能說是沒有不便而已，夸特不禁產生這種謎之感嘆。

「泡澡舒服嗎？」

「舒服。」

聽見坐在寫字桌邊讀書的利瑟爾的嗓音，夸特的雙眼因笑意而瞇細。

這是最幸福的事，沉穩的視線會看向他、對他說話。假如獲得原諒之後會失去這些，那麼他寧可一生不被原諒。

獲得利瑟爾的原諒，然後被當作那些事都沒發生過，比什麼都更令他害怕。

「想睡的話你就先睡吧。」

「你，不睡？」

「我想再讀點書。別擔心，我也馬上就會就寢了。」

看見利瑟爾溫柔的微笑，夸特微微瞇起眼睛。

或許是認為這動作代表他想睡了，利瑟爾站起身來，關掉了照亮房間的油燈，房裡只剩下利瑟爾以魔法點亮的光源，在桌子上照亮書頁。

周遭一暗下來，夸特才察覺自己的睡意。旅店主人拿來的毛毯放在利瑟爾床上，夸特伸手把那條摺好的毛毯一點一點拉了過來。

「這樣毛毯夠用嗎？」

「夠。」

「這樣呀。」

光線轉暗的房間裡，不知怎地總覺得說話聲顯得特別響亮。

聽見夸特稍微放輕了聲音，利瑟爾有趣地笑了出來。輕笑聲搔過他耳畔，加重了睡意，感覺卻非常舒適。

就乘著這種愜意的感覺睡吧，夸特動了動身體，把自己裹進毛毯。然而他卻沒聽見利瑟爾的腳步聲往桌邊移動，反而朝他接近，於是夸特把正要埋進毛毯的臉又抬了起來。

忽然，有隻手溫柔地撫上他的頭髮。

「晚安。」

指尖一次、兩次梳過仍帶點水氣的頭髮，便離開了。

夸特的目光下意識追著那指尖和背影看去，愣怔地望著利瑟爾回到桌邊讀書的模樣。

「……」

聲音喃喃漏出唇間。

夸特也不知道自己說了什麼，或許什麼也沒說吧。

濃重的睡意襲來，夸特就這麼在床邊翻了個身，隨意躺臥。他挪動身體展開被自己壓在身下的毛毯，蜷起身子，然後終於安頓下來似地放鬆了肩膀。

眼皮沉沉落下，他並未抵抗，任由意識沉進夢鄉。在完全陷入沉睡之前，他憑著自己的意志，微微張開雙唇。

「晚、安。」

等到房裡的光源完全熄滅的時候，那隻手再度撫過了他的頭髮，而夸特並不知情。

124

雖說收容了夸特，但基本上利瑟爾採取的是放任主義。

他認為凡事都隨自己的意願去做就好，假如夸特出於自願想跟著他，那麼除非有什麼不方便的理由，否則他也會加以接納。只不過夸特屬於特例，往後利瑟爾也可能為他指出未來該如何行動。

畢竟即使有什麼想做的事情，夸特也不知道該如何達成目的。儘管回想起過去的記憶，他也不可能一夕之間學會先前做不到的事，而這點利瑟爾也明白。

「今天請你跟旅店主人一起顧家吧。」

「我想，和你，一起……」

「今天我要好好當個冒險者，所以不行喲。」

利瑟爾沒注意到劫爾他們投來「好好當個冒險者？」的視線，也不顧路過的旅店主人露出了「我?!」的眼神。

與其說是不滿，夸特那雙刃灰色眼睛流露的反倒更像哀傷，利瑟爾見狀悠然露出笑容。

「請你乖乖聽話，幫旅店主人的忙吧。」

「……好。」

夸特緊緊抿著嘴唇，點了點頭。

不過或許還是感到不滿吧，他解悶似地把玩著腰際色彩鮮豔的飾帶。這是阿斯塔尼亞常見的衣飾，是先前剛買的成套衣物所附贈的。
有著柔韌肌肉的褐色肌膚，穿上這個國家的服裝相當適合。利瑟爾這麼想著，朝著一手拿著洗衣籃、不斷偷瞄這裡的旅店主人開口。
「他就麻煩你了。」
「要是有人能違抗這個微笑我應該會一邊稱讚一邊揍他一拳吧，沒問題喔。」
看來旅店主人爽快地答應了。
另外兩人站在利瑟爾身後不曉得說著什麼，伊雷文打著呵欠，劫爾則邊戴上手套邊確認狀態似地開闔手掌。差不多該出發了，察覺他們倆在門口等待，利瑟爾看向夸特。
「那我出門囉。不早點過去，好的委託就沒了。」
「委託……」
「因為是先搶先贏呀。」
這人說起話來倒是很有冒險者架式啊，旅店主人在心裡這麼想著，便走去收取更衣間的衣物了。直到現在，利瑟爾是冒險者這個事實仍然讓他感到非常突兀。
「隊長快點——」
「好的。」
聽見伊雷文叫他，這一次利瑟爾終於轉過身去。
直到那道背影完全消失在門板另一側，夸特一直站在原地目送他離開。玄關裡剩下他一個人，他茫然撫過曾經刺出刀刃的手臂。
「啊，貴族客人他們出門啦？」

「出門了。」

旅店主人雙手抱著洗衣籃，從更衣間走了出來。

籃子裡塞滿了要洗的毛巾和睡衣，想必有一定的重量吧。夸特想了幾秒，便往旅店主人那裡走近。

「客人你該不會真的要幫我的忙吧？」

「要幫忙。有，什麼？」

旅店主人已經發現夸特並不像劫爾他們那麼可怕了。

同時，他也察覺這位客人非常忠於利瑟爾的吩咐，看就看得出來了。就算他說不需要幫忙應該也沒有用吧，於是旅店主人彎起膝蓋碰了碰洗衣籃示意：

「那你可以幫我把這些東西洗好晾起來嗎？」

「知道了。」

夸特單手輕鬆奪過了他手上的洗衣籃，害得旅店主人有點沮喪。

他完全不覺得自己比得過那種強者，但這和那是兩回事。他一直自認在旅店業務中培養起了一定的力氣，因此面對這赤裸裸擺在眼前的力量差距，身為男人實在難免有點失敗感。

「話說回來那個客人為什麼都用單詞講話啊？」

目送夸特朝著後院的洗衣處走去，旅店主人走向樓梯，準備上樓收取床單。

他邊走上二樓邊哼著歌，拿掛在腰間的布擦拭扶手，然後把弄髒的抹布摺好放在扶手上。算了，旅店主人點了點頭。

他總不能過度探問客人的背景，而且這麼做也有點可怕。

「（反正是貴族客人的同伴嘛。）」

這麼一想，這些問題全都無關緊要了。旅店主人這麼想著，跑進大家的房間打掃去了。

一望無際的草原上，長著青翠的綠草。

抬頭就能看見萬里無雲的青空，暖烘烘的陽光照在肌膚上，令人心曠神怡。拂過頭髮的清風挾帶著泥土氣味，花草搖曳的窸窣聲由遠處逐漸接近，而後又逐漸遠離。

「不愧是『草原遺跡』，風景真好。」

利瑟爾他們站在這片草原的正中央。

地平線一覽無遺的草原上，零零星星看得見這座迷宮的命名由來。斷裂的石柱上生著青苔，崩毀的祭壇、勉強看得出原樣的石製拱門、失去目的地的石階，朽壞的遺跡在這片草原上默默風化。

視野所及沒看見任何像樣的建築物，這裡還只是迷宮的入口而已。

「大哥，你來過嗎？」

「沒，這裡看起來就很麻煩。」

「啊，我好像聽說過這邊到處都是機關。」伊雷文說。

利瑟爾踏上裂縫間長著花草的石板地，聽著背後傳來的對話聲往前走。

戴著手套撫上遺跡的柱子，即將風化的石柱便一點一點剝落下來，在地面搖曳的白花上頭積起薄薄一層砂土。利瑟爾低頭看著這一幕，拍落手套上的塵土。

「這不算在迷宮無法破壞的範疇之內嗎？」

做得還真精緻，利瑟爾微微一笑。劫爾見狀無奈地嘆了口氣。靴底在石板上踏出聲響，他站到利瑟爾身側，一起看著那根被野草侵蝕的柱子。伊雷文也跟著走了過來，沒發出半點腳步聲。

「感覺隊長很喜歡研究這種現象欸。」

「是嗎？我不是學者，知道得也不算詳細。」

三人重新邁開停下的腳步。

平常一進入迷宮立刻就會看見的魔法陣仍然不見蹤影，也就是說，他們甚至還沒踏上開始地點。萬一得在這片廣大的草原上漫步可就傷腦筋了，幸好目前沒必要這麼做。在斷斷續續的石板路另一頭有個樸素的祭壇，一行人正向著那裡前進。

「沒有歷史的遺跡，總是少了點魅力呢。」

「好像是欸——」

「畢竟是迷宮。」劫爾說。

雖然景色非常優美。聽見利瑟爾望著微風吹拂的草原這麼說，劫爾他們也漫不經心地表示同意。說得直白一點，就是缺乏浪漫吧。

遺跡風格的迷宮為數不少，但如此確切感受得到時間流逝的迷宮，他們還是第一次看見。或許是因為這樣，利瑟爾才突然產生這種感慨吧——一行人事到如今才聊起這種話題，邊說邊踏進建築遺跡較為密集的祭壇區域。

「這好像是入口。」

「啊，真的呢。」

這座暴露在荒野中的祭壇設計十分簡樸。

祭壇本身的高度約到成人胸口，四個角落有著斷裂的石柱。劫爾似乎在祭壇上找到了什麼，利瑟爾也稍微抬起頭往平坦的檯面看去，

祭壇正中央彷彿被切下一塊似的，開了個四方形的洞，看來是通往地下的階梯。

「嘿咻。」

伊雷文腳步輕盈地跑向祭壇，手一撐便翻身躍上檯面，劫爾也跟著跳上祭壇。

祭壇兩側可看見通往壇上的階梯，不過接近這一側的部分已經崩毀了，因此利瑟爾也仿效他們倆，準備想辦法爬上去。

「喏。」

「謝謝你。」

在他把手搭上祭壇邊緣之前，有隻手朝他伸來，利瑟爾於是握住那隻手，接受了對方難得的好意。

兩人握住彼此的手腕，劫爾只伸出單手，利瑟爾則用了雙手，並在劫爾把他往上拉的同時踩住祭壇側面，把自己的身體往上帶，就這麼站上檯面。

「如何呢？」

「嗯……真的是階梯，看起來沒多深欸。」

伊雷文以隨便的姿勢一屁股坐了下來，探頭朝通往地底下的那道階梯看去。

有些迷宮在這種時候真的只開了個洞穴，冒險者必須自備繩索，或是爬一大段梯子才能下到底部，有階梯能走已經很感人了。

「深處那個是魔法陣？」
「嗯，看起來是哦。」
三人蹲在洞口，確認了這裡就是迷宮的起點沒錯。
以迷宮的作風，這也可能是騙人的入口，不過看得到魔法陣應該就沒錯了，於是三人魚貫走下階梯。
「如果能順利達成委託就太好了。」
利瑟爾忽然露出微笑這麼說。
他的語氣不太肯定，正是因為這次的委託必須靠運氣才能達成，說起來就和先前的【相信魔物的無限可能（採集水元素精靈的水）】類似。

【來自世界的遺跡】
階級：不指定
委託人：遺跡愛好者
報酬：鑑定價值加兩成（須提出鑑定書）
委託內容：募集迷宮「草原遺跡」或「朽壞神殿」當中取得的畫作。
出現階層、大小、價值不限，但只收畫面中沒有冒險者的作品。
（※公會備註：若取得的畫作不符委託人要求，放棄本委託不須負擔罰則。）

「所以說你到底為什麼選了這種委託……」劫爾說。

「看起來很有趣呀。」
「我想也是。」
「這種委託應該是已經開到東西的人直接拿去繳交用的吧？」伊雷文說。
三人氣氛和睦地聊著，就這麼開始攻略迷宮。

同一時間，夸特正勤奮地曬著毛巾。
把毛巾掛在繃得緊緊的繩索上，角落對著角落整齊地對半折好，接著夾上木夾以免毛巾被風吹走。這麼一來，與晴空和雲朵相映成趣的潔白衣物又曬好了一件。
「還有，四條。」
對此夸特並沒有任何感觸。
「把客人們的床單也曬一曬吧，天氣這麼好。對了客人啊，你真的睡在地上嗎身體不會痛嗎？」
「嗯。痛，不會。」
旅店主人積極地跟夸特搭話。
這位客人很聽利瑟爾的話，今天一整天一定會按照利瑟爾的吩咐幫他的忙，要是這段時間一直沉默無語，對於旅店主人來說實在太痛苦了。
他完全不覺得沒有對話的空間待起來比較舒適。
「貴族客人沒有叫你去床上睡嗎？」
「沒有。」

幾次跟夸特搭話的過程中，旅店主人注意到只要提起利瑟爾相關的話題，對話就有很高的機率成立。

因此他們的話題必然圍繞著利瑟爾……即使旅店主人沒有刻意引導，想必也會自然發展成這樣吧。

「（當事人說要睡地板他也不會介意，真是很符合貴族客人的作風啊……別人想怎麼做他都不會干涉嘛。）」

旅店主人拍著床單把縐褶處攤平，頗有感慨地這麼想。要是自己面臨同樣的狀況，一定會坐立難安地把床鋪讓給對方睡吧。

假如夸特說要睡地板是出於客氣那當然另當別論，但既然是他本人的意願，利瑟爾就不會介意，只能說真不愧是貴族客人。

「貴族客人絕對是貴族或王族之類的身分吧，結果居然不是……世界還真是不可思議啊。」

「？……很親切。」

「是啊貴族客人很親切喔。」

現在不是在講這個話題。

可是他不可能真的對客人……應該說是對強者這麼說，因此旅店主人只能在夸特曬最後一條毛巾的時候，望向遙遠的虛空在心裡這麼想。

廣大寂寥的遺跡當中，矗立著許多巨大石柱。

其間有著無數類似石橋的迴廊，朝著四面八方伸展，將石柱之間彼此連繫起來。迴廊之間同時以階梯相連，通道填滿了整個空間，彷彿一座立體的迷宮。

迴廊下方沒有任何支撐，卻不會崩塌，看起來就像靜止在半空似的，正可說是迷宮裡特有的風景。

「如果畫作上畫著這種風景，不曉得委託人會不會很高興呢？」

「會吧，很有遺跡感，又有迷宮風格欸。」

「開得到就好了。」劫爾說。

迴廊的起點是從壁面延伸出來的半圓形石板地面，三人踏了上去，看著眼前的光景。

利瑟爾走到欄杆旁往下一看，俯瞰的風景和仰望時完全相同。迴廊與階梯在立體空間中交織成一片網，看似沒有盡頭。

這裡離地面非常遙遠，不過有欄杆就放心了，不必擔心摔落。

「這種結構不太方便打鬥呢。」

「這裡有什麼魔物啊？」

「我在書上看到的是史萊姆之類的，印象中也有石巨人。」

這是劫爾尚未攻略的迷宮，他們都不知道哪一層會出現什麼魔物。

利瑟爾讀過迷宮圖鑑，所以多少知道一些；不過圖鑑上只記載了迷宮的幾項特徵、概略寫出出沒的魔物而已，因此對於實際的攻略過程幾乎沒有幫助。

「再來就是雙翅飛蜥和……啊，還有我沒看過的米諾陶洛斯。」

這一瞬間，從他背後的欄杆另一側忽然傳來拍翅聲。

牠從迴廊下方現身，雙翼在一瞬之後捲起風壓。利瑟爾回過頭，一隻長著翅膀的巨大蜥蜴映入視野，皮膜構成的雙翼沒有羽毛。

牠展開翅膀約有三公尺那麼長，大圓眼睛左右不規則地轉動，瞄準了利瑟爾拱起長長的頸子，準備撕裂他的喉嚨，然後——

砰的一聲槍響。

「嗯……回音果然有點嚴重呢。」

「可能會把魔物吸引過來。」

雙翅飛蜥猛地仰起頭，翅膀不再拍動。

牠乏力的身體撞上欄杆，接著往迴廊下方掉了下去。利瑟爾看著這一幕，頭部旁邊飄浮著一把靜止在半空的魔銃。

「我一直在想，這武器的聲音就不能再安靜一點嗎……」

「這應該沒辦法啦……啊，不過上面的魔物沒注意到喔！」

聽見伊雷文這麼說，利瑟爾也抬頭看向遙遠的天花板。

橫越上空的迴廊在三人身上落下陰影，縫隙之間隱約可見黑色的影子。利瑟爾看不太清楚，不過從輪廓看來是雙翅飛蜥不會錯。

「我記得牠們好像會放魔法攻擊欸。」

「出現在深層的確實會。」劫爾說。

趁著魔物還沒聚集過來，三人稍微加快腳步前進。

雖然迷宮難度比預料之中高了點，不過這還只是第一層，沒有致命的陷阱；即使有陷阱，觸發機關也相當明顯，例如石磚顏色會有所不同。三人於是迅速往前推進。

「隊長，我們是要走到哪裡去啊？」

「先到那個看起來像祭壇的地方吧。」

利瑟爾朝著比他們所在地稍低一些的位置看去。

那是一塊凸出牆面的半圓形地面，與無數迴廊當中的其中一條以階梯相連。上頭的祭壇和他們不久前在草原上看過的那個一樣，只是尺寸縮小了，可以看見祭壇中央有片類似石板的東西。

「雖然也可能只是普通的裝飾而已。」

「迷宮很有可能這樣搞欸——」

迷宮常為了營造氣氛，放置一些讓人以為別有深意的東西。

比方說火山迷宮裡放了礦車，但一旁的把手不管怎麼推、怎麼拉，礦車就是文風不動，後來總是被冒險者休息時當作椅子使用。

其他還有意味深長地刺在地面上的劍，以及看起來一定會有東西從裡面跳出來的棺材等等，都是迷宮對細節的堅持。

「但也沒有其他顯眼的目標了。」劫爾說。

「是呀。」

說到最後，看到可疑之處還是得去調查才能往前推進。

冒險者們也只能一邊被迷宮玩弄於股掌之間、一邊往前走。偶爾也會遇到寶箱之類的好處，樂在其中的人才是最大贏家。

「而且今天沒找到寶箱就不用解委託了嘛。」
「畫作只能從寶箱裡開出來嗎？」
「是吧，沒聽過其他取得方法。」
確實，很難想像有人會把迷宮裡掛著的畫作直接帶回去。
利瑟爾想像著劫爾把掛在牆上的畫作喀啦喀啦拆下來的情景，若有所思地點了個頭。劫爾不曉得是不是從他的動作中察覺了什麼，以莫名其妙的眼神看著他。
「今天也帶了便當來，就努力找一天看看吧，如果一整天下來都沒有就放棄好了。」
「這只能多找幾個寶箱以量取勝啦。」
「步調順利的話至少找得到兩、三個吧。」劫爾說。
發現寶箱全憑運氣。
基本上五層大約找得到一個寶箱，但運氣不好的時候就算跑幾十層也找不到。以冒險者攻略迷宮的平均速度來說，一天內能夠抵達下個魔法陣就算順利了，算下來一般開到寶箱的數量大約是「運氣好的話一天一個」。
利瑟爾他們的攻略步調比別人快，所以才能隨口說出兩個、三個、四個這種數字。
「啊，有史萊姆群欸。」
伊雷文忽然在前方看見一群史萊姆。
迴廊筆直往前延伸，以前方一根巨人石柱為中心分成了兩條路。五隻史萊姆擋在岔路前方慢吞吞地爬來爬去，看來不太可能避開戰鬥前進。
「那還是走樓梯比較好嗎？」利瑟爾問。

「嗯。」
於是他們往回走了幾步，踏上階梯往斜上方的迴廊走去。
這條路也可以抵達目的地的祭壇，反正他們沒有想要的素材，沒必要戰鬥。
「隊長，還真虧你知道怎麼走欸……雖然你每次都是這樣啦。」
「你和劫爾也都找得到路呀。」
「是啦，可是要花時間啊。」
「是搞不懂你都用什麼時間思考的意思吧。」劫爾說。
利瑟爾一時間也答不上來，想了想說：
「嗯……感覺是一種習慣吧。」
利瑟爾碰上事情總是先思考最快、最好的手段，姑且不考慮是否做得到、要不要執行的問題。
接下來只要找出補上什麼要素才能化不可能的手段為可能就好。當然不是凡事都能因此迎刃而解，不過利瑟爾認為這是很適合自己的思考方式，也常加以運用。
在原本的世界，有人說他這種思考方式很符合貴族作風，熟識他的人們則說他只是怕麻煩。不過這種思考法至今仍然相當有用，對於後者的評價他有點難以釋懷。
「不是職業病？」
「這我無法否認。」
利瑟爾有趣地回道。劫爾聽了哼笑一聲，接著在即將登上階梯頂端之前停下了腳步。
迷宮內的魔物經常在冒險者剛登上階梯鬆懈下來的時候出現，是上面有什麼東西嗎？就在利瑟爾和伊雷文一齊抬頭往上看的時候，突然有個淺藍色塊狀物飛了出來。

「啊。」

「嗄？」

藍色史萊姆發動猛攻卻被劫爾一偏頭閃過，就這麼從劫爾身邊飛了過去，毫不減速地通過他們頭頂，利瑟爾和伊雷文都忍不住暫停對話目送牠飛遠。

那隻史萊姆在半空畫出一道平緩的弧線失速墜落，消失在迴廊下方，情景相當滑稽。

「……掉下去了喔？」伊雷文說。

「是吧。」劫爾說。

「摔下去沒有聲音，所以也聽不出牠掉下去了沒有呢。」

沒來由地有點好奇，他們三人於是特地從階梯頂端折返。

然後從欄杆探出頭，往史萊姆掉落的方向看去。

「啊，在那裡。」

「摔爛了欸，那是怎樣，死掉了？」

史萊姆完美避開了錯綜複雜的迴廊，一直掉到了底部的地面。

淺藍色的身體攤平在地上，就像在牠們活動時偶爾可以見到的動作一樣。平常漂浮在體內的核心，也整顆裸露在地面上。

「不，應該只是衝擊力道太強才變成那樣，過一陣子就會復原……啊。」

才正要說牠應該沒死，利瑟爾的視線另一端就有隻雙翅飛蜥迅速降落地面，一口把史萊姆的核心吃進嘴裡，咬了幾口之後一仰頭吞了下去。

「被吃掉了欸。」
「是啊。」
「在迷宮裡看見這種狀況讓人有點驚訝呢。」
不同種類的魔物之間幾乎沒有明確的敵對關係。
但偶爾會出現這種自然到讓人忍不住多看一眼的捕食現象，異種魔物狹路相逢有時候也會出現威嚇行為。這些情景在迷宮外面都不稀奇，在迷宮裡就很罕見了。
看到了珍貴畫面，利瑟爾一行人煞有介事地點著頭重新爬上階梯。
「那種魔物相殺的行為啊，迷宮不曉得怎麼看欸。」
「我想應該不推薦吧？」
「在某些迷宮裡確實看過。」劫爾說。
「那麼，說不定跟攻略迷宮的方法有什麼關聯呢。」
攻略了最多迷宮的劫爾這麼說，肯定不會錯。
登上階梯之後，劫爾他們放慢步伐觀望利瑟爾要往哪個方向走，利瑟爾於是帶頭往前走去。腳下傳來雙翅飛蜥的拍翅聲，沒注意到他們就直接飛走了。
「什麼關聯啊？」
「這我也不知道……可能是餵食魔物之類的吧？」
「能餵食魔物還得了。」劫爾說。
下一秒，一行人頭頂落下一道陰影。
拍翅聲晚了一拍才傳入耳中，這時劫爾和伊雷文已經拔劍瞄準了兩隻雙翅飛蜥。魔物露出利齒威嚇，伊雷文躍上欄杆將牠的脖子一刀砍斷，同時劫爾也解決了從上空襲來的另一隻。

「餵這些傢伙幹嘛啊，又不可愛。」

「那哪一種魔物你才覺得可愛呀？」

伊雷文跳下欄杆，收劍入鞘，利瑟爾也邊問邊把剛才對準魔物的魔銃轉了個圈，再次邁開步伐。

「只限魔物？」

「魔物以外的東西也可以呀。」

「這傢伙哪像是會覺得什麼東西可愛的人。」

「大哥好過分喔！」

伊雷文咯咯笑著這麼說，卻沒有否認，看來也有所自覺。

確實如此，利瑟爾點點頭。伊雷文恐怕是那種平常完全不照顧寵物，卻在心血來潮的時候巴著寵物逗個沒完，搞得寵物恨他恨到心理創傷的那種人。

「推薦你養幸運雪花球，很可愛哦。」

「所以說那到底是啥？」

「這我也不知道，不過……」

照顧方法也非常簡單，利瑟爾興高采烈地開始炫耀起自己的寵物來。雖然對他不太好意思，但伊雷文一點也不想養那種不明生物，劫爾也一樣。

「我一開始只餵牠粉末，有一次試著換成麵粉，結果牠看起來很高興地在麵粉上滾來滾去，從此以後我就開始嘗試餵牠各式各樣的東西。」
「是喔……」
劫爾他們完全搞不懂利瑟爾到底怎麼判斷一顆毛球「看起來很高興」。
順帶一提，在原本的世界也只有送他幸運雪花球的那個人懂他。按照利瑟爾的說法，主人當然會知道自己百般疼愛的寵物高不高興啊。
「牠平常都在瓶子裡飄來飄去，不過餵食的時候牠會降到瓶子底部慢慢吃起來，樣子真的很可愛呢。」
怎麼辦我完全不懂可愛在哪，伊雷文求救似地看向劫爾，後者不著痕跡地別開了視線。看來無法期待他的救援。
「啊，我們要下到那裡去。」
「嗯——」
利瑟爾一邊確認祭壇的方位，一邊探頭往下方的迴廊看去。
高度差約有旅店的屋頂到地面那麼遠。這傢伙跳得下去嗎？劫爾他們看向利瑟爾，只見他在欄杆中斷處找到了通往下方的梯子，正把手搭了上去。
想想也是，兩人也跟著利瑟爾往下爬。既然有梯子，他們也不會硬要用跳的。
「隊長你看，史萊姆欸。」
「啊，真的呢。」
伊雷文在梯子爬到一半的時候指向下方，暗自慶幸寵物話題已被中斷。
就在梯子正下方，有隻落單的史萊姆慢吞吞地爬動。

「那我們不理牠嗎？」
「不，我想收集核心。」
他們邊說邊爬下梯子。史萊姆似乎在三人即將下到迴廊之前發現了他們，全身登時硬化，還長出了尖刺，讓人忍不住覺得幸好沒有直接跳下來。
「你真的要拿來餵魔物？」劫爾問。
「就算魔物不會親近人，說不定還是會吃人給的東西。」
利瑟爾抓著梯子看向正下方，將飄浮在半空的魔銃對準魔物，瞄準了核心開槍。
畢竟這裡還是第一層，這一擊沒有被魔物避開。核心在攻擊下崩壞，伴隨著激起水花般的聲音，史萊姆失去了原有的形體。
「我真的好想要火槍喔……呃，普通的火槍就真的不需要啦，但隊長的槍好棒喔——」
「我做得到的事情你也能做到呀。」
「在戰鬥方面是這樣沒錯啦。」
「這傢伙只是想增加攻擊手段吧。」
劫爾這麼說著，看著利瑟爾踏上迴廊，撿起史萊姆的核心。
這傢伙真是老樣子，總想做些奇怪的嘗試。雖然無奈，但他也知道利瑟爾思慮足夠周全，在自己單獨行動的時候絕不會輕舉妄動。既然如此就無所謂了，劫爾也沒什麼好說的。
「客人啊，我現在要去採買，你想要一起去還是要顧家？」
「一起去。」

果然如此，旅店主人不出所料地點頭。這位客人依舊非常盡責地想幫他的忙。這答案他已經猜到了一半，夸特絕不會違背利瑟爾的吩咐。

「會請你幫忙提東西喔，可以嗎？」

「可以。」

「那我就不客氣地大買特買啦，也是為了餵飽獸人客人嘛。」

旅店主人總是為了填飽伊雷文的肚子採買大量食材，不過他並不覺得特別辛苦就是了。機會難得，就把方便保存的東西買到塞不下為止吧，旅店主人心情愉快地哼著有點走音的小調走向廚房。他已經把夸特和劫爾他們歸為同一類，絲毫不懷疑他的臂力。

再加上今天互動下來，他發現夸特比劫爾和伊雷文更好相處，因此跟夸特說話也不再戰戰兢兢了。

「獸人……」

「……你是不是討厭他啊，他有時候還打你打得那麼大力。」

自己該不會失言了吧？聽見夸特喃喃自語，旅店主人不禁臉頰抽搐。

光是旅店主人看到的時候就有兩次，伊雷文用那種毫不留情的力道毆打夸特。不過多半都發生在夸特麻煩到利瑟爾的時候，所以他也不太確定能不能一口咬定伊雷文不講道理。既然利瑟爾本人都不介意了，麻煩到他也沒什麼關係吧，但伊雷文似乎無法原諒這種事。

「討厭，不是。」

「真的不討厭他的話你也很不簡單啊。」

「不是，討厭。可是……嗯……」

夸特似乎苦惱了起來，旅店主人見狀，一邊拿起放在廚房的購物籃一邊等他說下去。

「看不、順眼？」

旅店主人忍不住多看了他一眼。

「也不是。羨慕？」

「呃，喔……我好像懂又好像不太懂……」

他雙手各拿了三個牢固的木編大袋子，背上還背著籃子。

旅店主人以這身打扮，邊望向遠方邊表示贊同。雖然沒人知道他是否真的完全贊同，他此刻的心情應該很複雜吧。

準備好出門採買，旅店主人於是走出旅店，夸特也一邊眨著眼睛左顧右盼，一邊乖乖跟在他身後走去。

「（獸人客人一定也會利用他這種直率的個性把他耍著玩吧……那個人感覺個性很扭曲嘛。）」

而且夸特的情緒很容易表現在臉上，旅店主人瞭然想道。

最初把他嚇得魂不守舍的那雙礦石一樣無機質的眼瞳、眼中人造物一樣的刃灰色，一旦出現表情，就像有了生命似地轉換著瞬息萬變的色彩。正因為瞭解到這點，旅店主人才敢毫不畏懼地向他搭話。

不，一方面也是因為旅店主人自己多少習慣了夸特的存在吧。最好的證據就是，現在走在路上仍有些視線朝他們集中過來。旅店主人對此多少抱持著優越感，又覺得自己對這種事感到優越實在像個沒見過世面的小人物，他有點哀傷地垂下肩膀。
「那一刀客人也一樣嗎？」
旅店主人回頭看向走在後方的夸特，順著這個話題試著問下去。
夸特想了想，這一次沒多久就點了頭。旅店主人也看得出劫爾並不會干預夸特，對於劫爾他應該能坦然感到羨慕吧。
「可是……」
「怎麼啦？」
「…………」
夸特欲言又止，字句彷彿失速般從他嘴邊消逝。
他搖搖頭，表示沒什麼。旅店主人儘管納悶，仍然重新轉回前方。
所以他沒注意到夸特的動靜。那雙刃灰色的眼瞳泛起刀刃般的微光，往下看向自己開闔的手心。而旅店主人被一旁的水果攤吸引了目光，開始你死我活地殺起價來，根本無從得知。

利瑟爾一行人在階梯上爬上爬下了幾次，橫越了迴廊，最後還是抄了近路從一條迴廊往下跳到另一條，終於抵達了祭壇。
他們穿過整齊排列的小石柱之間，登上僅有三級的階梯爬上祭壇。擺在那裡的石板高度大約到利瑟爾腰部，呈現把立方體上方斜向切開，方便觀看的形狀。
石板表面光滑，刻著一些幾何圖形。

「這啥，上面寫什麼啊？」

「我哪知道。」

不要問我，劫爾看向身旁。

在他身邊，利瑟爾正凝視著那些幾何圖樣，指尖一一滑過幾處。然後他忽然回過頭，瞥了被無數迴廊填滿的廣大空間一眼，「嗯」地點了個頭。

「這是地圖呢。」

「地圖？」

「這個階層的地圖，畫的是從正上方鳥瞰的平面圖。」

劫爾他們也跟著低頭打量石板，看不太懂。

他們只覺得利瑟爾這麼一說，這東西看起來好像確實有點像地圖而已，不過他們並不會因此懷疑利瑟爾的判斷。

根據利瑟爾的說法，幾道直線細細重疊的部分是迴廊，線與線交叉處的其中一條線中斷代表了迴廊的高低位置，散見於各處的細斜線則是階梯。

「這個圓形咧？」

「我想應該是像這邊一樣的祭壇。我們現在在這裡。」

利瑟爾指向地圖最邊緣這麼說，既然是鳥瞰圖這也是當然的。

「真虧你看得出來。」

「因為施放魔法和控制魔銃，空間認知能力都是必須的呀。」

「其他魔法師真的也是這樣喔？」

利瑟爾的認知能力明明已經過於細緻，還面不改色地說「大部分魔法師應該都辦得到吧」，對於魔法師們來說根本是名譽受損，他們本人要是聽到了一定會暴怒。

「所以呢，我們該往哪走？」劫爾問。

「應該是這裡……或這裡吧。」

利瑟爾指出的第一個位置，是幾何圖形當中唯一凸起的部分，彷彿埋進了一個小球。只要注意到這石板上畫的是地圖，任誰都會猜測這凸起處就是這一層的終點。

不過除此之外，利瑟爾還多指了一個地方。

「這裡？看起來啥也沒有啊？」

「你們看這裡，稍微凸出邊緣了……假設這條是牆壁的界線。」

碰觸著祭壇這個位置的指尖，輕輕往上移動。

代表迴廊的每一條直線都在同一條界線上終止，利瑟爾的手指沿著那道界線筆直描摹過去，來到他所示意的位置的時候，劫爾和伊雷文都明白了。

「稍微凸出了一截欸。」

「如果這裡是牆壁……確實很可疑。」

有一條直線略微延伸到了牆壁的界線之外。

抬頭往對應的位置看過去，遺跡的壁面上看不見任何開孔。雖然知道凸出的部分位於上方，保險起見他們還是站在石板地邊緣往下看過一遍，結果也一樣一無所獲。

「那不就是隱藏通道了嗎？」伊雷文說。

「感覺很有可能出現寶箱呢。」

「今天的委託要是沒找到寶箱就不用解了。」

決定好了就出發吧，利瑟爾一行人於是按照地圖上的標示，毫不猶豫地邁開腳步。

遭到雙翅飛蜥襲擊的時候把牠們一一擊落，碰上史萊姆猛力滾來滾去的迴廊他們也勢如破竹地突破，一會兒往上、一會兒往下地順利前進。

由於必須在立體空間中移動，走了不少路還是遲遲沒有抵達目的地。單單一個階層就這麼遼闊，看來迷宮整體的階層數應該不多，或者每個階層都設有傳送魔法陣也不奇怪。

「沒看見米諾陶洛斯呢。」

「那種魔物在更深的階層才有吧，我在淺層從來沒看過欸。」

「有點可惜。」

「那東西沒什麼好看，只有野獸臭味而已。」劫爾說。

三人在閒聊當中前進。

「啊，就是那裡了。」

爬上不知第幾道階梯之後，利瑟爾以飄浮在半空的魔銃指向前方。

三人所站的這條平凡無奇的筆直迴廊，在前方接觸到壁面處拓展成了一片半圓形的地面，就像剛才祭壇的所在地一樣。

但有一點與其他落腳處不同：寬廣的石板地面中央有一隻雙翅飛蜥，正四腳著地看著這裡。

「是要我們打爆牠喔？」

「打死牠不難，但牆壁怎麼辦？」

「如果牆壁可以破壞就好了呢……」

利瑟爾他們在數公尺之外的距離停下，但雙翅飛蜥完全沒有動作。

牠把兩隻翅膀上的鉤爪踩在地面上，脖子高高抬起，狹長的瞳孔直直看著他們三人，發出叫聲似地吐出幾道尖銳的鼻息。

「沒有攻擊過來不太正常。」

「表示牠在等待我們採取什麼行動嗎？」

利瑟爾這麼說著，忽然想到什麼似地伸手探進腰包。

在劫爾他們的注視之下，那隻手緩緩從腰包裡抽出來的時候，掌心握著三顆圓球狀的物體。這些略帶彈力的圓球，是他們在途中撿拾的史萊姆核心。

察覺利瑟爾打算做什麼，另外兩人不約而同地心想：「沒想到他真的要動手啊……」該說他們早就料到了嗎？

「凡事總要試試看嘛。」

利瑟爾說著，拋出了一顆核心。

核心按照他瞄準的弧線，朝著雙翅飛蜥的嘴巴飛去，在即將打中長滿利牙的嘴巴的時候，飛蜥的頭由上往下一擺，咬住了核心。

「喔，牠吃下去了欸。」

「什麼事也沒發生啊。」劫爾說。

「只給一顆不夠嗎？」利瑟爾說。

沒發生任何變化，雙翅飛蜥也沒有發動攻擊。

那應該是餵得不夠吧。利瑟爾下了這個結論，將手上的核心一個接一個拋了出去。即使他稍微丟歪，飛蜥也伸長脖子靈巧地把核心吃了下去，伊雷文拍手叫好。

「牠到底要吃多少……」劫爾說。

「早知道就多找幾顆來了喔。」

「要是身上這些不夠，不知道牠會不會等我們去找？」利瑟爾說。

他們平常不太會去撿史萊姆核心，因此沒有存貨。

途中收集到的核心一共有七個。說不定不夠呢，利瑟爾邊說邊丟出了第五顆核心。

「嗯？牠的動作好像不太一樣了。」利瑟爾說。

「感覺有點不妙欸。」

雙翅飛蜥吞下核心之後，猛地低下頭去，將翅膀往左右兩邊大幅張開。

終於進入應戰態勢了嗎？眼見牠擺出彷彿隨時都會猛撲過來的姿勢，三人做好應戰準備，卻看見了令人不敢置信的情景。

魔物的身體逐漸發生了變化。頭部到背部原本帶有光澤的皮膚啪喀啪喀地倒豎起厚實的鱗片，踏在地面上的腿部長出隆起的肌肉顯得更加有力，變得更加猙獰的腳爪敲擊著石板地面。

飛蜥的體型整整大了一圈，翅膀變成原來的兩倍大，鱗片沿著骨骼覆蓋了整隻翅膀。鉤爪又利又長，萬一被揮到想必非同小可，變得更粗更長的尾巴尖端更是長出了剛硬的尖刺，滑過地面的時候削刮著石磚。

化身為兇惡姿態的魔物朝著利瑟爾他們嘶吼，露出滿是利齒的口腔。

「喂。」

「嗯……這倒是出乎我的預料呢。」

「魔物果然是不可以餵食的啦。」

牠震耳欲聾的叫聲撼動了周遭的空氣。

同時，那條比先前兇暴數倍的尾巴猛力一揮，發出劃破空氣的風聲砸上牠背後的牆壁。

「啊。」

「喔——」

「啊？」

看似偶然，但這想必是必然的結果。

牠身後的牆壁隨之崩塌，露出了牆後的空間。在飛蜥巨大的軀體遮擋下看不見全貌，不過一瞬間看見了像寶箱的東西。

「也就是要我們打倒這傢伙拿寶箱的意思囉。」伊雷文說。

「原來牠是守門人呀。」

「要來了。」

當然，牠並不是只負責開門的。

飛蜥猛力拍擊翅膀撲了過來，利瑟爾他們一齊舉起了武器迎戰。

「哎呀——有大力士幫忙真是太棒啦，大豐收！」

旅店主人笑逐顏開地說著，換了個姿勢提好沉重的籃子。他們正在回旅店的路上。

他雙手各提了一個籃子，背上又背了一個，食材全都塞到滿出來，不過拿起來並沒有看上去那麼重。原因很簡單，因為有分量的東西全都在夸特手上。

旅店主人得意忘形地買了一堆粉類、鹽巴、大塊肉類，就在他買到根本提不動而絕望的時候，夸特一派輕鬆地把東西提了起來，他簡直想當場對他跪拜。

「客人你是今天的大功臣所以晚餐就煮你喜歡吃的東西吧，請儘管開口！」

「喜歡的東西……」

「像是最常吃的東西之類的呀。」

眼見夸特似乎不太明白，旅店主人這麼補了一句。

即使不算特別熱愛，如果是他吃得習慣的食物，應該也能聊表謝意吧。

「麵包。」

「可以的話我比較想問你配菜啦……」

夸特還被當作奴隸使喚的時候，幾乎天天只吃麵包。

旅店主人沒發現自己的幫助完全是反效果，自顧自煩惱起晚餐是否該煮適合搭配麵包的菜餚來。不過餐桌上常常出現麵包，夸特這要求就像沒有一樣。

「貴族客人就連吃麵包的時候也超級優雅，搭配湯品和肉類料理弄成套餐風格感覺也不錯……」

旅店主人苦思著晚餐菜色，實在想得太專注了。

以至於他注意到有個人影直逼眼前的時候已經來不及避開，撞到了對方的肩膀。幸好並未撞得太大力，只是輕輕碰到一下，旅店主人連忙向對方道歉，那人也道了聲歉。

「至於獸人客人就用大量的麵包和湯讓他填飽肚子……」

「沒有，沒關係？」

「什麼？」

道完歉之後旅店主人又繼續煩惱起來，停下他思緒的，是走在他身後的夸特。

他回頭一看，夸特也像他一樣正回頭看著後方，視線追隨著剛才撞到旅店主人的那名男子。夸特目送著那個人影拐進巷子消失不見，接著納悶地重新轉向他：

「錢，沒有，沒關係？」

「咦？」

「被拿走了。」

旅店主人趕緊往自己的長褲口袋一拍。

不久前鼓鼓的錢袋還在那裡，現在卻什麼也摸不到，他感覺得到自己的臉一下子刷白。

「有關係!!該死那傢伙到哪去了!!」

旅店主人粗暴地將身上的東西塞給旁邊擺攤的攤販。

攤販在近處聽見了他們的對話，立刻大吼著叫他快追，旅店主人吼了句謝謝，猛地衝了出去。

不知所措的夸特，也在攤主催促下往他身後追了過來。他身上的東西都被攤販一把搶了過去。

「要追？」

「好快，居然已經追上我了……當然要追，抓住那傢伙狠狠揍他一頓!!」

兩人衝進扒手逃逸的那條巷子。

扒手以為沒被發現，原本還氣定神閒地慢慢走，聽見旅店主人充滿殺意的那句話，男人回頭瞥了一眼，立刻拔腿狂奔。

「揍他。」

「沒錯我絕對要揍他!!那裡面還裝著剛從貴族客人那裡收到的住宿費耶喂該死的快給我停下來!!」

由於今天要大量採買，他多帶了一些資金出來，沒想到反而便宜了扒手。

真是太丟臉了，旅店主人煩躁地想著，狠狠瞪著那個準備拐進岔路甩開他們的男人。

老實說他已經跑得快喘不過氣了，但怎麼能在這裡跟丟呢，他奮力鞭策自己的身體跑得更快一點。

就在這時，他感覺到一陣風咻地通過他身邊。

什麼東西？在產生疑問的下一秒，他看見那個即將消失在轉角的男人頭部被抓著往牆上砸，發出令人不適的聲音。

「客人幹得好啊！就這樣把他抓……咦，等等，暫停，等一下客人你等一下啊!!拜託你聽聽旅店主人的請求吧這樣會死、會死人的，再打下去會死、啊，啊———!!」

「結果我們沒有達成委託。」

「我想也是。」

聽見利瑟爾抱歉地這麼說，頂著耀眼光頭的公會職員煞有介事地點頭。

說到底，利瑟爾他們這次接這委託實在很奇怪，為什麼先接了委託才去找畫作呢？是否能找到寶箱本來就得看運氣，從裡面開出畫作的機率也很低，而且還得開到委託人想要的風景畫，根本不可能。

這種委託一般都是讓已經持有委託物品的冒險者當場繳交，伊雷文說的是正確解答。

「不過只差一點呢，太可惜了。」

「是啊，可惜……」

職員面無表情地低頭看著利瑟爾剛才出示的畫作。

上頭畫著的是大特寫的米諾陶洛斯，只在角落看得見一點點遺跡風景，就連是不是遺跡內部都無法確定……雖然在哪座迷宮開到畫作，上頭就會畫著該迷宮的情景，所以一定是那座遺跡不會錯啦。

「果然寶箱還是該讓你們開才對吧？」利瑟爾說。

「可是要開的是畫作欸，感覺隊長開到的機率比較高。」

「我們也開了，結果還不是沒中。」

利瑟爾他們你一言我一語地聊著。他們今天找到了四個寶箱：隱藏通道裡難得一口氣找到了三個，在第三層又發現了一個。

那三個並排在一起的寶箱，他們一人開了一個。劫爾開到銳度特化的小刀，伊雷文開到鑲著大顆寶石的戒指，利瑟爾開到「能瞬間擦除任何髒汙的海綿」。利瑟爾獲得了另外兩人的安慰。

至於那幅米諾陶洛斯的畫作，則是在第三層開到的，旁觀的兩人看了當場噴笑。

「呃……那你們要放棄委託嗎？」

「這個嘛，畢竟也決定只在今天之內尋找了……」

放棄委託會留下紀錄，也會損害公會職員對冒險者的印象。

雖然這本來就是沒有罰則的委託，所以這次放棄了也不會遭到責備，而且以這次的委託內容根本不至於損傷什麼印象。看見利瑟爾溫煦的微笑，職員神情複雜地這麼想道。

「這委託還會貼在告示板上一陣子，只要沒有其他傢伙達成就會一直留在上面。如果你們偶然開到符合條件的東西，也可以再拿來繳交啊。」

「那就這麼辦吧。」

職員辦完手續，把公會卡和那幅畫還給了利瑟爾。

這幅畫作要怎麼辦，該不該繼續攻略「草原遺跡」呢……那三人邊聊著無關緊要的瑣事邊往公會門口走去。就在職員目送他們離開的時候，利瑟爾忽然回過頭來，粲然一笑。

這發展似曾相識，職員不禁臉頰抽搐。

「明天我會帶新人過來，麻煩你準備一下登記手續哦。」

利瑟爾他們離開之後，整間公會大廳都在討論「利瑟爾他們會帶來什麼樣的新人」，鬧得沸沸揚揚。

「我們回來了。你有好好幫旅店主人的忙嗎？」

「有。」

「你回來啦貴族客人我有點事情想跟你說方便借一步說話嗎?!你既然握著他的韁繩就要

緊緊握好啊我被納赫斯臭罵了一頓耶?!不是啦刀子客人的確也被狠狠訓了一頓沒錯啦?!最好相處的人居然最不受控制真是嚇死我了話說回來為什麼手臂上會長出劍來啊有夠恐怖!!」

「嗯，也有些人看了會像這樣感到害怕，所以你不可以隨便讓手上長出刀刃哦。」

「我知道了。」

「重點是那個?!」

但說實話，那個扒手真的是活該。後來在跟朋友喝酒的時候，旅店主人露出了歡快的笑容這麼說。

閒談：劫爾貝魯特的歷史

劫爾造訪阿斯塔尼亞的那間酒吧只是出於偶然。

聽說那是間喝得到美酒的酒吧，開在巷內稍微往深處走的位置，內部就像它的外觀一樣老舊又狹小。

但是看見吧檯後方那些數量龐大的酒瓶，任誰都會點頭同意傳聞一點也不假。就是這麼一間內行人才知道、對酒品有所堅持的小酒吧。

「……你是劫爾貝魯特？」

一走進店裡就聽見這句話，劫爾略微蹙起眉頭，看向站在吧檯內側的男子。

那名與他年紀相仿的男子，正一臉詫異地看著他。男子那張臉孔，以及自己現在鮮少使用的本名，隱約挑起了劫爾沉在腦海深處的記憶。

「……啊。」

「你只說聲『啊』是什麼意思呀。」

原來如此，想起來了。劫爾點了個頭，聽見男子不服地出言抱怨。

這是月亮升到頂空的時間，酒吧內沒有其他客人。劫爾毫不介意地在吧檯席位坐下，那個身為酒保的男子便聳聳肩，放下了手上正在擦拭的玻璃杯。

「看看你，長相變得更兇惡啦。」

「囉嗦。」

男子邊疊好白布邊笑著這麼說，劫爾打量著他，把整個身體吱嘎一聲往椅背上靠。意識到之後仔細一看，男子長得有幾分面善。在出生的故鄉一起相處的時候，他們的年紀都還很小。

上一次見到面也是很久以前了。那是劫爾離開了某侯爵家，到村子裡露面的時候吧。

「喝什麼？」

「拉弗格。」

「行家才懂的選擇啊……加冰？還是純飲？」

「純飲。」

一般酒館很少進這種酒。

劫爾也只是不抱希望地點點看，沒想到居然真的有。看來傳言不假，他撐著一隻手肘，漫不經心地看著男子手邊的動作。

男子毫不遲疑地撫過標籤、瓶身形狀各異的酒瓶，拿起了要找的那個瓶子。

「我聽過你的傳聞囉，『一刀』。」

男子冷不防說出這個名號，語調帶點揶揄，劫爾聽了蹙起眉頭。

自己開始被人稱作「一刀」是什麼時候的事？至少在最後一次造訪村子的時候還沒有人這麼叫，畢竟他那時根本還沒當上冒險者。

儘管劫爾默不作聲，男子還是察覺了他的視線，一邊打開酒瓶一邊語調親近地說：

「你那時候不是說過了嗎？說你要去當冒險者。」

「我也只說了這一句而已。」

「以你的實力，說這一句就夠啦。」

男子把烈酒杯放上吧檯，儀態優美地垂下眉睫。

「既然一刀是最強冒險者，那除了你以外不可能是別人。」

這句讓人感受到強烈信賴的話語，劫爾聽了卻哼笑一聲。對方確實是在誇讚他，但這並不是純粹的讚美，他太清楚了。

濃金色的透明酒液在杯中搖蕩，劫爾伸手端起玻璃杯，一靠近嘴邊，便聞到獨特的海潮香掠過鼻尖。

「你們倒是很愛尋我開心。」

「別這麼說嘛，小孩子都是這樣啊。」

照明昏黃的酒吧裡，男子笑著這麼說。劫爾把一小口酒含進嘴裡品嘗。

最先感受到的是強烈的煙燻木香，接著是類似海藻的海潮香氣；等到這些香氣盈滿整個口腔之後，則有香草隱隱約約的甜香散發出來。

這種程度的烈酒還滿順口的，劫爾邊想邊細細品味。

「我們一直和你玩在一起倒不覺得怎麼樣，外面來的傢伙一看到你，反應真的很驚人。」

不能喝酒這件事姑且不論，感覺利瑟爾不會喜歡這種味道，劫爾漫不經心地想。

劫爾就這麼放下玻璃杯，回想起那座展示出冒險者過去影像的「最惡質迷宮」。利瑟爾他們在那裡看見孩提時代的劫爾，毫不留情地說他一點也不像小孩子、長得凶神惡煞。

儘管這種事本人不太可能有所自覺，但劫爾早已聽慣了這種感想。

「所以你們就把不會打鬥的小鬼拉到冒險者面前去。」

「呵呵，有什麼關係。外地人光是看到你就嚇破膽，實在很有趣呀。」

現在回想起來也滿誇張的。

印象中那是他們還不到十歲的時候發生的事。他和周遭同齡的孩子比起來算是比較有力氣的，也因為自己劈柴比母親更有效率，而自動自發負責家裡這方面的工作。有一次劈柴劈到一半，他被眼前這男人叫住了。

『喂，劫爾貝魯特，過來一下！』

『你不會自己過來喔。』

『那就沒意義啦！』

這話到底是什麼意思？劫爾扛著斧頭跟著對方走去，一到目的地，看見自己的祖父，也就是村長，正和幾個陌生男人在說話。

『那些傢伙是誰？』

『好像是冒險者喔，附近的森林不是有魔物出現嗎？』

『喔……』

對方的臉孔和人數他都記不清了，只知道可能是為了報酬之類的問題爭執不下。

還是小孩子的他們只覺得不快，劫爾和那些朋友站在一段距離之外瞪著那些冒險者，萬一情況有什麼變化，他們得去叫其他大人過來才行。

就在這時，一臉不滿的冒險者偶然發現了劫爾他們。

『……?!……、……?!』

時至今日他仍然不知道那名冒險者看見自己扛著斧頭、一隻手插在口袋邊，和一群朋友站在那裡的模樣究竟有什麼想法，只知道對方大概不敢置信地多看了他五次。

見到劫爾的外地人至今總是露出同樣的反應，無論是冒險者還是商人，是客人還是隔壁鎮上的自衛隊，大家的反應都差不多。

而他們在這之後所說的話，大致上也就那麼幾類。

『我沒聽說這裡有這種傢伙在啊……！』

哪種？

這誤會對村子來說頗為方便，劫爾身為村長的祖父就沒有特別去澄清了。

『沒想到這裡居然是從小灌輸小孩子戰鬥技術，企圖培養戰士的村莊……！』

由於招惹了莫名的嫌疑，有一次甚至有人到村子裡來視察。劫爾身為村長的祖父拚了命否認。

『哦，真是強勁的霸氣……請務必跟我比試比試。』

根本沒拿過劍的劫爾要是去比試肯定會被打死，身為村長的祖父拚了命說服對方。

玩伴們覺得這些反應很有趣，有時候還故意把劫爾帶到外地人面前，小孩子果然相當殘忍。老實說對於眼前這男人，劫爾也總是祝福他哪天撞斷門牙。

沒有同鄉的慈悲這種東西。

「假如這樣的男人還稱不上最強，反而讓人跌破眼鏡吧？」

「隨便你怎麼說……」

聽見男子顫動喉頭輕笑，劫爾嘆了口氣取出香菸。

他接過對方默默遞來的菸灰缸，點起了菸。總覺得好久沒抽菸配酒了。

「所以你回到村裡，告訴大家你要去當冒險者的時候，老實說我聽了就放心了。」

男子在吧檯內側拉過一張小椅子，邊坐下邊這麼說。

「你被不知哪來的貴族大人帶走的時候，雖然你本人好像接受了這件事……但村子裡的大家都很擔心啊。」

實在太難把劫爾跟貴族聯想在一起，村民們大感混亂，懷著那麼點擔憂送劫爾離開了村子。那差不多是他母親過世之後一個月的事情吧。

村民們只有「那麼點擔憂」，並不是負面的意思。

首先，他們一點也不覺得劫爾有可能遭人欺負；萬一真的出了什麼事，他們也相信劫爾有能力獨自生活，或是獨力回到村子裡來。這指的不是劫爾劍術過人，而是他個性堅強可靠的意思。

結果，村民們對於「這孩子成為貴族真的沒問題嗎」的混亂大過了擔憂。

「既然對方要我過去，一般來說都會聽話照做吧，那可是貴族。」

「這時候沒說因為對方是你父親，很符合你的個性啊。」

劫爾吸了口菸，回想起當時的情況。

他並沒有什麼特別的感受。對劫爾來說，「血緣相繫的父親」沒有多大意義，聽到「貴族大人」這個單詞，他聯想到的甚至是利瑟爾而不是那個家族。

那位侯爵名義上是他的父親，但他被接進宅邸之前從沒見過這個人，被收養之後也只見過幾次面。談不上喜歡或討厭，在他的認知之中這人僅僅是個「偶爾見面的大叔」，無論從前或現在都感受不到什麼連結。

「畢竟我母親也是那個樣子。」

「是啊。」

劫爾的母親死於流行病。

多虧母親獨力給予他無私的母愛，那段時間的記憶總是充滿了溫暖。母親是個氣質輕柔、文靜婉約，笑起來宛如花朵綻放的人。

身影面貌已經朦朧不清，但他至今仍記得母親喊自己「劫爾」的聲音。

他聽祖父說過，母親本來有個未婚夫。

大家都說她是村子裡最美的女孩，可是在未婚夫意外喪生之後，她再也不曾傾慕過任何人。劫爾從來沒見過母親對此感到悲傷的模樣，當他把這件事拿去問母親本人，她還津津樂道地把往事說給他聽。

顯然她並沒有在不好的意義上深陷於過去之中耿耿於懷，而是把那段過去妥善收拾好，展開了自己的生活。

她只有一個煩惱，那就是她想要小孩。

然而她的芳心已經獻給了亡故的未婚夫，如果再結婚，對未來的丈夫實在太失禮了。在她苦惱不已的時候，村裡徵求女子接待某貴族的消息傳入了她耳中。

劫爾居住的村莊和附近幾個村子一起由該地的領主統治。

各個村長的女兒代代都會到領主那裡負責雜務工作，領主也能以此為由，為各個村子爭取福祉。

當然，劫爾的母親也來到了這位善良領主的手下工作。

她們想學什麼，領主總是二話不說給予支持；領主和村莊方面得以透過她們交換意見，消弭了經營領地的各種矛盾，再加上各個村長的女兒彼此培養起了情誼，村莊之間的交流也因此更加活絡。

有一天，領主把女孩們集合了起來，劫爾的母親也包括在內。

『最近，帕魯特達爾有個貴族要到這裡來。』

壯年的領主神情沉痛地開口。女孩們全都投以擔憂的目光，是對方提出了什麼蠻橫的要求嗎？對領主施加了什麼莫須有的嫌疑嗎？看見女孩們這樣由衷擔心自己，領主一定也相當難受吧。

『……妳們也知道，我只是個沒什麼權力的弱小貴族。但這次要過來的人物來自統率王都騎士的侯爵家，是下一任侯爵繼承人。』

聽到這裡，一直以來在領主身邊學習了豐富知識的女孩們都明白了。

簡而言之，就是他們沒有能力做出與對方身分相應的款待。假如對方不介意那自然無妨，就算對方介意，只要我方的身分足以壓制對方，那也沒關係。但若非如此，就免不了麻煩上身。

他們只有一種手段，可以彌補這方面的不足。

『根據我的調查，對方沒什麼負面傳聞，想必是個嚴以律己的人，拒絕陪侍的機率比較

高。』

領主緊緊捏著自己的手，但仍然耿直地注視著女孩們這麼開口：

『雖然這並不是要拿錢打發人的意思，但自願前往的人我會發給禮金。假如因此懷了孩子，我承諾一定會按照妳們的需要給予足夠的長期資助。』

領主的語調苦澀，聲音彷彿從喉間硬擠出來似的，一聽就知道他百般不情願這麼做。

『……妳們當中有沒有人願意去敲對方寢室的門呢？』

『哎呀，那就讓我去吧。呵呵，機會來得正好呢。』

『?!』

劫爾的母親立刻答應下來。後來她有趣地說，當時領主露出了一副搞不清楚發生了什麼事的表情。

這對她來說是個恰到好處的機會——沒有必要對男方投入感情，她所擔憂的金錢問題也能獲得資助。話雖如此，領主明明自己提出了這個計畫，聽劫爾母親道出原委之後卻積極地說服她打消這個念頭。

『妳聽好了，單親的孩子必須背負很多重擔吧啦吧啦……』

『當然，妳的負擔也會吧啦吧啦……』

『雖然我沒有立場這麼說，但是吧啦吧啦……』

『育兒過程中有個能夠取得周遭協助的環境是非常吧啦吧啦……』

領主懇切地試圖說服她，不過劫爾外表纖細柔弱的母親頑固得出乎意料，最後領主屈服了，以不勉強自己為條件同意讓她前往。

那位客人造訪領地的時候，她來到了那間寢室。

劫爾並不知道，這時即將成為他生父的那個男人一度曾經拒絕過她的陪侍。但是在她從頭解釋過超乎想像的內情之後，不曉得男人聽了怎麼想，但最後她仍然在雙方合意的情況下進行了接待。

就這樣，母親在客人停留領地的期間順利懷上了孩子，後來生下了劫爾。

「一開始聽說的時候我也嚇了一大跳，沒想到你居然是貴族的小孩。」

「我也一樣啊。」

「我想也是……」

劫爾把菸捻熄在菸灰缸裡，啜著烈酒杯隨口表示同意。

由於並未特別隱瞞，在他離開村子的時候，全村的人都已經知道了這件事。眼前這男子想必也是納悶劫爾離開村莊的理由，所以從父母親那裡打聽來的吧。

男子坐在原位把不遠處的酒瓶拉了過來，往自己的杯子裡倒酒。

「你也喝啊？」

「沒關係吧，反正也沒有其他客人。」

即使是自己要喝的酒也同樣講究，畢竟他身為酒吧老闆，當然愛喝美酒。

看著男子以熟練的動作拿著攪拌棒往杯裡攪拌，劫爾把第二支菸放進自己被酒水沾濕的嘴唇之間。

「話說回來，那位侯爵大人為什麼會收養你啊……」

男子也同樣拿出香菸，以手掌遮著菸頭點了火。
兩種香氣彼此混合，在酒吧狹小的空間裡擴散開來。品味不錯，雙方邊聊邊不約而同地這麼想。
「誰知道，大概是為了應盡的義務吧。」
「他有什麼義務啊？」
「讓人家懷上之後負責的義務。」
「哈哈，那還真是個一絲不苟的人。」
男子晃動肩膀笑著，傾了傾自己的威士忌杯。
劫爾沒問過侯爵收養自己的原因，也沒有興趣。如果真的是出於義務，那他實在是非常嚴以律己的人，劫爾這麼想著，緩緩呼出充斥肺部的煙霧。
「那邊的生活還好嗎？」
「三餐滿好吃的。」
「那真是太好啦。你的劍術也是在那裡學的吧？」
「嗯。」
美味的餐點和劍術指導，光是這兩點就足以讓劫爾對侯爵家心懷感謝。
尤其劍術，當初若是他一直留在村子裡不可能有所進步。或許他遲早會加入村裡的自衛隊、握起劍柄，但那個和平的小村子裡沒有像樣的指導老師，也沒有像樣的劍。
利瑟爾和伊雷文聽了一定會斬釘截鐵地說，即使在那種條件下他也會成為最強的戰士。
但是在劫爾看來，他之所以有了追求更高境界的野心，不是因為與魔物打鬥，而是與人比劍才激發出來的。

「既然大家都說你是最強冒險者，那你學劍術的時候一定進步得很快吧。」

「算是吧，都打贏他們家的長子了。」

「你喔，這種時候應該要輸給人家才對吧。」

「要求小鬼做到這樣，你也太強人所難了。」

聽見男子傻眼似地這麼指責，劫爾嗤之以鼻。

確實，換作是現在的他有辦法對對方的挑戰視而不見，但剛開始學劍的時候他可是一有空就握起劍柄練習，這樣的孩子一旦碰上接近實戰的對手，使盡全力揮劍也是當然的。

「你被趕出侯爵家，也是這個原因嗎？」

「誰知道。」

男子玻璃杯裡的冰塊發出喀啦聲。

「不過這大概不是直接的原因。」

劫爾第一次打贏歐洛德，是在他開始訓練之後一個月左右的事。

但後來他一直在侯爵家待了四、五年，說他戰勝了歐洛德是主因未免太過牽強。雖然也不能肯定完全沒有關聯就是了。

劫爾仰頭飲盡玻璃杯中的最後一口酒，回想起離開侯爵家時的情形。

那是他在那裡住了幾年，體型已成長到脫去稚氣的時候嗎？老實說記憶模糊不清，在那幢宅邸發生的事他記得最清楚的只有裝飾在牆上的劍而已。

分派給他的導師，只要他達到最低限度的要求就沒有意見。到了這時候，侯爵家再也找不到足以指導他劍術的老師了，有天當劫爾一個人默默努力鍛鍊的時候……

『劫爾貝魯特少爺，老爺請您過去。』

拿著毛巾的佣人叫住了他。

除了他首度來到侯爵家那次以外，侯爵至今從來沒有主動傳喚過他。他擦乾汗水，披上掛在一旁的外套，跟在佣人身後走去。

他被帶進一間廳室，身為侯爵的男人連招呼也沒打，便以嚴格的語調告訴他：

『你要繼續這種生活，未來成為騎士，還是要離開家族，你自己選。』

『我要離開。』

他也到了渴求實戰的時候。

比起維持現狀、以侯爵家一員的身分生活下去，外面的實戰機會一定更多。聽見劫爾毫不猶豫地這麼回答，對方只是充滿威儀地點了個頭。

如果劫爾猜得沒錯，此刻侯爵或許是判斷自己已經履行了應有的義務吧。

『需要什麼就吩咐身邊的佣人。』

『好。』

『往後無論面臨任何情況，都禁止你再使用這個家族的姓氏。』

『我知道。』

『你可以走了。』

這就是他與侯爵，與那位血緣上的父親之間最後一段對話。

劫爾的態度完全不加矯飾，從旁看來這光景想必相當奇妙。他雖然感謝侯爵，但也不到認為對方於他有恩的地步。

聽見侯爵允許他離開，劫爾沒有行禮便直接折返，然後就這麼帶著一把慣用的劍和一些旅費離開了宅邸。

「不過不管怎麼說，你還是比較適合當冒險者嘛。被侯爵家趕出來不是正好嗎？」

男子哈哈笑著這麼說。完全同意，劫爾想著，視線掃過排列在架上的酒瓶。

「想喝什麼？」

「那邊那瓶。」

「眼睛很尖喔，專挑稀有的好酒。」

男子站起身來，拿起那個設計厚實的酒瓶。

他什麼也沒問便拿出了威士忌杯，看來這種酒加冰飲用是慣例。劫爾只是挑了一個自己從沒見過的標籤，因此一切交給酒保決定，沒再多提什麼要求。

「你再次回到村子就是那個時候嗎？」

「嗯。」

「村裡所有人一看就認出是你啦。」

聽見男子有趣地這麼說，劫爾把燒短的香菸按進菸灰缸，皺起臉來。

為了把自己離開侯爵家的事跟村子裡說一聲，劫爾回到久違的故鄉，卻沒有任何人問他「你是誰」。這段期間他明明就成長發育成了與年紀相符的模樣，對此實在難以釋懷。

「那時候你還沒當上冒險者。來。」

「是啊。」

男子朝他遞出玻璃杯，杯裡晃動的冰塊微微反射出碎光。
他沒來由地等到冰塊靜止才端起杯子，啜了一口。近似於香草味的新桶香氣在口中散開，比起剛才那種酒更加溫和順口。
「一刀的名聲剛傳開的時候，以你的實力，我還以為立刻就會升上S階了呢。」
「要不要升階是冒險者的自由。」
「村長很擔心哦，說你會不會跟侯爵大人之間起了什麼爭執。」
「沒那種事。」
酒液通過喉嚨，留下芳醇的餘韻，劫爾微啟雙唇呼出一口氣。
「現在完全沒有了。」
這句話伴隨著氣息喃喃吐露，沒有傳入男子耳中。
對方看了過來，問他是不是說了什麼。劫爾沒再開口，逕自又嘗了一口酒。
「那麼，你接下來也會繼續停留在B階？」
「不曉得，過一陣子應該會升上去吧。」
「你嘴上這麼說，B階都不曉得維持幾年了……」
男子無奈地這麼說著，重新在椅子上坐了下來，說到一半忽然頓了頓：
「對了，聽說你終於組了隊伍？」
男子語帶意外地說道，伸手去拿擱在自己菸灰缸上的香菸。
菸已經燒得太短，他於是放棄了那支菸，轉而從隨手擺在吧檯的盒子裡拿出一支新的叼在嘴邊。

「也就是說，如果跟你組隊的那些傢伙要升階，你就會升上去？」

「嗯。」

「哦……」

男子啣著香菸的嘴唇揚起一道笑弧，劫爾嫌煩似地看著這副表情。

這男的就是這種人。即使擺出一副親切善良的臉孔當上了酒吧的酒保，骨子裡的性格卻打從小時候完全沒變，只要覺得有趣，凡事他都想湊個熱鬧。

假如他帶利瑟爾過來，這男子一開始或許會驚訝得目瞪口呆吧，但過不久肯定就會開始說起兒時滑稽的往事來了。劫爾在內心發誓絕對不帶利瑟爾來見他。

「你隊友是什麼樣的人呀？」

「一個看起來不像冒險者的傢伙，還有一個人渣。」

「……還真虧你有辦法組隊耶。」

劫爾過於一針見血的說明，獲得了男子面無表情的回應。

「你是不是一個人闖蕩太久，挑隊友的眼光出了問題啊？」

「沒啊。」

就算問他為什麼，他也無法回答。

前提根本不對。男子似乎以為隊友是劫爾選的，但事實上「被選擇」的是劫爾自己才對。

離開侯爵家，回到村裡告知過自己的情況之後，劫爾到附近的冒險者公會登記成了冒險者。

並不是他特別嚮往冒險者，只是冒險者過的最接近在實戰當中持續揮劍打鬥的生活而已，正可說是他的天職。

在那之後近十年，或者十幾年來，他一直都孤身獨行。由於年紀輕又沒有組隊，他的實力和戰果屢次遭到懷疑，有時候有人找他碴，有時候也會遇上糾纏不休想拉攏他進隊伍的人。在這種情況下劫爾仍然默默完成委託，到了升上B階的時候，大家已經開始喊他「一刀」了。

數年前他開始以王都為活動據點，只是順其自然之下的巧合。他按照地緣相近的順序旅居各國，而這時候正好來到王都。

這裡的氣候常年溫暖穩定，國家繁榮，各式各樣的店舖都有，由於人口眾多的關係，委託數量也多。迷宮數量也相當可觀，種類豐富多樣，而且這一帶還有著好幾個條件同樣優渥的都市。

對於冒險者而言正可說是理想國度，劫爾以這裡為據點的時間也相對長了些。

在這裡，他一如往常地揮劍作戰、承接委託，被乍看年輕的老頭子強迫推銷大劍，過著平淡無奇的日子。

有一天，這樣的日子發生了劇烈的改變。

時至今日，在村莊長大的記憶、居住在侯爵家的記憶、獨自執行冒險委託的記憶早已模糊不清，遇見那個人至今發生的所有枝微末節的小事，卻全都鮮明地刻在腦海。

『請問有什麼事嗎？』

他初次邂逅那個人，是在一條小巷裡。

那個氣質高雅、怎麼看都像是貴族的男人正打算往某條巷子深處走，劫爾偶然看見，於是出聲叫住了他。這麼做並非出於好心，只是劫爾時常光顧的店家就開在那裡。

不久前其中一間地下商店捅出了些婁子，憲兵才剛到那裡搜查過。萬一事發沒多久又有貴族在這一帶受到危害，各種地下生意說不定都要被肅清了。

『有混帳，勸你別往前。』

香菸也好、美酒也好，有些東西只有在那間商店才買得到。

身為菸酒愛好者他可不想看到那間商店消失，因此才給了那個陌生人忠告。

原本事情應該只是這樣而已。回過頭來的男子比想像中更具貴族氣質，回應極為沉著冷靜，站在那裡顯得如此格格不入……但理論上，儘管劫爾覺得奇怪，原本還是會掉頭離開才對。

從他被對方挽留的那一刻、受到挽留而停下腳步的那一刻起，一切就已經太遲了吧。

他被那人選中，受到了那人的渴求。打從事情演變至此的那一瞬間，他就已經沒有逃脫的餘地，到了現在他再清楚不過。

但注意到這一點並不會改變什麼，最終他還是憑著自己的意志，選擇陪在那個人身邊。

到了現在，劫爾已經無法想像遇見那人之前的自己究竟都抱持著什麼想法活著。

「……先說好，隊伍帶頭的不是我。」

劫爾唇邊不禁流露笑意，那或許是自嘲，或許是些別的什麼。

但他並不感到排斥。看見劫爾把剩下的酒一口氣喝乾，男子嫌他糟蹋似地皺著眉頭開口問：

「那還真讓人意外，隊長是哪一個啊？」
「不像冒險者的那一個。」
「哦……改天帶他過來讓我看看啊。」
「不要。」
男子聞言抱怨起來，劫爾裝作沒聽見，逕自點了追加的酒。
不知道這裡平時幾點打烊，不過既然男子沒有拒絕，就表示繼續喝下去沒關係吧。久違地見到舊識，感覺男子也變得多話起來，聊得晚一點也是沒辦法的事。
「對了，劫爾貝魯特，你偶爾也回村裡一趟吧，村長一定也很想見見孫子。」
「村子很遠啊，你怎麼會跑到這種地方開店？」
「我一直到處追尋好酒，最後就來到這裡囉。」
周遭的店家一間接著一間熄燈，某間酒吧的燈火卻一直明亮不滅。
就這樣，阿斯塔尼亞的夜色逐漸酣沉。

在那之後過了幾天。
某間酒吧的酒保在採買水果的時候看見了眼熟的黑色身影，反射性地抬起手要跟他打招呼。
然而酒保愣愣地張著嘴巴，卻沒發出聲音。
「劫爾貝魯特，還有……？」
和他站在一起的是個氣質極為高貴的男子，還有一個擁有鮮豔紅髮的獸人。

高貴男子露出溫和高雅的微笑，和自己的友人親暱地說著話。難道是劫爾貝魯特住在侯爵家的時候認識的朋友嗎？還真虧他們合得來啊……才剛這麼想，酒保便發現了一件事。

「那個獸人，一定就是他說的人渣……！」

根本還沒面對面說過話，伊雷文就被人家認定為人渣了。

一個人平時的人品就是會在這種時候顯現出來。

「這樣的話，另一個人就是……」

難以置信的事實讓男子錯愕不已。

那人看起來確實不像冒險者，完全不像，怎麼看都不像……倒不如說已經不是像或不像的問題了。那天聽舊識說過的話在腦袋裡不停打轉，他拚命尋找否認的理由，映入眼簾的情景卻不允許他這麼做。

「……劫爾貝魯特，跟很不得了的人物組了隊伍啊……」

男子看向遠方喃喃自語，水果攤老闆把裝了水果的籃子往他手上塞了過來。

但有一件事確實令他恍然大悟，酒保下意識接過籃子這麼想。他一直懷疑，他那位舊友從小就完美體現了「孤高不群」這個形容詞，世上真的有人能夠率領他嗎？

「那樣子的人，也難怪是隊長啊。」

他不禁想，除了這個人以外，絕不可能有人站在率領那位舊友的位置。

這也成了不可動搖的唯一根據，促使他確信這位看起來和冒險者八竿子打不著邊的人物真的是冒險者。

「劫爾貝魯特能不能把他帶來呀……」

男子夢想著這個隊伍一同造訪自己的酒吧的那一天，同時也隱約察覺那一天不可能真的到來。

其實魔鳥騎兵團注意到了（有個人差異）

魔鳥騎兵團的宿舍位於王宮用地當中。

現在，除了見習騎兵以外的所有騎兵都聚集在宿舍的談話室裡。椅子數量不足以供所有人坐下，沒地方坐的人就站在牆邊，或者坐在置物架和椅背上。

他們表情嚴肅，全場一觸即發的緊張氣氛彷彿能刺痛肌膚。所有人都默不作聲。

眾人的視線匯聚於一點，也就是統領整個騎兵團的隊長身上。

「首先，我要對你們表示感謝。」

所有視線交會之處，有個身穿軍服的女人。

以窗外的天空為背景，她蹺著腳坐在窗框上。早已年過妙齡卻仍不輸魔鳥的強韌眼光，緩緩環顧面前的諸位騎兵。

她臉上帶著泰然的笑容，雙唇吐出的是沉穩的女低音，渾身散發的霸氣比起君臨軍隊頂點的王宮侍衛長有過之而無不及。

「為了守護搭檔的尊嚴，你們團結合作，盡可能做出了最好的處置，我為你們感到驕傲。」

聽見這段讚美，平時理應出聲應和的騎兵們依然貫徹沉默。

「再來，我要跟你們道歉。」

隊長斂起了臉上的笑容，真摯地這麼說，彷彿表明了她自己才是最無法容忍這件事的人。

騎兵們一聽，有人煩躁地蹙起眉頭，有人不悅地撇著嘴，有人只是垂下眼睫，有人嘆了口氣別開視線。所有人內心的情緒，都指向不在此處的不知名人物。

「那些把我們的魔鳥擊墜地面的犯人，不會在阿斯塔尼亞遭受處分。」
強忍住激動的情緒似的，所有騎兵都把青筋浮凸的拳頭攥得更緊了些。

「納赫斯，你過來吧。」
「是。」
結束了對騎兵們的說明，隊長走出談話室。
這時候讓納赫斯陪同她一起出去並非因為他是副隊長，而是因為他是整間談話室裡唯一知道真相的人。

「連我自己都嫌這說明差勁，真是太沒出息了。」
「他們也察覺得出來背後有內情吧。雖然有幾個人發了脾氣……」
「呵呵，這些傢伙不管過多久都像小雛鳥一樣吵吵鬧鬧。」
她能向隊員們傳達的事實少得微不足道。
襲擊騎兵團的犯人與撒路思有關係，至於國家本身是否參與其中則仍然不明。
犯人已經逮捕歸案，相關處分會與撒路思方面協議決定，負責協商的使者則由魔鳥騎兵團負責接送——她能說的僅此而已。
這場襲擊的確切目的、攻擊手段，以及狀況是如何解決的，全都沒有告知騎兵們。
「哎，這也算是知道不少內情了吧，雖然是因為我們必須負責移送襲擊犯的關係。」
「隊長，您知道多少……」
「嗯？這個嘛，我知道的想必也不是全部。」

兩人走下宿舍內的階梯，出了大門之後往王宮前進。

那場襲擊之後只過了幾小時，她該處理的事堆得像山一樣高。隊長挺直著背脊保持穩定步調前進，卻快得孩童必須小跑步才跟得上。

「襲擊犯相關的情報相當籠統，他們在哪裡展開襲擊行動，又是誰用什麼方式抓住他們……不過，既然說有些事情必須保密、不能告訴我們，那我也不是猜不到內情。」

「說必須保密的是侍衛長？」

「是啊，不過我待會打算把他和國王逼問到底。」

她哼笑一聲。

當然，她說到做到。這次事件最大的受害者魔鳥騎兵團，是阿斯塔尼亞國防的關鍵，高居騎兵團頂點的隊長在王宮當中也擁有相當高的地位。

身為一名軍人，她不會挖掘國家的機密事項，可是與權利相符的情報是她應該向上層要求的。她也不是那麼謙恭客氣的人，深愛的魔鳥遭人蹂躪還能夠默不作聲。

「請您適可而止啊。」

「你還真是個不需要人家費心的傢伙啊，一點也不可愛。」

在王宮的走廊上，她無預警地停下腳步。

納赫斯踉蹌了幾步也跟著停下，隊長回過頭，看向莫名其妙地低頭看著自己的副隊長。堅定的眼神染上一抹挑釁的光，她緊盯著眼前這名善於自我約束的男人說：

「真的適可而止就好？」

「？……您這是……」

「放過那些讓你深愛的魔鳥跌落地面的傢伙，放棄洗刷這次屈辱的機會，把幕後黑手像用棉花裹著一樣小心翼翼、恭敬有禮地送回撒路思，你也無所——」

下一秒，她被對方抓住領口，話語隨之中斷。

眼前的男人勉強裝出一副平靜的表情，雙眼卻盈滿憤怒。納赫斯不發一語，緊抓著她軍服顫抖的拳頭卻足以道盡一切。

看見這副模樣，隊長露出了得逞的笑容。

「看吧，你就是說話言不由衷才會落得這副德性。」

「是……」

「有強大的自制力確實是好事，不過和魔鳥一同振翅的我們，還是兇猛一點才好。」

隊長理了理被放開的軍服前襟，無畏地這麼說。

看見納赫斯恢復理智、抱頭懊悔的模樣，她哈哈笑出聲來。

「不過，我絕不允許你們表現出憎惡。要是做不到，就不要在魔鳥面前露臉。」

「我會轉達的。」

「做得到的傢伙今天一整天就好好護理搭檔吧，做不到的就交給見習騎兵。不用到空中巡邏，今天的警備工作讓其他單位去負責。」

納赫斯應了一聲表示知道了。接著，她忽然想起什麼似地壓低音量說：

「貴客的情況怎麼樣？」

「他在亞林姆殿下位於書庫的房間裡療養。」

「還真虧那位足不出戶的殿下這麼中意他。」

納赫斯要照顧利瑟爾，當然也需要經過隊長同意。

儘管危機已經過去，現在依然處於緊急狀態；在這種時刻她之所以允許納赫斯屢次離開崗位，第一是因為身為王族的亞林姆下了命令，第二則是因為她從國王口中間接得知亞林姆的報告內容：為了解放魔鳥四處奔波的人是利瑟爾。

如果說這件事害得他發燒倒下，那麼照顧他可說是騎兵團的義務了。

「好好照顧他。你很擅長這種事情吧？」

「不，也說不上擅長……」

「啊哈哈！」

看見納赫斯一臉五味雜陳，她笑著揮了揮手，轉身往王宮裡走。

在她身後，納赫斯折回宿舍的腳步聲逐漸遠去。

只剩下她一個人的腳步聲，軍靴叩叩叩地踏響王宮一塵不染的走廊。隊長依然維持著穩定的步調，想起先前騎兵團從王都載到阿斯塔尼亞的那三個人。他們現在想必都聚在書庫裡吧。

「我也該去向他們道謝，不過……」

她喃喃說著，同時聳了聳肩。他們多半不會允許她過去。

一黑一紅的那兩人毫無疑問會拒絕她探訪。現在他們該守護的人虛弱不堪，他們的情緒也非常緊繃，想必正把守著利瑟爾不讓任何人靠近。

既然如此，這件事還是交給自己優秀的部下最妥當，那是他們的唯一所渴望的人。塵埃落定之後也該給那位部下一些獎賞才行，她這麼想著，回到了剛才暫時離席的評議室。

騎兵們各自來到了自己的魔鳥身邊。

不久前的襲擊影響顯著，魔鳥全都顯得有點躁動不安。有的想往天上飛，有的蹲坐在廄舍動也不動，有的把乾草撒得到處都是，有的不想飛反而想在地面上奔跑，反應千奇百怪。

正規騎兵們聚集在談話室的時間並不長，但這段期間負起照顧魔鳥責任的見習騎兵們可是累得不得了。他們人數本就不多，這下子一會兒安撫這邊的魔鳥、一會兒控制那邊的魔鳥，在感嘆前輩偉大的同時也差點忙到發火。

當然，他們不會對魔鳥發火，而是對著那些前輩們抱怨「喂你們跑到哪去了」。

「怎麼啦，還想吃嗎？」

「喂不要把乾草撥出……唔噗！」

「等下自己打掃乾淨喔——」

這裡是其中一間廄舍，三隻魔鳥和牠們的搭檔一起待在裡面。

其中一名騎兵的魔鳥一直啃著他的手表示想吃東西；另一名騎兵的魔鳥則是發脾氣似地反覆把乾草踢起來、然後又一屁股坐下，噴得他滿頭稻草；另一名騎兵則靠牆站著，因為搭檔看見他靠近會不高興。

「這些吃完就不可以再吃了，不然會胖到飛不起來喔。」

騎兵從自己的袋子裡抓出一把樹果，放到魔鳥面前。

平常他的搭檔總是規規矩矩地一次只吃一顆，這次卻把他整隻手掌吃進碩大的嘴喙裡。不會痛所以沒什麼關係，不過魔鳥吵著要吃東西恐怕也不是因為肚子餓。

「……真受不了，那些襲擊犯到底搞什麼……」
「你剛剛不是才跟隊長頂嘴？」
他的同袍搖搖頭甩掉頭上的稻草這麼吐槽，騎兵聽了皺起眉頭。
「那種處置誰有辦法接受……！」
「你要發火的話就出去。」
聽見靠在牆邊的騎兵這麼勸阻，在騎兵團當中資歷最淺的他閉上了嘴。他瞥向自己的搭檔。搭檔停下了啄著樹果的嘴巴，正盯著這裡瞧，觀望他的臉色似地微微偏著頭。他摸了摸搭檔的喉嚨表示歉意。
「為什麼你們都不生氣啊……」
「不是不生氣，只是習慣了而已啦。」
「我們只是知道讓自己冷靜下來的訣竅而已。」
「……抱歉。」
剛才那是遷怒，他自己也有所自覺。
資淺騎兵別開視線，沒有注意到另外兩人朝他投來「你還太年輕了」的目光。他拍掉殘留在手掌上的樹果，深呼吸一次、兩次，然後說：
「……教我一點訣竅吧。」
「訣竅？」
「訣竅喔……」
保持平常心的訣竅。

聽見新進騎兵的問題，另外兩人面面相覷。這是他們在與魔鳥相處的過程當中逐漸學會的技巧，沒什麼明確的方法；就算新人現在還難以辦到，假以時日遲早能學會的。

不過這是所有騎兵的必經之路，給他一、兩個建議也無妨。

「我會想些完全不相干的事情，比方說晚餐要吃什麼。」

「或者是試著模仿平常總是非常冷靜的人。」

獲得前輩建言的騎兵若有所思地「嗯」了一聲，與眼前盯著自己看的魔鳥四目相對。

想些不相干的事情確實不錯。雖然大半思考都被魔鳥佔據的魔鳥騎兵團能否優先思考其他事情令人存疑，不過想想今天是否能順利吃到晚餐之類的，確實能稍微轉移注意力。

至於另一個方法……

「非常冷靜的人？」

「像是隊長啊。」

「隊長算很冷靜嗎？」

「她冷靜歸冷靜啦，不過……」

受到騎兵們仰慕的隊長遇事絕不會慌張失措，但她的感情相當豐沛。

她喝了酒會豪邁地放聲大笑，遭到挑釁也會率先還以顏色；賭輸了她會懊悔不已，若是她應當守護的民眾受到傷害，她也會憤怒得渾身顫抖。

不過，正因為隊長是這樣的人，騎兵們才願意追隨她。

「不然就是那位貴客囉。」

「王宮那邊的傢伙好像都叫他『悠哉先生』。」

「一想到要模仿他，難度就一口氣變高啦……」

不過光是這樣想像就感受得到心情逐漸平靜下來，所以算是頗有成效吧……不對，與其說是平靜下來，倒不如說是被強制恢復平常心比較正確。

該怎麼模仿呢？新人騎兵一臉嚴肅地思考著，另外兩人則逕自交談起來，視線從未離開自己的魔鳥。

「貴客他待在書庫對吧？」

「啊？為什麼？」

「聽說他發燒病倒了，納赫斯時不時離開好像也是去確認他的情況。」

「原來……」

納赫斯在目前仍然一片兵荒馬亂的狀況當中，除了安撫自己的魔鳥之外，也屢次看他不曉得消失到哪去了。

只要見過他平常如何對待利瑟爾他們就不會對此感到疑惑，但考量到他讓客人在目前一片混亂的王宮當中休養，加上亞林姆的允許，以及現在的時機……

「貴客該不會是幫我們解決問題，所以才病倒的……」

「哎，應該是這樣不會錯。」

「咦，什麼？」

「我們在說貴客可能協助亞林姆殿下分析了那個魔法陣。」

過於講求如何模仿利瑟爾以至於滿腦子開始想著「何謂氣質」的新進騎兵，聽見這句話愣愣地張開嘴。

阿斯塔尼亞的第二親王替他們解放了受到魔法陣影響而蹲坐在地的魔鳥，還只是不久之前的事。殿下不愧是廣受讚譽的學者，頭腦非常聰明，騎兵團所有人都對此深表謝意……不過偶然造訪書庫的利瑟爾想必也對此提供了協助。

「……萬一被公會發現不就糟糕了？不對，這等於我們把他捲進來了啊……！」

「這方面也要看貴客他是以什麼心態幫忙的……不過亞林姆殿下不太可能動用王族的權力命令他，貴客多半是主動提供協助的吧。」

「這時候幸好有一刀在……貴客被強迫的可能性立刻消失……」

假如有誰強迫利瑟爾做什麼，劫爾絕不會容許。

動用蠻力對劫爾來說沒有意義，即使仗著權力發號施令，不隸屬於任何人、自由自在的冒險者也沒有必要聽從。要讓冒險者聽令辦事，唯一的辦法是準備相應的報酬。

「啊，所以事情才會……」

「什麼？」

「報酬啊，就是納赫斯的照料。」

「啊——原來是這樣！」

「那當然要優先照顧貴客啦！」

騎兵團隊長至今仍不停參加重要會議，納赫斯身為副隊長卻只盡到最低限度的職責，剩下的時間都努力照顧利瑟爾……換言之也就是這個意思了。

「好好照顧……不，這樣對嗎？把一般民眾捲進來還害人家發燒，我都沮喪起來了……」

「納赫斯加油……我們是不是也該去道謝……」
「別吧。」
原先倚在牆邊的騎兵邊替自己的魔鳥整理乾草邊這麼說，另外兩人的視線頓時集中在他身上。
「這次的事情，不要聲張才是對貴客最好的。道謝就交給納赫斯吧。」
「……哎，說得沒錯。」
「雖然很難以釋懷……」
不在這裡的騎兵當中，肯定也有人注意到了這件事。
但所有人都做出了同樣的結論，決定藏起內心的感謝、裝作沒注意到這項應受讚揚的偉業，一切只為了讓那個人保有安寧。
因為無論他是否來自外地、是不是冒險者，現在都一樣是阿斯塔尼亞應該保護的民眾。
「話說，打從一刀跟亞林姆殿下走在一起的時候，就很明顯看得出來貴客也在這了吧？」
「雖說事態緊急，但把一刀借給我們王族當護衛實在太大手筆啦。」
兩名騎兵這麼聊著，一個被搭檔催促追加樹果，一個正被搭檔啄著頭上的稻草。另一名騎兵瞥了他們兩人一眼，摸了摸魔鳥的翅膀便站起身來。看見魔鳥鬧脾氣似地理起翅膀上的羽毛，他忍不住笑了笑，再度退到牆邊。
他倚在牆邊，回想起那道與披著布料的人物並肩的黑色身影。
那道黑影彷彿強烈主張著只有那唯一一人身邊才是自己的棲身之處，當那個「唯一一人」虛弱得臥病在床，他真的有可能離開他身邊嗎？這麼想來這個猜測為真的可能性絕對不低，那個披著布料的人說不定就是……

「（他都為我們做了這麼多，要裝作沒注意到也很難啊……）」

他深深嘆了口氣，在心裡對納赫斯照顧病人的手腕寄予厚望。

王宮最深處，魔鳥騎兵團隊長和王宮侍衛長正站在國王端坐的大廳裡。

「我叫你別再嘰嘰喳喳叫個不停了。」

聽見騎兵團的隊長帶著宛如魔鳥般兇猛的眼神這麼說，侍衛長皺起臉來撥亂了自己的頭髮，接著嘖了一聲。隊長瞇細了雙眼。

兩人面對面，站在揉著眉心嘆氣的國王面前。

「一直發出同樣的叫聲還不會讓我嫌煩的只有魔鳥而已。」

「那是我的臺詞才對，同樣的話不要讓我講這麼多次。」

「那你就把實情交代清楚。」

她略微抬起下頷，有如作勢威嚇的猛獸般瞇起眼瞪著對方，眼周的皺褶隨之加深。

「我們有權知道內情，有權知道為什麼搭檔受到傷害，事情又是如何解決的。」

「所以我說過了——」

「……既然你還搞不清楚狀況，我就直接告訴你吧？」

她揚起嘴角。

那不是騎兵們嚮往不已的無畏、崇高的笑容，反而猙獰一如面對獵物的猛獸，即將撲向獵物般緊繃的氣氛一觸即發。
「我們，現在，非常不好惹。」
「……啊？」
侍衛長的尾巴緩緩一晃，接著略微蓬起。
「我這麼說的意思是，給你一個機會平息我們的怒火。」
此刻的她宛如正在衡量距離、即將撲殺獵物的獵食者。
被這種氣氛煽動似的，侍衛長覆著橙黑相間條紋的粗壯喉嚨發出低吼。
然而，這種一觸即發的氣氛，也隨著「啪」的一聲拍手聲煙消雲散。散發著危險氛圍的兩人也不是真的打算打起來，當他們效命的國王拜託他們冷靜點，他們也會老實聽話。
「呵呵，在陛下面前失禮了。但我要求透露的並不是我們不該得知的情報。」
「我知道。哎……只給出那點交代就要你們接受，確實是不太可能。」
侍衛長放棄似地深深呼出一口氣。
兩人一同看向國王，只見他放棄似地揮了揮手。直到不久前國王一直忙於處理襲擊相關事務，現在終於得以喘口氣。雖然距離事情完全解決還差得遠，但他想必不希望難得的休息時間被這場紛爭糟蹋吧。
聽見國王要他盡量跟隊長說清楚，虎族獸人將原本朝向國王的耳朵重新轉向隊長。
「妳知道的只有襲擊發生之後的事？」
「是啊，不可思議的是襲擊相關的情報一直聽見貴客的名字出現。」
「我也沒料到……因為亞林姆殿下都在暗中完美應對好了，事情一下子就解決，也沒遇到什麼阻礙。」

「這不是很好嗎？」

騎兵團隊長目前知道的，只有魔鳥出現異狀之後的狀況。造成異狀的魔法陣是由撒路思的魔法師所發動，而利瑟爾解決了這件事……粗略來說她知道的就只有這些。

利瑟爾的介入本身，就已經是鮮少有人知道的機密了。這並不是為了顧及國家的體面，而是出於安全上的顧慮。否則萬一情報洩漏，難保利瑟爾不會再次被捲入危險當中。

「真是的……牽連到平民，還害他發燒，我們這些軍人實在太沒面子了。」

「是啊。不過關於那傢伙……」

侍衛長環起雙臂。

「他並不是碰巧待在書庫、碰巧在場，所以才幫助我們解決事件的。他在幾天前就被襲擊犯綁架了。」

「……啊？」

她不敢置信地挑起一邊眉毛。

來自其他國家的客人在他們效命的國家裡遭遇暴行，而且兇手還是外地人。身為守護國家治安的軍人，這種事她實在難以接受。

「他因為一些沒頭沒腦的理由遭到監禁，不過還是被隊友救了出來，然後來到王宮尋求庇護。發燒好像是被綁架的關係。」

「真可憐，遇到這種事一定很害怕吧。」

隊長憂心地這麼說。她知道，利瑟爾並不是那麼容易失去冷靜的人。
但這和那是兩回事。身邊沒有人可以依靠一定相當不安，處於隨時可能遭人殺害的環境一定很讓人害怕；無論多麼冷靜自持，也不可能完全不產生這些情緒。
雖然她覺得利瑟爾多半很擅長立刻掩蓋這些情緒，也很擅長以虛飾取代自己的真心。
「我會交代納赫斯多注意他的安全。不過他還有值得信賴的隊友陪在身邊，我想不會有什麼問題。」
「就是那些值得信賴的隊友，把襲擊犯凌遲到再也無法振作啦。」
侍衛長不高興地喃喃說道。怎麼回事？隊長以目光敦促他繼續說下去。
「哎，談起這件事一定會講到那傢伙就是因為這樣。不是說他被隊友救出來了嗎？去救他的時候他們把犯人修理到心智崩潰，搞得我們根本沒辦法好好訊問。」
「……原來是這樣，所以情報來源就只剩下貴客了。」
「不過也是託了他的福才成功抓到犯人，沒讓他們逃掉。」
「和犯人面談過的有哪些人？」
「只有我和亞林姆殿下。」
聞言騎兵團隊長聳了聳肩膀，這不出她所料。
即使是她，站在襲擊犯面前也不可能保持冷靜，尤其知道他們的目的之後更是如此。
聽見眼前這位虎族獸人說，襲擊犯的意圖是「證明異形支配者的使役魔法無人能及」的時候，她甚至發出了平時不會發出的咋舌聲。
「居然因為這麼可笑的理由做出這種事……結果還是不能把真相告訴我們團裡那些傢伙

啊。」

「妳一定要把那些騎兵控制好啊。」

「我會好好勸住他們。」

她遮住眼睛，平復自己的心情。

接著，她的雙唇勾勒出無所畏懼的笑，是她平常露出的那種、最適合她的笑容。

「你沒有什麼事情要交代了吧？」

「有事我會再通知妳。」

「很好。」

態度真是傲慢，侍衛長皺起臉來，看得她哈哈大笑。

然後她朝著王座上的國王道了謝，走向門口準備離開。她的魔鳥也一樣受到了魔法的刺激，必須好好安撫牠才行。

然而走到門邊，她卻無預警停下了腳步，想起什麼似地回頭望向她的君王與同僚，補充似地開口。

「不要讓我們動怒。」

看著隊長關上門離開，留在室內的兩人深深呼出一口氣。

她最後的那句話，是「不要讓我們殺生」的意思。

騎兵與魔鳥的情緒容易彼此傳遞，這是連繫他們雙方的魔法所導致。騎兵們感覺到的只是「好像多少感覺得到搭檔情緒」的程度，對於魔鳥卻會造成重大影響。

在魔法的束縛之下，魔鳥才變得不會襲擊人類。這層束縛萬一受到搭檔的憎惡影響而鬆動，魔鳥首先攻擊的將是自己的搭檔。

正因如此，騎兵不得不自制。戰鬥時亢奮激昂的情緒求之不得，強烈的歡喜與悲傷雖然會傳遞給搭檔，不過對魔鳥幾乎不會造成影響。但唯有憎惡，有可能會鬆開魔法的約束。

隊長那句話是一種牽制：「不要讓我們殺死魔鳥」、「不要讓魔鳥殺害我們」，「但也不許因為憂心這些事情發生而對我們隱瞞情報」。

「……騎兵團的傢伙就是這樣才恐怖啊。」

侍衛長喃喃說道，國王也脫力似地垂下肩膀表示同意。

這是只有王宮侍衛兵知道的真相。大部分的阿斯塔尼亞士兵總是說騎兵團「都是些誇張的魔鳥笨蛋」，只有侍衛兵對他們多少懷著一點敬畏（雖然還是會用意思大同小異的話損他們）。

騎兵的情緒會傳遞給魔鳥，反之亦然。

「他們有時候會跟魔鳥露出一模一樣的眼神啊。」

侍衛長搔了搔被毛皮包覆的耳朵這麼說，接著重新面向國王，準備討論地牢裡那些襲擊犯的相關處置。

理想是否優於現實因人而異

即使亞林姆的古代語言課程告了一段落，利瑟爾依然照樣造訪書庫。

書庫使用權是他獲得的情報提供獎賞，待在阿斯塔尼亞的期間當然要多加利用。因此他絲毫沒在客氣，時不時就來到書庫享受被眾多書籍環繞的感覺。

而亞林姆也歡迎利瑟爾來訪。

亞林姆時常趁著利瑟爾待在書庫的時候研習古代語言，遇到不懂的地方，也會毫不客氣地請教利瑟爾。現在利瑟爾指導他並不會再獲得情報提供獎金，不過雙方都不曾考慮過這個問題。對他們來說那只是微小的契機，事情結束之後沒有必要在意。

即使如此，亞林姆仍然稱呼利瑟爾為「老師」，利瑟爾也面帶苦笑接受這個尊稱。

「『我、用布，切掉沾滿泥巴的腳。』」

「『我用切碎的布條，擦掉腳上的汙泥。』」

利瑟爾出聲糾正亞林姆斷斷續續的誤譯。

亞林姆在記誦單字、文法方面能做到無懈可擊，可惜不太擅長解讀音色。若今天學的不是必須運用音色表達的古代語言，他早就完美熟習了，利瑟爾翻閱著手中的書這麼想。

「——……√，強烈的、悲傷？」

「比較像是一半悲傷、一半憤怒的感覺。」

「好難、哦。」

「是呀。」

聽見亞林姆語帶笑意地這麼說，利瑟爾也露出微笑。

古代語言的對話，其實比文章更容易理解。單詞的音色會隨著說話者的情緒改變，即使是同樣的音高，也會由於當下心情不同而產生不同的意義。

因此許多部分比起單純閱讀文章，還是在面前接收表情、語調（音調）這些訊息，對於理解會更有幫助。

「老師。」

「是？」

「你很懂得、指導別人、呢。」

利瑟爾從書本上抬起視線。

往亞林姆的方向一看，他正把古代語言的書籍放在旁邊，提起的筆懸在五線譜上方，遮蓋在布料之下的視線想必向著這裡。怎麼突然這麼說呢，利瑟爾偏了偏頭。

「因為、感覺你好像很習慣、教導學生。」

「是嗎？」

「是呀。」

亞林姆也受過王族的教育。

說不定是覺得利瑟爾和那些導師們非常相像也說不定。利瑟爾確實擔任過王儲導師，這種感覺並沒有錯。

「這已經是我第二次指導別人了，或許是這個關係吧。」

「教的也是、古代語言？」

「不是的，是更基礎的知識。」

「哦……」

亞林姆點點頭，絲毫沒有產生「這個人一點也不像冒險者」的想法。

對他來說，利瑟爾的冒險者身分和他向他求教這兩件事完全沒有關係。亞林姆尊敬的是利瑟爾淵博的知識以及思考方式，因此聽了利瑟爾的回答反而覺得非常合理。

「能跟著老師你學習，那孩子也很幸福、呢。」

「如果是這樣就太好了。」

利瑟爾瞇起眼笑著說道，回想起他那位從前的學生。

本來以利瑟爾的資格，是不足以擔任王儲導師的。無論那位學生多麼調皮不聽話，利瑟爾被提名擔任導師主要的原因，還是因為那位愛徒的哥哥以「感覺他們個性很合得來」為由推薦了他。當然，除此之外也還有各種因素。

「殿下，您也接受過王族的導師指導吧？」

「算是、吧。不過我的老師、和其他人比起來，更放任我自主學習。」

感覺並不意外，利瑟爾點點頭。

不過，自主學習也是以完成最低限度的基礎教育為前提吧。身為貴族，利瑟爾自己也接受過相應的教育，基礎涵養學得相當徹底。

真令人懷念。就在利瑟爾感慨地這麼想著的時候，亞林姆忽然抬起臉來。

「老師，你們國家的王族、是什麼樣的人？」

「您說的是出生國嗎？」

「嗯。」

一瞬間他以為亞林姆想問的是帕魯特達爾的王族，不過看來並非如此。

利瑟爾闔上書本，垂下眼簾想了想。別國的王族這麼問，他必須慎選措詞才行，畢竟君王給人的印象會直接影響到國家的形象。

為什麼要這麼謹慎？因為既然利瑟爾已經身在此地，就無法斷言自己的王一輩子都不可能和眼前的這位王族有所交集。

「這個嘛……」

利瑟爾別開視線，將手抵在嘴邊想了幾秒。

「是一位活力充沛、行事手腕絕佳的國王。」

沒說他是前不良國王，可以看出利瑟爾的顧慮。

「很年輕、嗎？」

「是的，才剛即位幾年而已。」

「既然老師這樣誇獎他，表示他也不會、任憑周遭勢力擺布吧。」

「那是當然。」

雖然在即位之初，各方面還是相當辛苦。

為了確立宰相的職責，利瑟爾四處東奔西走，他的前學生也毫不猶豫地借助周遭幫忙，努力撐過了那些手忙腳亂的日子。掌握先機，盡可能在早期奠定了自己的勢力版圖，是他的王穩定局勢的重要因素。

利瑟爾的前學生基本上非常精明，再加上他以獨到的詮釋完美習得了利瑟爾重視效率的做事風格，因此總是把該做的事做完之後放肆地為所欲為，自由奔放又讓人抓不到他的把柄。

「唔、呵呵，那麼辛苦的就是、周遭的人囉。」
「（周遭……）」
不，他不會把該做的事丟給他人處理，從這方面來說周遭反而比較輕鬆才對吧。
一旦注意到什麼事情，利瑟爾的前學生總會徹底運用自己遺傳自血統的魔術率先行動。
其中一個好例子就是前學生口中的「青空會議」。一言以蔽之是這樣的：「當事人不在場要怎麼談，我們現在就到當地去啦！」

那是幾年前發生的事。
「第二十四次青空會議，現在要開始囉——」
某村莊正中央，利瑟爾的愛徒拿著擴音用魔道具如此宣告。
這裡已經聚集了許多村民。由於三天前事先通知過大家「三天後第一個晴天在廣場集合」，整個村子的人都吵吵鬧鬧地席地而坐。
「陛下，我以為今天是第二十次。」
「糟糕……」
愛徒坐在附近居民拿來的椅子上，而利瑟爾自己則站在他身後悄聲說道。既然利瑟爾沒聽說過，中間幾次應該是為了鄰居紛爭之類的小事召開的吧，雖然這麼說對當事人不太好意思。
兩人悄聲對話的同時視線依然向著村民，幸好沒被任何人聽見。
「啊——測試測試，所有人都到齊了嗎？」

「是的，謹遵陛下吩咐。」

「很好很好。」

站在愛徒另一側的人，是管理這片領地的領主。

將屆壯年的他是個低層貴族，從他這一代開始才接下領主之職。上一代之前統治這片領地的是個名聲不佳的人物，他的家族原本也遭受嚴重打壓，不過歷經一番波折之後順利頂替了領主的位置。

「今年的小麥大豐收呢。」利瑟爾說。

「是啊、是啊，謝天謝地，這麼一來終於有餘力可以修整水路了。」

「如果需要安排治水的專家，請跟我說一聲。」

「啊，那真是幫了大忙。」

「喂，你們聊得太開心啦，我要開始了。」

聽見愛徒晃了晃擴音器這麼說，在後頭悠哉交談的利瑟爾他們也跟著將視線轉正。

察覺到氣氛變化，廣場上聊得正熱絡的村民們也閉上嘴，看著君臨於這個國家頂點的人物。

空氣裡並沒有緊張感，大家對於國王都相當親近；不過這種親近懷著敬意，沒有任何人因為他年紀仍輕就瞧不起這位君王。當然，在必要場合，民眾也會藏起這種親近隨便的感覺就是了。利瑟爾的前學生視這種態度為理所當然，開始說明起了這次會議的宗旨。

「今天要談的是這裡跟隔壁城鎮之間的商路問題。今年麥子豐收，你們做得很好。但是小麥的收穫量照這樣增加下去，三年後這條路就要報銷啦。」

這個村莊裡鋪設了通往隔壁大城鎮的貿易道路。

統治這一帶的領主宅邸，就坐落在那個大城鎮裡。先前貪婪無厭的領主將徵收抵稅的小麥銷往外國，賺取了龐大的收益，這條貿易道路本來是為此鋪設的。但道路鋪設之後從不花錢整修，因此整條商路就這麼任其荒廢。

所有村民想必都設想到了這件事，紛紛露出似笑非笑的表情。

「路上來往的人增加，魔物也會被吸引過來吧。」

「不能靠陛下砰一下就好了嗎？」

「不要以為我隨時都可以過來幫你們砰一下啊。」

利瑟爾的前學生指著那個抱膝坐在地上舉手發言的小朋友光明正大地這麼宣告，而利瑟爾從身後悄悄把他的手按了下去。這樣看起來很沒規矩。

「可是呢，想要整修道路卻沒有錢。」

「是我力有未逮，對大家真抱歉。」

領主苦笑著這麼說道，但沒有任何人怪罪他。

在前任領主橫行霸道的時候，現在這位領主儘管被剝奪了大半的權力，還是盡己所能為村民們提供庇護。村民們對他只有感謝，不可能不識好歹地怨恨他。

「整修道路的工作差不多該開始了，否則會來不及。有個辦法可以確實籌到錢……」

利瑟爾的前學生探出身子，將一隻手臂擱在大腿上，向民眾宣告：

「我們要讓那個和前任領主勾結過的商會出錢。」

底下的村民們一陣騷動。

利瑟爾瞥了站在身邊的領主一眼，但他什麼也沒說。這樣就好，利瑟爾靜靜露出微笑。
「那些傢伙也靠著你們種的麥子賺了不少錢，未來要是產量增加，對他們來說也是做生意的好機會。只要拿貿易獨佔權來吸引他們，他們就願意吐錢出來啦。」
「憑什麼要我們讓那些傢伙賺錢！」
「雖然說那個商會跟前任領主勾結，但他們也只是收購了他要賣的東西而已……哎，不過商會說不定也不是沒注意到這些交易有內情。」
「所以陛下就要我們原諒他們嗎？」
「我今天跑到這來，就是要討論怎麼做才有辦法讓你們原諒他們啊。」
面對村民們七嘴八舌的抗議，利瑟爾的前學生仍舊保持平穩的語氣這麼回道。
三天前，他在報告當中看見了熟悉的領主名字。為了籌備整修街道的資金，報告當中舉出了某商會的名字，但從文件中看得出這是個艱難的決定：領主已經預期到領民的反彈聲浪，卻非得這麼做不可。
當然，國王之所以看得出這些內情，是因為他知道這裡發生過什麼事——揭發前任領主惡行的，就是利瑟爾的前學生本人。
「有替代方案的人，歡迎提出反對意見。好啦，開放舉手發言。」
萬一街道就這麼荒廢下去，不僅物資流通會受到影響，遭遇魔物襲擊的風險也會增加。這些大家都明白，但還是無法平心靜氣地接受這件事。廣場上有幾位民眾舉起了手。
「好，你先講吧，從自我介紹開始。」
「我是那邊那間麵包店的兒子。」

「喔，那間啊，你們的核桃麵包很好吃。」
「謝謝您！」
什麼時候去吃的？利瑟爾低頭看著白己的前學生。
「但老太婆泡的茶真的有夠難喝。」
「老媽……？」
在發言的男子旁邊，一位笑瞇瞇聽著他們對話的老婆婆笑著說：
「我們殿下啊，最喜歡我泡的茶囉……」
「老子已經是陛下了啦。」
「殿下總是邊喝邊說好好喝、好好喝，讚不絕口喲。」
「老子一次也沒說過好喝好嗎？根本是雜草的味道。」
「哎呀，我現在就去泡一杯給您吧。」
「謝啦老太婆，但真的不需要啦！」
講話太難聽了，利瑟爾伸手戳著前學生穿著白色衣服的背以示提醒，不過還是面帶微笑地看著這一幕。至於領主則是為了自家領民的暴行抱頭困擾不已，那是外行人在自家菜園採的花草茶，所以也無法排除真的是雜草的可能性。
「呃……我等一下會好好勸勸我母親的。關於整修道路的事情，我在想能不能讓國家撥出整修費用……」
「國家沒那個錢。」
民眾紛紛投來「少騙人了」的視線。

但利瑟爾的前學生並沒有說錯。

「如果說要修的只有這邊的貿易道路，那確實是有錢能修，但要修全國的路，國庫就完全不夠用啦。而且這裡的狀況是有其他解決方法的，雖然你們對這個方法非常不滿意。懂我的意思吧？」

「……果然是這樣嗎……」

國王的答案想必也在預料之中，發言者失望地垂下了肩膀。

追根究柢，領地內的整修費用本來就必須由領地自己的預算來支出；通往這個村子的街道是由前一任領主的家族整頓起來的，這在其他領地也一樣。

從前任領主那裡沒收的財產，利瑟爾的前學生都原封不動地留給新任領主當作領地的經營費用了，而且在領主交替的時候也暫時降低了這裡的稅賦，實在無法再給他們更多特別待遇。

「而且今年還有王城的修繕費用啊。」

「修繕不需要吧！」底下的小朋友說。

「城堡不是已經很漂亮了嗎？」另一個小朋友說。

「需要啊。你說說看，萬一你聽到其他國家的人說『這國家有夠寒酸』，你會怎麼想？」

「會很生氣！」

「對吧。」

國家的門面，容易影響外人對這個國家的評價，進而影響國民的形象。

而且負責評價的都是品味一流的人，有機會踏入王城的人都是如此。因此王城要求的永遠是最高水準，如果花錢就能保有國家的威信，那當然再好不過了。
「你們家裡要是漏水了也會修繕吧？王城也一樣啊。」
「陛下家裡漏水嗎？」
「老實說我寢室還真的漏水咧。」
村子裡的大人們紛紛掩面不忍卒睹。
自家國王的寢室漏水，多麼衝擊的一句話。
「……還請允許臣下呈上一部分領地經費給您，略盡棉薄之力……」
「沒關係的，只是發生了一點意外而已。」
聽見領主神情嚴肅地這麼提議，利瑟爾委婉勸阻。
沒錯，漏水並不是因為王城老舊失修，而是碰巧路過上空的古代龍把城堡當作棲木停下來休息了一下而已。
後來村民又提了幾個替代方案，但都遠遠稱不上最好的辦法。這也是當然的，要是還有其他方法，領主早就已經納入考慮，再不然國王或利瑟爾也早就提案了。
「那我們就交給那個商會啦，沒問題吧？」
「好吧，也沒有別的辦法……」
「雖然實在很難接受……」
村民們面有難色，但經過徹底討論之後，大家也明白了現狀。
放任街道荒廢對於村莊的損害太過巨大，無法只因為嚥不下這口氣就盲目反對。考量到未來發展，任誰都看得出來借助那個商會的力量才是最好的辦法。

「那就下一個議題啦，接下來就來解決你們那種『很難接受』的感覺。」

「來，殿下，茶泡好啦。」

「你看嘛我就想說怎麼從剛才就沒看到老太婆的人影！」

對喔，老婆婆的兒子點頭稱是，利瑟爾的前學生則一臉嫌棄地伸手去拿那個杯子。

就在這時，利瑟爾的手越過了他的。領主見狀慌忙勸阻：「這種事就交給臣下……」不過利瑟爾還是在他面前端起杯子，喝了一口。比想像中更像雜草的味道。

「陛下，請用。」

「不要叫我喝啦。」

利瑟爾仍舊帶著完美的微笑遞出茶杯，於是他的前學生一把抓起杯子，仰頭一口氣把茶喝光。

就是因為每次碰到這種事都不拒絕，還好好把茶喝光，人家才會產生這種誤會啊。利瑟爾這麼想著，替狂咳不止還發出王族不該有的嘔吐聲的前學生拍著背。這個王基本上很寵自己的國民。

「唔嗯……所以說，我一直在想該怎麼做你們才有辦法接受讓商會出資。」

「陛下這麼為我們著想……」

「所以我決定現在就把商會的會長帶過來。」

「陛下?!」

下一秒，村民們看見自家國王消失了一瞬間又立刻出現，身邊多了個驚嚇到翻白眼的商會會長，個個震驚到目瞪口呆。

沒錯，在問題發生的時候，他的前學生解決起來確實相當快速。

他總是能迅速讓大家達成共識，整修商路那一次也在雙方坦誠的協商之下圓滿完成了交涉。既然如此就沒問題了吧，利瑟爾點頭這麼想。

說到底，那位前學生身邊以利瑟爾為首的臣下當中，沒有一個人不願意為自己的君王辛苦奔波。這也就是為什麼大家都說，這一代王朝以國王為中心，非常團結一致吧。

「老師？」

怎麼了嗎？眼見利瑟爾沉浸在思緒當中，亞林姆這麼問。

「不，沒什麼。」

那就好。看見利瑟爾搖頭回答，亞林姆的視線再度轉向古代語言書，利瑟爾見狀也打開了手中的書本。

「啊，對了。」

「怎麼了嗎？」

這時候，亞林姆心裡忽然有個疑問。

現在的他已經放棄了王位繼承權，但即便如此，他還是很好奇利瑟爾會如何回答這個問題。

「老師，你認為什麼樣的國王、才是理想的王？」

利瑟爾一瞬間睜大眼睛，接著那雙眼瞳帶著笑意，甜美地瞇細。

「從前也有人問過我同樣的問題。」

透過布料，亞林姆凝視著他臉上那道心醉的微笑。

以前他也見過利瑟爾露出同樣的笑容，那是利瑟爾在這間書庫閱讀一封信件的時候。他沒有問利瑟爾那是誰寫的信，但他清楚記得利瑟爾那一點也不像冒險者的勻稱指尖，是如何小心翼翼地撫過那些信紙。

「老師，你怎麼、回答？」

「只是模範答案而已。我說，應該是讓人民感到驕傲的王吧。」

他的前學生說，所以到底要怎麼做才能讓人民驕傲啦。

但這本來就是沒有確切答案的問題。每個國家各有形形色色的君王，無法一一拿來比較說哪一種國王才最為優秀。

尤其對利瑟爾來說更是如此，與人比較根本沒有意義。

「而且，比起理想，現實對我來說才是至高無上的呀。」

嗓音輕柔，那雙紫水晶般的眼瞳甜美地化開。亞林姆什麼也沒說。

眼見利瑟爾就這麼將視線落到手中的書本上，他晃了晃拿在手中的筆，然後視線掃向紙面，準備繼續開始解讀古代語言……就在這時，亞林姆察覺了一件事。

「（自己國家的君王，和之前的學生，還有寫信給他的人……）」

利瑟爾說起這幾個人的時候，臉上全都帶著同樣滿足的笑容。

不過，還是別多問比較好吧。亞林姆下了這個結論，裝做什麼也沒注意到一樣繼續念起書來。

後記

賀，第十集出版!!

不過在這個值得慶賀的集數，後記卻得從對大家有點抱歉的消息開始寫起……

一直以來支持《休假》系列的讀者或許也注意到了，書籍版從這一集開始頁數稍微少了一點，而新作短篇則是增加到了兩篇。

如同我在「成為小說家吧（小説家になろう）」先行告知過的，由於書籍版的進度即將追上網路連載的關係，經過與出版社討論之後，我們決定以這種方式處理。

話是這麼說，不過這也是因為在這之前的每一集我都以「既然不曉得書籍版什麼時候會斷尾還是盡可能多塞一點吧」的心態，大幅超出了規定頁數的關係。所以現在只是把超過的部分扣除，然後增加新作短篇的數量而已。

託各位讀者的福，利瑟爾一行人的休假也來到了二位數的集數。多虧大家的支持，我才能下定決心縮減頁數，不用再擔心「還是斷在適合收尾的地方比較好……」。

在這個最應該對各位表達謝意的集數，卻做出這種想必會讓部分讀者失望的改變，真的很抱歉。不過相對的，往後我也會全力把我行我素的利瑟爾一行人呈現在大家眼前！

後續的《優雅貴族的休假指南。》也請大家多多支持！

繼幸運雪花球之後，這一集也有讀音問題呢！

對於習慣把米諾陶洛斯念成「mi-no-ta-u-ro-su」的讀者非常抱歉，我明明知道日文有兩種念法，卻還是選擇了比較小眾的「mi-no-ta-u-ru-su」……遇到這種情況，我大多都會選擇比較想聽到利瑟爾他們念出來的那一種發音，所以我想錯的應該不是我，而是這些傢伙的形象有點那個吧。

我已經過了對於特立獨行的自己感到特別的年紀，發現這件事的時候實在很難受……事後才被讀者指摘的那種難以言喻的尷尬實在很難受……但是硬要改掉好像又不太對。這集的米諾陶洛斯（畫作）就是在這種內心糾葛之下進入書籍版的。

這一集也要感謝許多人的幫助，我才能將本書順利呈現在各位眼前。

感謝さんど老師繪製了廣播劇ＣＤ第一部、第二部的現代服飾封面，每一次看到利瑟爾他們換衣服，我都既抱歉又高興得說不出話來。感謝對於聲音相關工作也有所涉獵的編輯大人，在廣播劇ＣＤ製作過程中一樣可靠到不行，我想老天爺一定是給了她縱橫娛樂業界的無敵外掛。也非常感謝TO BOOKS出版社，讓這個系列一路出版到第十集。

還有翻開本書的各位讀者，真的很感謝你們！

二〇二〇年九月　岬

附錄特典

三人同賀

「來——這是吃的！」

「喏。」

「謝謝你們。」

劫爾他們拿著戰利品回到房裡，利瑟爾開門迎接。

伊雷文端著料理，劫爾手上則是拿著花束。利瑟爾將剛才拿在手中的號外擱在桌上，接過劫爾塞過來的花。該裝飾在哪裡好呢，他環顧剛才大家一起勤快地裝飾過的房間。

「還缺什麼東西嗎？」伊雷文問。

「我想這些就是全部了。」利瑟爾說。

「缺了什麼到時再說吧。」劫爾說。

也是，伊雷文坐了下來，極其愉快地笑著說：

「現在到迷宮裡去，說不定會開到慶祝繪畫之類的喔？」

「感覺迷宮會看場合啊。」劫爾說。

「那我們得先練習擺姿勢才行呢。」利瑟爾說。

雖然不知道迷宮是否真的這麼會看場合。伊雷文從盤子裡拿起一塊三明治，接著豎起那隻手的食指指向劫爾，催促道：

「那大哥，請擺。」

「啊？」

「練習啊。來比個耶我看看！」

伊雷文促狹地笑著，邊說邊咬了一口三明治。「喏。」劫爾在椅子上坐下，若無其事地豎起兩隻指頭。

利瑟爾把半張臉埋到花束後面，遮住差點失守的嘴角，伊雷文則是毫不掩飾地噴笑出來。沒想到劫爾還滿有服務精神的。

「伊雷文，你也比一下。」利瑟爾說。

「嗯？好啊——」

「啊，好小哦。」

正想說伊雷文怎麼握起了空著的那隻手，只見他將拇指和食指交疊，用指尖比出了小小的「耶」。利瑟爾凝神打量著這個手勢，把花束放到桌上，接著自己也輕輕把手握起。

「看起來不像。」劫爾說。

「怎麼看都是『耶』好嗎！」伊雷文說。

「是這樣比嗎？」

「等，隊長你的拇指為什麼會戳到那……暫停暫停！！」

利瑟爾莫名被拚命阻止他的伊雷文和無奈的劫爾罵了一頓。

祝！
10巻!!

國家圖書館出版品預行編目資料

優雅貴族的休假指南/岬作；簡捷譯. -- 初版. -- 臺北市：皇冠文化出版有限公司, 2021.12-
冊；　公分. -- (皇冠叢書第4996種)(YA! ;70)
譯自：穏やか貴族の休暇のすすめ。10
ISBN 978-957-33-3831-4(平裝)

861.57　　110004836

皇冠叢書第4996種
YA！070

優雅貴族的休假指南。10

穏やか貴族の休暇のすすめ。10

作　者—岬
譯　者—簡捷
發 行 人—平雲
出版發行—皇冠文化出版有限公司
台北市敦化北路120巷50號
電話◎02-27168888
郵撥帳號◎15261516號
皇冠出版社(香港)有限公司
香港銅鑼灣道180號百樂商業中心
19字樓1903室
電話◎2529-1778　傳真◎2527-0904
總 編 輯—許婷婷
責任編輯—陳怡蓁
美術設計—嚴昱琳
著作完成日期—2020年
初版一刷日期—2021年12月

法律顧問—王惠光律師

讀者服務傳真專線◎02-27150507
電腦編號◎515070
ISBN◎978-957-33-3831-4
Printed in Taiwan
本書定價◎新台幣320元/港幣107元